妻容儿乖，夫复何求？

谨以此书献给妻儿，也向自己二十五年的教学生涯致敬！

ROCKY

清風徐來

張寓題

史祥　著

江苏大学出版社
JIANGSU UNIVERSITY PRESS

镇江

图书在版编目(CIP)数据

清风徐来 / 史祥著. — 镇江 ：江苏大学出版社，2018.4(2019.8 重印)
ISBN 978-7-5684-0813-4

Ⅰ. ①清… Ⅱ. ①史… Ⅲ. ①散文集—中国—当代 Ⅳ. ①I267

中国版本图书馆 CIP 数据核字(2018)第 073786 号

清风徐来

Qingfeng Xu Lai

著　　者/史　祥
责任编辑/顾正彤
出版发行/江苏大学出版社
地　　址/江苏省镇江市梦溪园巷 30 号(邮编：212003)
电　　话/0511-84446464(传真)
网　　址/http://press.ujs.edu.cn
印　　刷/镇江文苑制版印刷有限责任公司
开　　本/652 mm×960 mm　1/16
印　　张/14.75
字　　数/230 千字
版　　次/2018 年 4 月第 1 版　2019 年 8 月第 2 次印刷
书　　号/ISBN 978-7-5684-0813-4
定　　价/40.00 元

如有印装质量问题请与本社营销部联系(电话：0511-84440882)

目 录

第 4 辑　生活感慨

第 5 辑　别样情怀

序言

句容东南，茅山北麓，曾有一个美丽的乡镇，叫春城。春城之所以得名，据说缘于三国陈勋开凿破岗渎，“将龙体凿断”，当地民众怕破坏了这里的风水，在城塩南捐款建了座鼍龙庙，庙门对联为“春城回北斗，烟树发南枝”。1934 年建乡时定名春城乡，2005 年与茅山镇合并为茅山镇。虽然春城镇作为行政区划的名称没有了，但是它的美丽并没有因此而消失，反而由于它自身的深厚底蕴和丰富内涵在历史发展的滔滔长河中更熠熠生辉。

这里，历史底蕴深厚：30 万年前的放牛山遗址是苏南地区最早的旧石器地点，填补了江苏旧石器时代早期只有古人类化石、缺少人类文化的空白；三国时期开凿的人工梯级运河破岗渎自小溪村向东经何庄、毕墟、鼍龙庙、城塩、东霞寺到南塘庄入宝堰通济河，长 30 多华里，筑 14 道土埭，保持各段水位；春城土墩墓被列入第七批全国重点文物保护单位。这里，人文情怀豪放：太后故里何庄庙，唐固讲学长城村，百里传砖造南京，朱巷村民玩马灯，春城剪纸“一剪美”，柳流抗敌堪称巾帼英烈，方继生带头种植葡萄荣膺全国劳模。这里，物产富饶：冷水涧产茅山玉，桑葚酿造东方紫，食药同源葛制品，茶香荡漾茶博园，丁庄葡萄成地标，得撒豆腐美名扬……

常言道，一方水土养一方人。这里的山之青、水之秀、石之灵、树之绿、物之美、俗之醇，把人醉入“天地氤氲，万物化醇”的灵境，进而浸润着宁静淡泊的心灵，滋养出聪慧儒雅的气质。这里的人们终日劳作、辛勤耕耘，过着恬淡闲静的农耕生活。同时，恪守耕读传家的质朴信念，不管家境如何，都要送孩子们读书，希冀读书、立学，进而立德、立功、立言，恰如茅山磬裁亭第二楹联所指，“天地间第一人品还是读书”。这份信念坚守，使得宁静淳朴的乡村山野间走出一拨又一拨的读书人。这些读书人实现了人生理想，不仅用知识改变了自己的命运，而且为家人、为家乡争了光。

破岗渎之畔，有史村矣。史村，是一个不起眼的小村，但它的来历却是因宰相史迁灼居住于此而得名。邻近的溧阳市埭头镇有个史侯祠，号称“江南第一大祠”，始祖史崇追随光武帝刘秀打天下，被封为溧阳侯，繁衍至今。从东汉到清末，史氏家族中官居宰执的有 39 位，科举进士 569 位，史迁灼就是其中一位。可见史村虽小，但来头不小，历史文化底蕴十足。史祥老师就是史村走出来的一位读书人，一位文化人。初识史老师缘于 2015 年句容市政协编纂《句容历史人物》，我是总编，经人推荐，请他参与校编工作。他那文质彬彬的气质、温文尔雅的谈吐、满腹经纶的才气、严谨认真的作风，都给我留下了深刻的印象。几经攀谈，得知他出生于 20 世纪 70 年代，镇江师专中文系毕业后，先后在茅山中学、行香中学、句容三中任教，被评为中学语文高级教师，杏坛执教已历 25 年，可谓“桃李满天下”。2015 年，他师从茅山道院杨世华会长，成为皈依弟子。同时，还是镇江市作家协会会员、句容市无党派人士联谊会会员。

史祥老师勤于笔耕，厚积薄发，于 2015 年出版第一部散文集《归去来兮》，字里行间透露出他对事业的执着，对生活的热爱，对人生的品味，对读者不无启发。年前，他拿着一卷书稿《清风徐来》找到我，请我写个序。我想，在当今市场经济环境中，竞争激烈、节奏加快，社会现象纷繁复杂，许多人强烈追求物质生活，炒股、炒房、炒基金，觥筹交错、灯红酒绿、游戏赌博……心态浮躁，宛若汤煮，身上或多或少充斥着匠气、俗气、躁气，缺少一些静气。难能可贵的是史祥老师身上恰恰多了份静气。正是有了这份静气，才能心平，才能致远，才能干事，才能成事。正所谓心静自神闲，灵空蕴意沉，万物唯静观，人生方致远。基于上述想法和认识，我答应了他。

《清风徐来》是史祥老师即将出版的第二部散文集，我不是作家，也不是评论家，不敢妄加点评，只是认真拜读之后，谈几点想法，与读者共勉。

一是捡贝拾珠，内容丰富。《清风徐来》分“曾经沧海”“新疆美哉”“亲情常在”“生活感慨”“别样情怀”等5辑，林林总总40余篇，20多万字，是作者读书教学、旅游纪行、亲情回味、人生感悟、社会洞察的部分实录。其时间跨度之长，触角延伸之广，记述内容之丰，究人探事之实，如同一幅多彩的画卷，绚烂缤纷、光彩夺目。

二是记人叙事，体例多样。《清风徐来》是作者抒写自己经历和感受的杂文、随笔，表现片段人生，传达思想感情，叙事抒情，写景明理，生动有趣。有的写人记事，具体、突出，字里行间感情饱满，如描写高补班语文老师栩栩如生，入木三分；有的直抒胸臆，感情真挚，如《禾木日出》等；有的写景状物，勾勒特征，寓情于景，如《可可托海》等；有的参透感悟，启迪人生，如《为了中华之崛起》等。

三是覃思赜奥，特征分明。史祥老师有一个好习惯，就是持之以恒地写日记，正是这一优点，给他写作带来了丰富而真实的素材，因而作品也深深烙上了他成长过程中所看、所思、所想的印记。梁晓声先生曾说：“了解一个人的可靠方式，最好还是读一读他们记载自己成长经历和对世事人生发表自己感想、感受以及种种感慨的文章。”从这点看，优美的散文便是作者自己心灵的镜子。《清风徐来》表现生活感受，情感真挚，意境深邃；表述文字语言，优美凝练，富于文采，真实反映了史祥老师心目中的人、事、景、情、理，能够促使读者去品味自己的生活，产生共鸣，增添一点人生的小情趣，功莫大焉！

习近平总书记在中共十九大报告中指出：“文化是一个国家、一个民族的灵魂。文化兴国运兴，文化强民族强。”史祥老师的新作《清风徐来》探赜索隐，钩深致远，朴实无华，深情蕴藉，是中国特色社会主义新时代文学百花园中盛开的一朵奇葩！恰似一缕淡淡清风，徐徐而来，为广大读者送上了一份精神大餐！在《清风徐来》即将出版之际，恰逢作者“辛勤耕耘作园丁，不辍培育成桃李”25周年，我谨送上欣喜的祝贺！衷心祝愿史祥老师始终做一个浪漫而昂奋的前行者，“顺流而上，海阔天空”！

成稿之际，我又得知，史老师兄弟三人，他本人排行老大。大弟东南大学毕业，一级建造师，落户南京；小弟南京工业大学毕业，博士在读，落户北京。县城、省城、京城，兄弟三人一个比一个走得远。想其父母，当年眼光何等长远，付出何等牺牲，实践着“耕读传家”的祖训。他还殚精竭虑，不辞辛劳，发挥自己的聪明才智，带领热心的本姓宗亲，主修了《史氏宗谱》，这也是一件盛事啊！重视文化教育，在史祥老师家里得到了集中体现，堪称地方楷模。

是为序。

句容市政协副主席
无党派人士联谊会会长

2017 年 10 月

第 1 辑
曾经沧海

题记：在那个年代，没有读过高补班的人生，是不完整的人生。

可堪回首高补班

一、师长篇

高补班，全称“高考补习班”，全日制成建制授课，也许是我国特有的教育现象吧，我就在高补班里摸爬滚打过。20多年的岁月，洗去了诸多无谓琐碎，积淀下来一些记忆，轮廓分明、脉络清晰。今天，我来打捞一些往事，作为逝去的青春岁月的祭礼。

1989年，我于句容县中学高中毕业。那时候有个残酷的高考预考制度。预考由地级市统一安排，根据一定的名额分配情况，各县自行划线决定哪些人有资格参加高考。预考一般在5月初进行，那时高考还是固定在7月7日进行。句容县中学预考成绩很差，我所在的班级60人左右参加预考，仅仅十几个人过关，我是其中之一。分数线420分，我考了420.5分，勉强抠到一张高考入场券。一位堂叔得知情况后说，预考多了半分还好，高考要是少个一分就要命了。结果一语成谶，高考分数线460，我考了459，真是一分之差！

那年高考招生数字大缩水，经历过那段时光的人，你懂的。我以一分之差，进了高补班。当时有个说法，句容县中学主要为镇江师范专科学校（以下简称“镇江师专”）和高补班输送人才。现在想来，这话有点宿命。

当时，我补习的学校全名为“句容县文化补习学校”，新迁去城北郊外的一家包装厂，厂子坐落在杨塘岗村上。学校实行全日制、全员制，校长、主任、老师、后勤、门卫，样样有。门卫是一个老头，就是本村人，黑、瘦、高，很热情、很健谈，但口齿含糊，说起话来，嗓门大、唾沫飞，眼睛很聚光，有种凛冽的寒气。这个老汉有两个显著的特征，一是耳朵出奇，黑紫硬朗，两侧不宽，但上下拉得很长，头型、脸型、耳型颇似著名相声演员马三立，说话也像马老一样逗趣；二是右手食指粗壮硕大，其他指头虽然不细，但明显不如食指，可谓一个顶俩。后来才知道，他是老志愿军，去过朝鲜，保卫过鸭绿江大桥的。黑耳朵是冻出来的，粗指头是扣扳机练出来的。我不敢和他的眼睛对视，总觉得他的眼睛里有把寒光闪闪的刀。

既然是学校，就先说说几个有型的老师吧。数学老师小 Z，科班出身，刚刚毕业，年纪轻轻，个子不高，皮肤白皙，戴着眼镜，举止斯文，声音低沉而舒缓，富有磁性，堪称偶像派。女生喜欢他，男生忽视他。数学课上的情形还好，毕竟学生还是想考大学的，数学对每个人来说，那都是命根子，所以课堂纪律还能维持。

英语老师老 M，工农兵大学出道，教学水平实在不敢恭维。每次讲选择填空，于他于我们，都是一种痛苦。之前英语的高考分数曾经按照 2 折计算，而我们那时已经算全分了，所以大家很重视。题目稍难，老 M 就发怵，我们盯着题目，等他的答案，他说选 C，我们急问为什么，他说这第 5 题并不算难，大家看后面的第 22 题，那题才难呢。大家一起去翻看后面，还没看定，老 M 朗声说，现在看第 6 题，选 B。我们根本就没有反应的时间，只好跟在他后面去看第 6 题。每次都要讲好多试题，所以都是匆匆忙忙报个答案，由学生自己去研究，他说也只能这样，否则讲不完。就这样，伴着一片抱怨声，老 M 讲完试卷，其实就是报完答案，踩着下课铃声，把散放的讲义一卷，就匆匆离开教室，生怕有学生追来发问。时间久了，大家知道他就那么点斤两，也就一笑了之，至于题目，知之者好像知之，不知者还是不知。

历史老师是个老太太，本来很和蔼、很尽职。无奈，高补班的学生形形色色，既藏龙卧虎，又藏污纳垢。历史学得好的，上课就不断讲话，制造噪音，干扰别人，通过“水落石出”之法让别人差下去，自己通过预考的可能性就增加了。课堂上，有人故意嬉笑，有人咂嘴抱怨，把个很正常的老太太搞得发飙咆哮，甚至威胁罢课，可是一点用都没有。最后，她终于练出定心神功，任你喧嚣，我独滔滔，讲完拉倒，下课正好。

地理老师是班主任，虽然也很年轻，但大家还是买账的，毕竟，座位、宿舍、报名，都在他手里捏着呢。好在我的地理成绩数一数二，他很看重我，以我为荣。他一般不带书来，靠一支粉笔打天下，喜欢从亚欧大陆桥的东端连云港讲起，一路向西，讲沿途的铁路枢纽、地形、气候、物产，一副自得其乐、自我陶醉的神韵。不得不承认，他的专业水平和他的体形一样，雄厚孔武。

政治老师姓黄，人如其姓，很有“名气”，名气之大，无人不晓。他原来是名校毕业，与政治课本的主编是同班同学，因此常常拿这个作为资本，自我炫耀。说真的，他很有才气，能把艰涩深奥的政治教好，尤其是哲学。他声音嘶哑，犹如金属的刮擦之声。头发打理得很整齐，努力后梳，形成大背头，也尽量搞得油光可鉴，极力摆出一种自我感觉良好的风度。可是头颅偏小，头发后倒，气度根本不够。脸型尖瘦，瘦得干巴，脸色蜡黄，黄得恐怖。比脸更黄的是他的心，这一点，也是男女尽晓。他上课时激情洋溢，肢体语言丰富，喜欢半昂着头，在过道上频繁走动，突然就是一个转身，将朝前飞溅的唾沫星子扔在脑后，任由它们直扑美丽纯洁的女生。他喜欢把女生作为目标，许诺帮她们考上大学，索求她们的某种回报。这样的故事年年都有，曾经有过落榜的女生去找他哭诉评理，可是这并不妨碍他对新来女生的兴趣。他的回头率很高，大家都在他身后指指点点、挤眉弄眼。可是他很淡定，双手后扣，弄出个挺拔的身姿，继续专心于猎捕自己的目标去了。据说，他曾为此坐过牢，从省城名校降到县城，又发配到高补班，还丢了编制，可是色迷迷的眼神依旧在漂亮女生身上转悠。他真是又黄又专——专注于“黄”，真没辱没自己的姓氏。

最有杀伤力的还是语文老师张才光，他身材高大、体形瘦削、腰杆笔直，着衣多有长袍之飘，惜无马褂之裹，眼窝微陷、目光如炬、洞若观火、不怒而威，一眼扫过，全班肃然。他有哮喘的毛病，季节反应明显，有时甚至咳到近乎一分钟，可是大家都是默默地等他咳定开讲。他常年戴着鸭舌帽，帽檐用一颗按钮把帽子的前沿阵地拉合起来，常有花白的头发溜出来开小差，他就左手摘下帽子，右手五指顺势包抄上去，抓抓头皮，再划拉划拉那一绺头发，把它们归拢好，重新戴上帽子。整个过程，他都不讲话，我们也都静静地看、静静地等，等他继续讲课。他的语气亲切而威严，慢条斯理而有穿透力，字字珠玑，散进教室的每一个角落。因为他的课实在是精彩，谁捣乱课堂，就会犯众怒。这个老夫子身高而不俯就，学高而不卖弄，清高而不迂腐，真正鸿儒之态。他讲课时，常引用名句，比如“泰山崩于前而色不变，麋鹿兴于左而目不瞬”，说完便在黑板上写下两行粉笔字，字体工整、上下对应、稳健刚劲，我等赶紧抄录。时至今日，我保留下来的只有语文笔记，上面记有好多知识点。后来，这些东西成为我的知识构成的一部分，传承给现在的学生。他教给我们的，不仅仅是知识，还有人文、责任、担当、正气。我受其影响很深，镇江师专提前录取面试时，我抽到题目“我的老师”，我即以其为原型，讲得面试老师啧啧称赞。我的课堂风格至今仍能找到这位老师的影子，可惜他已经作了古，就在刚刚退休之际，实在令人唏嘘。好在，他有位得意的高才生，文笔恣肆、意境汪洋，这位学长搜集恩师文章，汇编成书，了却恩师遗愿，谱写了师生情义的优美篇章。

前文说过，句容县中学是镇江师专和高补班的生源地，我先行高补，后进师专，读高补班期间经历了诸多有型的老师，也完成了自己的蜕变。

往事依稀，不能胜记。今天，我捡拾起几张回忆的碎片，聚合成花朵的形状，扦插在历史长河的堤岸，以纪念曾经的过往。

2012 年 7 月 27 日初稿

2017 年 11 月 27 日定稿

二、同学篇

工厂设备搬走了，只留下红砖砌墙的简易厂房和仓库，改建成我们的学校——句容县文化补习学校。库房空荡，开间很阔，进深颇深，架人字梁，跨度较大，地上简单地平铺了一层红砖，土地返潮，人多脚众，砖头已由红转灰，略显落魄，不失曾经的光亮炫耀，红砖之间甚至没用水泥收缝。空旷的屋梁之上，几只麻雀追逐打闹，自由得俨然是调皮的顽童。人走进这种偌大的库房，顿时感到自己的渺小，可是后来，这种感觉越来越淡。比如，文科班招生了，陆陆续续地加人，从60多人，加到90人，又加到120人、150人、180人……，直到240人！密密匝匝、挨挨挤挤、嘈嘈杂杂，简直是在开会，根本无法上课。学生越来越多，把麻雀们吓得空投下几坨鸟粪炸弹后就不知所踪了。高补班，不是班，而是排、是连。后来，在教室中间赶砌了一堵墙，兄弟们分灶吃饭，编成两个班，每班120人，依然是加强班。

文科班如此，理科班人数更多。当年的文理科招生比例是1∶3，可以想见高补班全盛时代的规模。我的叔叔比我大5岁，他的一个同学年年高补，最后成了我的补友，这样老资格的补友不在少数。

那时，大家都是带米去称给食堂，付点加工费，换领饭票，另外买点菜票，各种票据尺寸相近，面额不一，颜色迥异，花花绿绿的，为便于保管，用皮筋圈绕着，捆成一叠，揣在口袋里，细心收好。那时人们还不知道依附着学校可以搞出一长溜快餐店呢，只晓得每顿饭都要吃食堂，天经地义。但是，吃食堂，实在是个力气活。

在这样的生源环境中，人们是没有多少秩序观念的，排队，实在是幼稚的想法，因为根本就排不成队。这里，遵循的是丛林法则，弱肉强食。要么你就慢慢等，等到最后菜凉汤干；要么你就杀进去，先吃为快。以我为例来说说吧。现在想来，当时的心理和行为是扭曲的，请读者不要见怪。我们四个人结成了“男人帮”、典型的“吃饭帮”。除我之外，另三位姑且以ABC称之吧。A身材瘦高，头发卷曲，他专门负责拎四个水瓶，冲好开水，候在外围，等我们买好饭菜，一同回宿舍就餐，“战士打靶把营归”。我们仨就负责窗口打饭。相邻的女生专用窗口，是没有男生去挤队的，但女生的存在却能激发男生挤队，疯狂得像打了鸡血一样。由于没有栏杆来强行隔离，男生们就以窗口为圆心，挤成半个圆。我主动要求杀进重围，声称自己身体瘦小灵活。我空着手贴着墙，站在最外围，B、C二人和我站成一排，我们六条腿都呈弓形，左腿绷右腿弓，一起后蹬使力，本来的平衡被打破，人群往另一侧崩溃，趁这个当儿，我迅速杀到圆心，紧紧抓住窗格的钢条，占领前沿阵地，直接面对打饭师傅。这时人群也回力晃过来，把我淹没在圆心。然后，B、C同学把饭盆菜盆从人群头上往里递给我，饭菜品种不多，每样来一份就行。我一样一样地把菜盆饭盆再传出去，递给斜伸过来接应的手，它们五指张开，稳稳接住后，饭菜就安全地转移到了后方。完成了任务，不用他们帮忙，我自己再杀出重围。一般来说，我双手推窗，与墙壁成垂直方向，利用反作用力，以屁股开道，从中间拱出，把人群拱得一阵骚动，一片怒骂。我们四个人也不管，只管嘻嘻哈哈，扬长而去。偶有同学怨声稍高，B的眼镜后面闪出凶光，开始卷袖子，露出结实的肱二头肌，收几下胳膊，让肌肉运动起来，炫耀着力量的质感。A、C同时配合着，嘴里念念有词："怎么着？想打架啊？"对方示弱，敢怒不敢言，我们又飘然而去。每次吃饭，简直就是在打仗，地上到处是踩得黏脚的米饭残渣，还有菜汤洒落后的斑斑渍痕。那时，我非常有成就感，每次打饭菜，就是一次出风头、捞油水的机会。因为有个食堂师傅是我们村上的，固定在那个窗口，我事先准备一些小面额的饭菜票，看起来不少，算起来不多，一撒就撤。他心里有数，也不认真清点。我回去后按照饭菜价格再平摊收取另外三人的饭菜票。虽然油水不多，好歹捞到一些。

"吃饭帮"最后还是散了。有人谈恋爱之后，觉得这种霸道行为有损自己形象，遂大加收敛、痛改前非。唉，柔能克刚、水能灭火、阴能伏阳，我们曾经无比坚强的"战斗堡垒"，最后从内部瓦解了。

喝酒的事，也有。限于经济条件，参与的人很少，我没有这方面的活动，无法多说，不过，可以肯定地说，有，句容乙种白酒。

抽烟，就是很平常的事情了。还有同学炫耀自己的烟龄，摆出一种陶醉其中的造型。比如同学包圣福，他的书法很飘逸，他的抽烟姿势更酷派。在拥挤、潮湿、散发异味的集体宿舍，他在下铺坐定，正身屈腿，右手食指与中指微微内弯，夹住一根廉价的劣质烟，双唇撅起，含住烟蒂，用足力气，猛然一吸，然后一鼓肚子，挪开香烟，张圆唇型，像金鱼吐泡泡一样，每吐一次便形成一个烟圈。他是高水平的老手，可以吐出好几个烟圈，袅袅着前行，直到两三米开外才渐渐消散；接着换个花样，先缓吐再急吐，流星赶月，最后形成小烟圈穿心大烟圈、大烟圈套围小烟圈的图案。在大家的啧啧羡慕声里，他洋洋自得地晃着脑袋，一副笑傲江湖、舍我其谁的范儿，享受着众人的敬佩仰慕，就势教一下崇拜者。

下面，讲讲打牌的事情。那时娱乐项目有限，往往是四个人凑在一起打一种叫“80 分”的牌。一次，我们“吃饭帮”躲在男生宿舍里，找了一个位置靠里的上铺，放下蚊帐，分角落坐定，两副扑克搁在中间的被窝疙瘩上，摸牌、叫牌、出牌、洗牌，尽量不出声音，全凭动作和眼神示意，默默打完一局再来一局，悄无声息，连教导主任进来检查也没有发现异样。我们只是暂停了半分钟，以免老旧的床铺不堪重负发出叹息声而暴露。那时，好些人租住在村民家里，空间更加自由，时间比较宽裕，不用担心老师检查，主要就玩这个牌。也有一些人带动着，打快牌，分把钱一张的赌格。春节后开学，玩的人多些，可能是受过年的影响。我有次骑车去大卓同学家里赌了一夜，我的运气、牌技都差，结果输了 3 元多钱，心中悻悻，老想着要是最后一把能多抓几个炸弹，狠狠赢一把，多好。赌徒心理，大抵如此。可是，结果总不如人意。80 分，是常年季风，凉风习习，经久不息；快牌，像时尚，也就一阵风，刮完就罢，没有把我们拖进深渊。逢赌必输，于我甚好，因为这彻底斩断了我的侥幸心理，使我不识麻将，不上赌桌。

刺激男生的事情，还有打架。精力旺盛、心理失衡、集团众多、空间逼仄、生源复杂，这样的校园成了滋事的土壤，成为打架的温床。常有人叫嚣着点名要谁谁谁出去，或者扬言要收拾谁谁谁，经常搞得我们小兴奋，跟在后面去看热闹，看两边调兵遣将。结果，两边站队的人越来越多，也越来越熟，互相有认识的，就彼此打起了招呼，人越多越打不起来，最后都是兄弟，纯属误会，搂肩抱腰，呼啸而去。观众无比遗憾，一哄而散。农村有俗语：“叫狗不咬人，咬人狗不叫。”M 和 N 不知怎么结了仇，M 壮实、力大、霸道，N 瘦弱、力单、怯懦，M 常常嘲笑欺负 N，某次终于惹怒了 N，N 突然掏出一物（后来听说是什么判官笔）直刺过去，M 立时鲜血溅地，负痛狼狈逃窜，N 血红着眼睛狂追，彻底灭了 M 的威风。嗜血的看客们，一边兴奋吆喝着，一边痛快地跟跑，有似钱塘江潮，客观上助长了 N 的势头。这两个人，现在都在同一个系统工作，也都有了点职务，我不知道现在他俩私交如何，是否走了“不打不相识”的老套路。

偷跑出去看录像，那时也是一件刺激的事。学校离城区三四公里，交通不便，需要骑车。出门容易回校难。出门的时候，是晚饭时间，呼朋引伴、大摇大摆、呼啸而去；回来的时候，已是熄灯时间，军人出身的老门卫可不是好惹的，大家不敢去捋他的虎须，必须另想办法进校回宿舍。好在，老门卫的防区意识很强，门卫门卫，只负责大门保卫，至于那么多的围墙，是不管的。围墙用红砖砌成，隔不远加砌一个墩子，墙顶比较平整，未曾使用怵人的碎玻璃，也没用整蛊的铁丝网。录像内容，大多是程式化的香港警匪片，早已没什么印象了，但进校的情景仍历历在目。我们那帮人，几辆单车，在围墙外边事先踩到突破点，那儿有一根电线杆，离围墙大概 1 米，正好方便爬墙。我们的流程大致是这样的，先靠着围墙搁着单车，便于一人从容踩着坐垫爬上墙头，跳进去接应，第二人骑墙，第三人在围墙外侧，抓着前叉和后叉，把单车举起来，骑墙的抓着单杆接住，拎转到墙的内侧，接应的人再一辆一辆收下，最后，骑墙的拉一把在外举车的，都轻松跳进了校园。人是社会动物，所以也就有社会分工，单枪匹马搞不定，团队协作不费劲。

最后一件刺激的事，就是偷。逼仄的宿舍、拥挤的床铺，什么东西都容易丢，调羹、牙膏和肥皂，甚至是汗臭的球鞋。有些人先被别人偷了东西，心中忿然，便去转偷来补偿，最后形成恶性循环，偷偷不已。不过，一般不喜欢用“偷”这个字，而是喜欢用“顺”，顺手牵羊，多么顺畅。我就“顺”过几把调羹塞在口袋备用，甚至还支援过我的舍友。这种偷，能满足人的心理需求，但另一种偷则是形势所迫，那就是偷书。读书读书，读的是书，也就是教材，没有教材怎么读书？新教材《政治经济学》的印刷数量是根据应届生来计算的，根本忽视了我们这些“高补战士”的存在，最后搞得一书难求。那时没有复印机，自己无法复制，除非手抄。手抄一本教材，除非大脑烧坏了。但是，我们有导师——窃书的孔乙己。月黑风高夜，我们像鬼魅一样，熟门熟路闪进母校，躲在某个角落，等到教室熄灯，再蹑手蹑脚潜入教室，扭亮手电，搜查宝贝政治教材。电筒进抽屉才开，离抽屉就关，有人不慎弄响桌凳，会惊得我们头皮发炸，慌慌张张地找到一本就开溜。我们不是贼，我们只是教材的搬运工。有时还要多找几本，要么送女生，要么备用，越紧俏越要备用，越备用就越紧俏。因为今天书还是你的，不知道明天它又归了谁。写姓名做记号，统统无效。最紧张的时候，这本书都是跟着人贴身走的，生怕一转眼就没了。所以，下课有人拿着政治教材晃来晃去，那不是因为他好学，而是他怕贼。一年之内，出版社加印几次，情况大为缓解，令人痛恨的偷书现象就绝迹了。看来，事情做得好，蟊贼就会少。

主旋律容易忽视，小插曲却难忘记。对高补班学生篇的回忆，选取了这些看似无聊的话题，并不是说那时就没有人学习了，事实上，我们中的好些人，比如我们“吃饭帮”四个成员最后都考进了高校。环境一变，也就改邪归正，而把青春的这一段岁月，或美丽，或变态，夹进尘封的记忆。

同学们，你们现在还好吗？读到我的这些文字，可曾勾起了你的一些记忆？

2012 年 8 月 7 日初稿

2017 年 11 月 28 日修订

三、 杂记篇

高补班在杨塘岗，那时候句容城区还比较小，这里已经算是郊外了，一片典型的丘陵地貌，一派完全的农村景色。当时，条件还比较艰苦，没有自来水，食堂做饭用井水，淘米洗菜用池塘水。池塘就在离校不远处，面积很大，水质很好。食堂几个师傅排队走成一串，说说笑笑，两手分别拉提着前后两个大号竹篮的把儿，篮子里面装满大米，运到池塘边的码头上淘洗。白色的米汁越来越淡地沁洇进清澈的碧水之中，引得成群的小白条鱼欢快地围着篮子窜游。有的闯到篮子里面，鼓动回鳍，稍作憩息，满足好奇，然后一个冲刺，逍遥而去。师傅们有时待到小鱼游到篮子里，再轻轻慢慢地把篮子平提出水面，被围困的小鱼身陷囹圄，倍感恐惧，纷纷打挺，在米面上跃起又落下，想努力跳出这个危险的美食之篮。师傅们再把篮子轻轻一沉，小鱼马上贴着水面像一支箭窜射出去，拉出一道小小的 V 字形水波。师傅们笑起来，司务长也笑着骂他们，催他们快点正经干活儿。人和自然，相当和谐。

杨塘岗，村庄不小。我曾经一度租住在一位戴姓人家，大爷大婶对我们几个学生房客相当热情。但是，村民身上除了勤劳、节俭、善良之外，还有点自私的毛病。靠山吃山，靠水吃水，靠着学校，村民们自然想占点便宜。学校是政府办的，正在策划通自来水，村民们谋求跟着通水。那时候，人们的社区意识也不强，政府也没有让村民们顺便沾光的打算；而且据说，那时供水能力也有限，无法满足村民的需要。矛盾激化，纠结在“水”字上。有村民声称池塘是村里的，不给学校食堂淘米，可是当师傅们来淘米，村民又不好意思当面驱逐。但是，有一天，食堂师傅发现，真的不能去淘米了，因为池塘边撒了很多大粪！只有粪臭，没有米香，游戏惯了的小鱼也只能无奈地张望游弋。司务长骑上买菜用的人力三轮车，车上搁着好些装了大米、蔬菜的篮子，几个工友在后面帮忙推着车，去远处的池塘临时淘米洗菜。

不久，更诡异的事情出现了。某天，同学们打的开水有一股很冲鼻的臭味儿，那水根本不能喝，也就能洗脸洗脚吧。第二天，食堂停了锅炉检查，开水炉中赫然一只死小猪，经过煮烫之后，猪毛都散落开去，沉淀在锅底了。得到消息，大家恶心不已。学校自认倒霉，大事化小，小事化了，清洗了锅炉，重新烧水供水，这事就算是过去了。学校要做的，就是加快通自来水的速度，加高围墙，圈出一个安全一些的小天地。中国人喜欢砌围墙，自有其文化传统和心理因素。

为了省钱，围墙往往接着房屋，也就是把房屋的一面外墙充作围墙用。女生宿舍在校区北部，屋门朝南，北墙就被当做围墙的一部分，墙上的窗户是老式的木窗，窗棂是钢筋做的栅栏，窗子朝外开，南北通风透气，还兼顾了采光。但是，又有事情发生了。女生衣裤中的钱经常丢失，搞得她们互相猜疑，甚至谩骂。终于有一晚，起夜的某女生看到一根从后窗悠悠伸进来的竹竿，吓得大叫一声，惊醒了室友，大概小偷也吓得不轻，丢下竹竿就跑了。望着作案工具，大家这才明白了真相。原来小偷用竹竿轻轻地把衣裤挑出去，把财物搜摸一空，再用竹竿挑着放回原处。此后，大家把钱物收好，再没失窃过。又某日，一个女生的尖声骇叫在半夜划过黑暗，悚人惊魂，学校值班老师连忙赶过去调查情况。原来，该女生脑袋朝北睡在上铺，半夜发现自己的长头发被一只手拉拽着，这只手是从后窗伸进来的！没办法，学校只好规定，女生以后一律头朝南睡。

读高补班的学生，一般都20岁了，发育再迟，也情窦初开了。所以谈恋爱的风气比高中为甚。我在校的最后半个月里，也来了一次“闪恋”。那是我的初恋，那年我21岁了。

之前的我因为自卑只会单相思。初三时候，我和同学D交情深厚，结为兄弟，他大我小。他总是说班上的某学霸女生很漂亮，本来我还比较懵懂，但架不住他的强化，时间一长，也暗暗喜欢上了她。她住在集镇上，平房小卧室里摆着写字桌，她就趴在桌上写作业，时而抬头，对面就是东墙上的窗户。我和D像壁虎一样分别紧贴着窗户边两侧的墙壁，偷偷伸头张望心仪的女孩。就像打游击战，她低头写字了，我俩就探头贪婪地张望，还互相交流眼神，嘴角挂笑；她一抬头，我们马上收缩脑袋，隐藏到窗户边继续耐心等待。过一会儿，再像爬行动物一样贴上墙，又像节肢动物一样节节拔升、窥探。我们兄弟俩默默分享这个激动紧张的过程，乐享其中。

而高补班的初恋，才名副其实。不过，那也是一场“闪恋”，很快就结束了。我们一共就约会了四次，其时离预考已经不远，人心浮动，因为预考很残酷，淘汰率很高，一旦落选，意味着没有高考资格。人人心中都没底，也需要异性的劝勉和安慰，闪恋的人不少。我也像很多人一样无法自持，匆匆表白，填补自己人生的空白。这个女生姓W，后白人。我特意查了日记，4月21日晚上的课间，出去走走，很快就回来了，我轻轻吻了她，感受到温柔，这是我的初吻；5月3日晚上，我们顺着村边的小山丘边走边聊，月色朦胧，轻雾弥漫，麦苗蚕豆散发着清香，我深吻了她，感受到战栗；5月9日，预考结束，是夜，我们在那个大池塘边话别，吻别，感受着凄美无奈，彼此都明白，户口制度就像一座山，预考、高考就是分水岭，会给人不一样的前途和命运，也许这就是最后的相聚。最后一次，就是无语泪别，学校墙上贴着纸张，纸上公布着去留名单，之后再也未见。今天，我已经记不清她的模样，但我永远记得她的情感和体香。初恋难忘。

多年后，我从杨塘岗经过，特地去缅怀了两处地方——大池塘、小山丘，那里有我美丽的过往，有我青涩的初恋。后来，又去过一次，大失所望，大池塘被填平修了路，再没有清清的水、白白的鱼；小山丘被推平造了房子，再没有轻雾缭绕的月色下蚕豆的清香。我也走不回过去的时光，只能带走无限的惆怅。

致青春，杨塘岗。

2013 年 8 月 5 日初稿

2017 年 11 月 28 日修订

注：

毕业多年后，遇见同学简祖平，把酒言欢，说及往事，不胜感慨。趁着情绪，慢慢回忆往事，写下一些文字。简同学又帮着看看，提出修改补充意见，最后成文。在此，对他表示感谢。

题记：瓜未熟蒂未落，青涩何尝不葱茏？谨以此文，献给镇江师专1993届毕业20周年同学聚会，致我们已经消逝了的青春。

那两年，我们一起走过的日子

——镇江师专生活的部分回忆

本人记忆力有限，全文忠实于日记资料而完成；才疏学浅，没有宏大的驾驭能力，只能大致分类来成文；文笔一般，没有精雕细描，只能真诚叙述来叙事记人。没有完美的生活，没有完美的个人。全文纯纪实，同学，如果对你的形象有点小损，还望一笑置之，毕竟我们曾共同走过那段青春的沼泽地。

一、开学背景

手头有一组数据，1992年全国高校招生人数是78万，比上一年增加了16万，这样可以计算出来，我们这一届的全国招生人数是62万，跟现在每年动辄六七百万的招生人数相比，只是一个零头而已。那时高考的残酷和艰难可窥一斑。一个预考，就将好多学子挡在高考门外，他们连高考试卷都没有摸到过。我是县城中学毕业的，这是县里最好的中学了，班上预考才通过12个同学，降分后又拉上来两三个，其余同学在5月份的预考后就背起行囊郁郁回家，准备就业，或者等9月份开学的高补班。通过预考的同学们，继续努力，7月7日的高考之后，或者考进高校，从此成为公家人；或者落入高补班，开始新的一年轮回；或者从此告别校园，直接开始职业生涯。那个年代，中小学师资力量严重匮乏。在任教师中，公办教师很少，大多数为民办教师、代课教师。为解燃眉之急，部分师范院校经过国家教育部门批准，在预考的环节提前招生，把农村的优秀学生先捞到师范的筐子里，保证师范生的质量。同时，压缩培养周期，改三年制为两年制，加速培养，尽快充实一线教师队伍。招生计划不够用，一些地方政府就与师范院校联手，由政府出资委托院校培养师范生，也就是委培生。镇江师专 91 中文（1）班共 58 人，男生 24 人，女生 34 人，济济一堂，也“挤挤一堂”，女生多于男生，委培生多于统配生。

师范院校提前招生，对农村孩子特别有吸引力。农村太苦太穷，赶紧跳出农门才是王道，早点考上早点好，可以转户口，可以不再承担压在农民身上的沉重负荷。迁移户口，同时要迁移粮油关系，也就是在卖掉一定量的粮食后，续转到公家的粮油供应计划上。那年暑假去粮管所卖粮，我家第一次没有承受屈辱和刁难，而是被羡慕的眼光迎接，工作人员不厌其烦，接收了我家的一点杂交水稻、一点糯稻、一点粮票。凑足定额，卖完回家，我感觉神清气爽、呼吸畅快；父亲则挺直了腰杆，把个载重自行车骑得呼呼生风。也是那年暑假，华东地区发大水，雨量大、时间长，麦子没有来得及收割，麦粒站在麦穗里就全部出芽了，真正是“全麦芽”。我们冒雨收割一点麦子回家，双手捧一小把，人工掼打，砸下一些麦粒，也没有干燥地方来晾，饱含水分的麦粒还是要长芽，仅仅慢一些、短一些而已，到最后还是霉变发黑，喂了家禽家畜。割倒了的油菜秸秆被洪水抬走，汇聚在桥梁上口，越聚越多，把水位越抬越高，最后将桥梁轰然挤垮。洪水裹挟着漂浮的杂物，以更猛的势头冲向下一个桥梁或者堤坝，再次先聚后崩，掀桥垮坝。农村损失巨大、生活艰难。

种种情形之下，镇江师专既免学费，还有津贴，所以，对很多农村家庭而言，早点考上师专，还真像是捡到了免费的馅饼。我们就在这样的背景下，从预考开始，经历了四个月的超长暑假，终于走进镇江师专，开始了短暂而美好的大学生活。

二、 晚课教歌

从丹阳师范升学来的陆艳华提议，利用晚自习教大家学唱歌，得到同学们的热烈响应。年轻的女班主任郑红明老师也很赞同。对门的物理系学生曾抗议过我们的噪音，但郑老师护犊情深，毫不相让，眼镜后面杀出犀利的光芒，更不在乎把官司打到系里。某次，陆艳华感冒，无法教歌，就请来一个美女好友教唱，该女子在丹阳黄酒节上曾经与董文华、毛阿敏同台献过艺。杭岑也曾教唱过，只是课堂纪律略逊一些。张继源教过《八月桂花香》。别人是客串，陆艳华才是主角，她教了我们《星星点灯》《谢谢你的爱》《萍聚》《最真的梦》等。我五音不全，却也靠了教唱，后来在 KTV 不至于失声。每每唱起这些歌曲，我就回忆起曾经的年少轻狂，曾经的真情同窗，竟至眼角湿润，而且年龄见长，感受愈浓。同伴们笑说，这些是属于我们那个时代的歌曲，我说其实这是属于我们班级的歌曲。

一次，教唱《明月千里寄相思》，陆同学点我起来唱歌："史祥，从来没听你唱过歌呢。"我怏怏地说："我不会唱歌，你们当然听不到我的歌。"后来，经过陆的鼓励和坚持，又在李亚敏暗中帮助（提示）下，我唱了下去，并且唱完了，连我自己都有点奇怪呢！李亚敏帮我把这首歌的歌词抄写在我的日记本上，本子上从此留下了他工整俊朗的真迹。他的字写得很好，他的普通话也是一流的，能与陆艳华搭伴参加诗歌朗诵比赛而获奖，后来还拿了一级乙等普通话证书，做了地方上的推普员。日记中，我还完整抄录过歌曲《丹顶鹤的故事》《爱上一个不回家的人》，连谱带词，密密麻麻的，抄起来应该是很费力的。那时候，复印业务没有普及，只能口耳相授，手工转抄。教歌的人则需要事先写满整块黑板，可以想象陆艳华为教歌所付出的辛苦，有时候班委也帮着抄写，伟大的奉献精神、深厚的同学情谊！陆艳华的"三字一话"底子厚实，教唱艺术也好：教者领唱、全班齐唱、男女赛唱、宿舍合唱、个人独唱。形式多样，循序渐进，不知不觉中，我们就学会了一首歌。

说到陆艳华，她曾经给我帮过忙。我的普通话很差，有班主任填写的红红的"55"口语成绩为证；陆同学的普通话很好，有全班同学为证。我毕业走上教学岗位后，曾经请陆同学帮我录制过初一课文朗诵的磁带，比如朱自清的《春》，这既减轻了我的教学负担，也给学生增加了艺术美感，激发了学习兴趣，衷心感谢陆同学。可惜后来辗转过几个学校，那盒磁带不知所踪，让我十分惋惜。

说到唱歌，顺便说一下跳舞，那时很热潮的是交谊舞。韦荣请外系两个同学来教舞，男生里就数我最笨，不会走步。有一次，我请何丽云、王世凤、冯小亚跳舞，她们都没肯，都和其他人跳去了。哈哈！有我的日记为证，你们赖不掉的。陆群伟给了我面子，接受邀请后还教了教我，谢谢啦！还有一次，我先后与王月萍、冯小亚、陆彩婷跳，我脚步很乱，陆同学脾气蛮好，还请来贺利群教我跳拉四。李仁南曾经和贺利群跳过舞，说感觉她手上尽是骨头，用今天话说就是骨感美人。但我一点也没感觉到，因为紧张，注意不到。不知是乐感太差，动作协调性差，还是我的心理素质不好，一直没有学会跳舞。如今，晚饭后，送老婆去公园跳广场舞，我就在公园里面散散步，等她一道回家，再不试图学习舞步。

三、 文艺青年

每个人终归会有一点自己的长处。回忆起来，我那时就是个文艺青年。

我写了散文《寒雪》，根据陆雨林、郑伟两位同学的意见，又修改两遍后，请李亚敏帮忙工笔誊写清楚，又附上诗作《多少美梦多少空》，去镇江日报社找编辑方范。在中山大厦，第一次乘电梯，我被弄得晕头转向、七荤八素，好不容易找到文艺专刊编辑部，编辑又不在，我怅然久之，留下稿子，悻悻而归。稿子石沉大海，再无音信。自己期待、等待、无奈、悲哀。

我曾经向刘蓉推荐过《西风独自凉》；苏爱琴曾经借给我《辽宁青年》；方秋玲评价我写的《爱的滋味》“写得太浅了”；张俊写了《无奈的思绪》，我和之以《也曾无奈在心头》。对于我写的《血的故事》，贺萍认为“人物形象被大段叙述所冲淡”，方秋玲认为有些空泛。这些都是文艺青年们之间的部分交流切磋，有幸被我写在日记，今天才知竟有这么一档子事。

学校有个梦溪诗社，我班有七个女生参加，男生只有我和王勇。我投入了很多精力，经常和郑伟讨论诗词创作。吕月华、方秋玲多次做过我的读者，我每有新作，常常请她们提建议。有次，我读自己作品《远方的心》，杭岑老是笑着打岔，我沮丧地说："对不起，我的普通话不好。"吕月华大刀阔斧，把我的《雨中，一把伞》改得"面目全非"，简直是割我的肉，让我心疼不已。我热衷于诗歌创作，尽管经济拮据，还曾经花五元钱参赛，把作品寄给《诗神》；后来收到该刊一份，只是翻遍全刊也没找到我的名字。我挥笔题写"一只飞不高的小小鸟"以自嘲。

王怀中当梦溪诗社社长的时候，已经有人批判汪国真了，诗社交到史向荣手里，更冷清了。这位本家社长拉我去张贴招生海报，我表示想退出诗社，被他坚决否定，说还要努力发展壮大才是。诗社在91中文（2）班教室举行诗会，社友李静问我是否有意见要发表，我说倒有建议呢。我一开讲，气氛立刻活泼起来，把沉闷一扫而空，史向荣也由悲哀咂嘴状态开始热烈昂扬起来。会后和她忆及高补班，因为我们还是"补友"，前后位子坐着。她说我那时很坏、很凶，还列举了事例。我打趣说抱歉，她笑着说已经迟了哦。我在高补班，那时由于非正常落榜，心态一度很不正常，同桌赵某夸我"成绩好"，我立马翻脸："成绩好？成绩好还死到高补班来？这不是在讽刺我吗？"暴怒的眼神、严厉的语气、打架的姿态，不由得坐在后位的她们女生不害怕。在师专时，我对郑红明老师的犯犟，以及现在的偶尔发飙，都源于当年的心理痼疾。又一次诗会，我正好坐在李静座位上，无聊之中随手翻看她的笔记本，文笔不乏优美之处。后来她问我是否翻看了，见我笑了，她有点恼，哼了一声，也没办法，拿走我的诗稿去看，还帮我改动了几处呢。我看到过她在诗社社刊上发表的作品《寻梦》，那时还是油印的，散发着淡淡的墨香。可惜我翻遍日记，也没有查到自己发表过任何作品。天天写，人人改，白忙乎，真亏心！吃着萝卜干，写着豆腐块；生活那么清苦，追梦那么执着。文艺青年就是个二货，无可救药。

关于倔强脾气，刘蓉曾和我交流过一次，她评价我脾气好多了，说她以前是不能理解的，还劝我更随和一点，再多写一点文字。这次能写下两万字的回忆录，平时还能坚持练笔，其中就有刘同学勉励的功劳呢。

四、写作老师

苏学文老师教我们写作，他人如其名，很有文人气质，温文尔雅，宽阔的脸庞上架着斯文的眼镜，发亮的额头，头发全部推向脑后，短而整齐，一丝不苟。苏老师笔名“君羊”，取意“合群”。他喜欢一边做动作，一边给我们朗诵，朗诵别人的作品，也朗诵他自己的作品。“水乡的路，水云铺，进庄出庄一把橹”，——右臂从头部往下滑落伸直，似乎在凌空摇橹，这是朗读别人的作品；“推开‘达夫弄’一扇大门，来不及欣赏异色花木和金鱼缸，便与几双眼睛相对，他们眼睛问，怎有陌生人闯进?”——叉开五指，双手前推，俨然正在推开沉重的吱吱响的木门，这是朗读他自己的作品。同学郑伟还深刻记得苏老师朗诵过一首关于“文革”的诗：“我捡起一块石头，一个声音在里面吼，不要管我，让我在里面躲一躲。”晚上在宿舍，我们往往竞相模仿他的派头，一边夸张地诵读，一边打着手势，引得舍友哈哈大笑。恩师啊，请你原谅我们的浅薄吧。

他给我们朗诵王蒙的意识流小说《春之声》，腆起肚皮，头微微上扬，亮晶晶的额头泛着光。讲到车窗里投进一块方方的月亮时，还对“方方”这个词做了重点讲解。他读的时候，大家很犯困。读完后，他想广泛征求意见，可是被叫起来的同学，都给他一个沉默无声的剪影。他走到我面前：“史祥，写小说的，应该有点感受。”我润润嗓子开了腔：“这篇小说，写得酣畅淋漓，你也读得如痴如醉——”他马上频频点头，如遇知音，“确实如此”。我脸上闪过一道狡黠：“但是我如在梦中，不知所云。”老师愕然，脸色青赤，颇显尴尬，同学们则窃笑起来。我像得胜的将军一样怀着骄傲的心态坐下。次日，恰好在学校浴室遇见他，赤裸相见。他用赤诚的语气劝我：“还是要多接触些意识流。”苏老师提及的小说，我在日记里查到了原稿，《“一得阁”》，今天来看，很是稚嫩肤浅，苏老师曾向师专校报推荐而未果。经查日记，参与此稿讨论的人，至少有郑伟、徐继峰、巫小才、陆群伟，谢谢大家了。

苏老师亲自朗读过我的《夜游清凉》，并改名为《夜游清凉山》，说是以免读者误解；还审阅过我的《减字木兰花·题吸江楼》：“沧桑无际，千古演绎多少事。河尾城端，秦时明月汉时关。青史空垂，秋阳斜弹伤心泪。回首神伤，风流尽没古长安。”某次课上，他读了四篇学生文章，李亚敏的散文化小说、本人的讽刺小品文、陆雨林的哲理性散文、何丽云的写实性文章。可见，他很重视写作，也努力奖掖后进。1992 年 6 月，最后一次写作课，他很感伤地说，学期结束了，我们的写作课也结束了。那种浓重的文人情怀，尽现。

1993 年 4 月，我们毕业前夕，苏老师要开讲座“诗歌的审美”，来者寥寥，他推说身体不适而取消，这是我最后一次接触他。其时商品经济兴起，学校也破墙开店，把南门移到东门，腾出更多的门面房来收租金，营销学的选修人满为患，气功班的站桩吸人眼球，“伤痕”已过，“朦胧”不再，沉重现实的“大墙文学”转向玩世不恭的“痞子文学”，黯淡了诗文辉煌，喧嚣了红尘滚滚，可以揣想苏老师无奈取消讲座时的落寞情怀。

五、清苦生活

新生入学报到，我没有包，是用蛇皮袋装着行李去的。王余万说他也是用的蛇皮袋，另说了一件糗事，他看到食堂小黑板上写的什么“素鸡”才 0.3 元，很高兴，一下子买了两份，结果没有一点荤味，才知道这个“素鸡”原来并不是鸡。报到头天中午，家里特地烧了藕，虽然我们一家都喜欢吃，但限于条件，平时是不会花钱购买的，只是为了给我饯行才去买一节。今天，在日记里查到这个往事，我的泪顿时盈满眼眶。弟兄三个，我排行老大，父母为了支撑我们上大学，付出了怎样的艰辛！过年买年货，为了买不买一小块牛肉，父母会辩论甚至争吵起来。日记记载，1992 年 5 月，“家道破落，入不敷出，穷困潦倒，以至于母亲一个人在家里半个月没有牙膏”，还有其他令人伤感的记录，不说也罢，好在这一页都翻过去了。

吴兰芳是生活委员，负责发放饭菜票。开学十天，就开始下发了，终于可以吃上“皇粮”了。饭票一律每人每月 30 斤，菜票嘛，统配生 37 元，委培生 25 元。委培生占多数，纷纷抗议。我们这些统配生则表面同情，暗中窃喜，所谓人性，大多如此吧。吴兰芳是大丰人，大丰教育局每年都会派人来师专，组织新生开会，并给每人发一个大包包，其他同学只有羡慕嫉妒恨的份儿。

日记里写过这样一句话，“文学填不饱肚子”，很是精辟。只有一双合脚的运动鞋，前后还张了嘴。我向吴健骏借过鞋子，向刘钰借过衣服。我身边常常只有几角钱，便又向刘钰借菜票，跟他出去蹭吃，多次用他的钱。作为舍长，我曾给友好宿舍舍长冯小亚写信求援。除了吴兰芳定向支持王勇外，我们其他七个男生分享了23斤饭票。

我们那一届的校服是天蓝色，我经常穿校服，因为实在没多少像样的衣服可穿。上一届休学的于苏平成了我们的同学，经常来我们宿舍小憩，他把他那届的校服送给我，鲜艳的大红色。从此，“红军”“蓝军”轮番上阵，我成了校服党。但是，好歹我有了换洗衣服，于兄，你解决了我的一个难题。实习的时候，我把校服转赠给了正在补习的弟弟，他块头大，把校服撑得饱满有形。我的眼镜碰伤了一条腿，歪斜着，戴着很不舒服，又没钱去修理，于是请吴健骏帮我修好，酬劳是一根0.3元的冰棍。某次刘钰上午回家，我想吃水果却没钱买，就请他给我带一个。他晚上回来时，我们正在打牌，我叫郑伟去搜包——有两只梨，郑伟先自吃掉一个，刘钰自享另一个。等我打完牌，什么都没有了。刘钰打招呼说：“本想暗地里塞一个给你的，可郑伟却先翻去了。”我徒唤奈何。其时，我正感冒发烧，太想吃梨了。两天后，终于吃到了，向纪龙霖要的。我们受命去港口、火车站接新生，他当小组长，对系里发的劳务费有支配权。我已经记不得我的吃相，也记不得梨的味道了，只是今天想来，依旧很辛酸。

因为穷，心理便比较敏感，滋生自卑。那年春天，南郊之行，各人或骑车或坐后座上，一批自行车“呼啦啦”而去，只有我、耿庆礼、拾景勇去乘公交车，拾景勇半途被纪龙霖“拾”走，只有老耿和我相伴。回程时，连老耿也不见，也没了公交车，眼见不会有人主动带我，我也不想烂脸皮，就发力疾行。后面来了一批同学，我就慢行，假装若无其事，还互相打个招呼；等他们骑过去，趁着没人看见，我就狂跑一气，以示没车我也照样能很快回来。快到铁路天桥时，一伙女生赶上来，潘益琴带上我。上坡时，我转而带她，心里憋了点气，于是两脚发威，猛踩脚踏，急速领先，在交叉路口也是急窜而过，把潘益琴急得一再叫慢点慢点，说不放心。感谢小潘，那次没有让我难堪。

那年中秋节，班级又到南郊搞联欢晚会，捡了不少柴火，但看林人阻止我们点火，扫兴。好多人步行返程，我、巫小才、郑伟挽手而归，伴着录音机的轰鸣。到正东路和解放路的交叉点，何丽云提议到大市口转转，“还早，月色也不错”，部分人自去逛夜市。陆彩婷一直随着我走回学校，交谈中，我才了解到她高中三年都是班长兼团支书，人才啊！某次备课试讲，她死活不肯给我看她的教案，大概是为了才美不外现吧。同样是南郊之行，这次，我的自卑比春天那次淡了。

六、穷中生“智”

富长良心，穷生奸计，不知是否有道理，反正我是体验过的。刘钰一度心情不好，说身上有钱反而难过，老是操心怎么花，就经常带我宵夜，我当然乐意相随。某次我们正吃鸭血粉丝，刘钰信口开河说，吃完后再吃砂锅。摆摊老太为了巴结我们，夹了几片牛肉给我们，勾起了我的馋虫。趁老太找钱不备，我奋力抓了一把牛肉塞进口袋，回头与刘钰分享。今年暑假，刘钰说及此事，我还很茫然，后来翻查日记，果然有清楚的记录，不容置疑。惭愧啊！罪过啊！对不起你了，老太。

巫小才和我家里一样困难，身边没多少零花钱，他也是校服党之一。同贫相怜，又是同邑，自成好友。那时比较盛行看电影，镇江军分区电影院就在师专斜对面，每场 0.45 元。我俩趁人不备，在检票门口的地上捡拾验票员撕过的废票，一般捡拾还有大半张的那种。每次放映，票色不固定，有红色的、蓝色的、黄色的，我们先侦查当晚的票色，随后转到角落在兜里寻找同色的残票，右手拇指将残票的撕裂部分掐在食指中节，收握四指，由员工拽下票头。我们二人保守秘密，共同“作战”，同学做伴，胆子就壮，一个人容易怯场。我们一进去就快速冲到某个角落躲起来，生怕被查、被训、被逐。2013 年暑假，同学聚会，我们二人当众开讲这个 20 多年前的秘密，大家不胜唏嘘，如在昨昔。

出门坐车，也有门道，可以设法逃票。那时候，公交车很大，车身长，有两节车厢，人称“大通道”；共有三个门，两个售票员，一个司机。司机只管开车，两个票务往往都是泼辣女子，把着前后门，中门则由两人共管。问题常常出在交界处，共管往往是都不怎么管。我就常常挤中门，人多车少嘛，上下车都很挤。挤上去后，不能像呆子一样杵在门口，而是要挪一挪，树挪死，人挪活。往前挪一挪，将自己汇入已经买过票的乘客中间去，混淆在一起，“漂白”自己的身份。心理素质也要好，任由票务先动员、再号召、再质疑、甚至谩骂，你就得卖个耳朵由她去。骂的是难听，可省下来的却是实实在在的真金白银。我多次挤过 4 路车，兜里只有几角钱，回来后，兜里还是那几角钱。记得在师专读过作家丛维熙的某部作品，写他在大墙内吃饭的细节。大家排队打饭，很稀很稀的稀饭，根本吃不饱。经过多次摸索后，他改用一个罐头盒去打饭，因为体积硕大，食堂师傅都在不经意间给他多打几十毫升。人类智慧的开发，往往在他最需要的地方突破，毕竟生存是第一位的。

某个中午，我躺在床上剪熊猫图案，准备布置宿舍，另有四个人在打牌，曲云静老师过来抓住了，不过没有没收，只是叫我再买点东西好好布置，明天给我报销发票。我买了一张小号吹塑纸、一瓶胶水，开了 8.86 元发票，其中还有我私购的一支圆珠笔、一本日记本，能否顺利报销，我心怀忐忑。次日，曲老师来检查，问，这张纸就八元多了？我说还有胶水图钉，李亚敏说还有跑腿费、手工费、布置费。看着我们打哈哈，曲老师没再深究，也没有难为我。真是好老师啊！

班主任来调查我们宿舍，大家推举陆雨林和我申请困难补助，当时老师对我印象不佳，曾评价我是“刺头”。现在回忆，这个评价一点不错，可能是高补班的阴影所致，感觉自己就是一个反派角色：江苏工学院有同学来联谊，我带人抵制搅局，本班女生虽多，但肥水不流外人田；和二班联欢，我无意参加，无奈之下，随便写了点致辞交给王勇应差；讨论是否去南京玩，我也反对；作为舍长，有时也不认真负责，草草应付——真不是个省事的主。申请补助的结果是，没我的份。次年冬天，李亚敏转达老师的建议，让我继续申请困难补助，我还记着一年的旧账，忿然拒绝。隔了两天，李仁南又转告，我仍表示不要。郑红明老师亲自来找我，我提及去年未获补助之事，她让我今年努力，说争取到了三个名额，旋即宣布：张敏、韦荣、我三人获得补助。本来还要陆雨林申请的，他拒绝了，说四选三，大家都困难，还能刷谁呢？他把自己给刷了！这就是我们的班头，不愧是班头，就凭这牺牲精神，我也服了！不管我怎么闹腾，老师依旧给了我困难补助，那时还不知道领情，不懂得感恩，今天写下这些文字，请老师原谅当年那个无知的我吧！

1993 年 4 月 1 日起，粮票作废，大中专学生每月另加补贴 4 元，6 日开始打饭不再论斤两，而是论小碗，伙食费猛涨，生活水平明显下降。大家意见很大，找陈国祥主任反映，次日米饭的分量才有所增加。主要依靠奖学金来维持生活的农村同学日见拮据，我更加捉襟见肘了，直盼望早点毕业挣工资。从此之后，中国市场迎来了又一轮快速涨价。前文所说的苏老师的讲座就安排在这波涨价潮之后，黯然收场的结果也就不难理解了。物价飞涨，人心慌张，谁还来听你的“诗和远方”？

七、宿舍斗趣

有个阶段兴起了气功热，李仁南、吴健骏跟着某老师学气功，回宿舍后经常吹嘘气功了得。陆雨林说，我们来做个实验吧。他半蹲马步，抬起脚跟，让我们来四个人，每人伸出食指，或托他的肘腕，或托他的脚心，他个子高，块头大，分量自然不轻——结果他被轻松抬起。简单的实验破了气功的神奇。要不是查看日记的真实记录，就是放在今天，我也会觉得匪夷所思。

吴健骏和我逛街，买回一斤容酒、一包花生米。我俩吃吃喝喝，酒瓶便见了底。我喝了大约 4 两，像死猪一样醉倒在床上，我睡在刘钰的上铺。吴健骏将宿舍的两张桌子紧贴着下铺刘钰床边摞起来，以防我晚上醉酒从上铺滚落下来。我和郑伟跟着刘钰学围棋，都没啥起色，刘师傅让我九子照样赢我。我们 3319 宿舍打牌很疯，但除了牺牲很多休息时间，也没忙出啥名堂。倒是 3317 宿舍把军棋四国大战下得风生水起、热闹无比。四人分两组，对家合作，彼此掩护，共御敌军，再找一人作裁判。这个玩意儿的乐趣在于神秘，不知道敌方棋子大小，不知道对方军旗藏哪里，炸弹更是神秘莫测。我旁观过经典之战：宋廷军把两颗炸弹埋在最左侧的倒数一二位置上，前一颗炸了对手一个军长后，又拱上来另一颗，敌方一个司令气势汹汹来报复，又被炸，实力大损，形势直转而下，乖乖认输。宋廷军一战成名。我至今对当时的场景记忆深刻：

宋氏的狂喜、友军的激赏、对手的愕然、裁判的惊讶、观众的叹服，场面感火爆，表情帝生动。

李仁南和郑伟来自武进，常说吴方言。我们讨厌他们用吴方言交流，就叫他们“日本鬼子”，他们不恼反笑。某次熄灯后卧谈，他俩故意用方言贬损埋汰刘钰，然后，李仁南坏坏地问刘钰：“还听得懂啊?”刘钰故作惊讶：“哦？你们刚才是在讲话的啊?”众人大笑，说这“驴”（刘钰的外号）够幽默的。晚上卧谈太久，“驴”就会发声，拖长了每个音节：“好嘞——，闹——死嘞——”遇人反驳，就是这句话：“好嘞——，我知道了，如何如何（重复说一下别人的内容），行了吧?”众人歇火，安眠，睡不着也得眯着。

头年春节后，我用宿舍公款置办了一面大镜子、一把梳子，得到班头陆雨林的肯定。王勇用得最多，他家境好，好打扮、好讲究，头发整整齐齐的，领带端端正正的。我和郑伟揶揄他，穿着裤头也要打领带，他也不恼。他曾偷用我们的毛巾擦皮鞋，遭到我们群骂。他还是宿舍里唯一的天天要搞个人卫生的人，洗洗才睡，这成了我们批判他的经典案例，他却反过来批评我们不讲卫生，以一敌七，也不怯阵。是己而非人，人之通病也。今天来看，他是对的。

毕业之前，学校给每人发3元，我们宿舍每人掏5元，共计56元，买来酒菜在晚上狂欢，把动静搞得很大，对面的纪龙霖也过来凑热闹。班头陆雨林想要入党，不敢造次，默默地没有参加。党员同志是用特殊材料做成的，一点不假。

往事依稀，今日能忆，全靠日记。诸多欢乐，伴随了我们青春的两年。2013年暑假聚会，老驴（刘钰）向我“自首”，当初郑伟和他偷翻过我的日记。我当时常常将日记本塞在枕头底下。看吧看吧，看着看着，我们就到了中年。

八、班级琐事

杨积庆教授鼓励大家走上讲台，试讲《曹刿论战》，1号王永红不敢上去；沈卓、李亚敏自告奋勇上去了；王世凤被大家鼓励着走上去，却没了平时的神气活现，有些局促不安；陆群伟摆弄了好几遍书本，终于没有勇气上去；其他同学都把头压得很低很低。我讲课不行，但是可以慢慢写，慢慢改，最后，我的《曹刿论战》教案得了“优”，看看周围鲜有“优”者，心里得到了满足和平衡，那是一颗不安分的青年的心哦！杨教授资历高，地位尊，是学校少有的几个正教授之一，曾经开过“镇江史话”讲座，陆雨林、郑伟和我坐在第一排，讲者翔实，听者认真。两三年后，曲云静老师陪杨教授等地方诗词名家去茅山采风，曲老师特地去茅山中学找到我，拉我和教授们一起合影留念，我很荣光，可惜没有拿到照片，否则我就多了向学生们吹嘘的资本。

到茅山中学找我的还有吴健骏和陆雨林。吴同学是在农历十月初三的茅山庙会找我的，当时我正花了 47 元钱买好一个简易碗橱，还是他帮我抬进学校宿舍的呢。工资不多，我简单招待了他，第二天也就请他吃了水饺而已。那时候，吃饺子很实惠，还不拂面子。陆同学带着女友游览茅山，我在中学给他安排了住处。多年后，我去镇江，他接待我，晚上住宾馆，我俩聊了差不多一个晚上，自然谈及情史，还回忆到这件事呢。

人才学课上，搞过“教授调查”活动的同学总结汇报。陆艳华第一个发言，台风和内容还是很可以的，相比之下，其他人就黯然失色了。学校还派人来录了音，拍了几张照片。丹阳师范的综合素养在当地是出了名的，陆同学就是一张名片。

《青春在闪光》诗歌朗诵会上，陆艳华、李亚敏合作朗诵，获得一等奖，现场观看，感受气氛，比看电影过瘾。贺利群、王梅芳的声音也得到大家的肯定和喜欢。学校推广普通话时，贺利群领读，第一个就叫我，可是我的普通话比较差，愣是把“茅山”读成“茅仨”，以后大家就把“茅仨”作为我的外号了。我很崇拜好声音，现在教学唐宋诗词，便下载些名家诵读熏陶学生，要是跟我读，就误人子弟了。

包圣福同学曾开过一次关于谜语知识的讲座，我至今留有笔记。很多女生坚持到了最后，不知是因为谜语有趣，还是因为包哥帅气。男生里能坚持下来的只有陆雨林、徐继峰和我。所谓曲高和寡，看来我们仨还比较高雅，小自恋一下。

某劳动周，我们 3319 宿舍被派去擦自行车，张伟清老师还来拍了照片。整个过程，只有班头陆雨林仔细认真，我们嘻嘻哈哈、吊儿郎当，到时间就一窝蜂收工。现在想来，人和人差距怎么那么大呢？刘蓉利用在食堂劳动之便，免收过我的一次菜票，被我记下来，锦上添花无所谓，雪中送炭才温暖，那次刘蓉就给了我炭火。

毕业前，班级气氛明显活跃，晚上经常搞各种活动，比如，在黑板上先画四个圆，由每组同学轮流上去，画上人的五官和头发，每人只画一件，此人需要被蒙上眼睛，结果画出来的头像五官挪位，须发难分，洋相百出，全班笑翻。那青春的涛声，那飞扬的激情，穿越过教室门窗，穿越过廿年岁月，落在我们的眼前。

九、 我的出访

我虽然属猪，却不是宅圈的猪。开学一周，我和郑伟就跟着刘钰去谏壁刘家玩。印象很深的是，那儿很多人家不在外面晾晒衣服，因为发电厂黑黑的烟尘会落满衣裳，洗不掉。刘钰的一个亲戚在镇上替老板看游戏机室，有个机子出了故障，在投币游戏后，轻轻拍打，游戏币就会滚落下来，可以重新投币游戏。我是第一次打电玩，这台可以打“超级玛丽”的机子对我们这些菜鸟来说，不啻是个天上掉下来的馅饼。我和郑伟打得头昏脑涨、乐不思归。半夜，机子忽然正常了，只吃不吐，犹如貔貅，我们徒唤奈何，拼命拍打，希望它再次发病拉稀。劣质荧屏伤眼睛，我只觉得满眼昏花，感谢游戏机恢复正常，及时阻止了我们的疯狂。第二天，刘钰带我们去吃蟹黄汤包。我第一次听说，更是第一次享用。20 年后的暑假，我和郑伟再次赴镇。头天早上，陆雨林带我们去吃锅盖面；次日早上，刘钰带我们吃小笼汤包。“轻轻提，慢慢移。”我们的筷子在同样的一提一移之间，20 年过去了，恍然如梦。刘母当年盛情留饭，对我们来说就是大餐啊。20 年后，再次见到刘家父母，看到他们身体健康、性格开朗，我和郑伟表示了衷心的感谢和祝福。

次年 3 月，我还单独去过一次刘钰家。早晨，刘钰忽然流鼻血，刘母甚急，忙问原因。原来前一阵吕月华领导我们这个小组，天天忙墙报；刘钰又经常去附近一个小巷子的“中街棋社”下围棋，耗神过多。说到去棋社，刘同学还带我去过几次的。某次他下围棋，我闲着无聊，就花钱（好像是一局围棋向输者收费 0.5 元，象棋 0.2 元）跟一个老汉下象棋，费用也由刘同学支付。我那时的象棋水平还可以，但老汉实在是个“老司机”，我根本不是对手，连输了两局，我也就没了心思和兴致。最后一局中，我大大咧咧主动吃了对方的马，一轮交换中，明摆着我就要损失一个车。老汉停棋沉思，他实在搞不清我的葫芦里卖的什么药，生怕中了招，竟然不敢贸然吃车。最后才明白，我不是使诈，而是自暴自弃，以求速死，他遂恼羞成怒，手起刀落，很快斩我于马下。然后我就专心致志地旁观刘钰下围棋。刘同学下围棋，步步为营，步步为“赢”那是很伤脑筋的。刘母急忙冲了两碗西洋参，一碗给儿子补营养，另一碗招待我这个来客，我内心感激。之后，又是团子，又是鸡蛋的，原来，母爱也是可以迁移的。

开学两个月后，我、刘钰、李仁南曾经随着郑伟去过他在武进小河镇的家。郑家是楼房，楼上 2 间楼下 3 间。郑父承包了大队加工厂，残米剩糠比较多，家里养着四五头猪，条件比我这个老区人民好得多。第二天上午，郑伟和李仁南去访友，我和刘钰钓了几条小鱼。郑家决定中午烧个公鸡招待我们，我去帮忙，把公鸡引到屋里，飞出一张渔网罩住，宰、烹、啃，真香。下午，我帮郑伟头顶了一床被窝返校，返校途中有个插曲。我们四人走过一道河堤时，刘钰茫然四顾，问哪里有厕所？引得我们三个农家孩子大笑，嘲讽这个城里的娃娃，说到处是厕所。

我还去过吴健骏家，他家在丹阳河阳镇，我去帮他家收割稻子。他们那儿是平原地带，水源不缺，种植的粳稻收割期比我们家乡的杂交水稻要迟。粳稻草硬，搞得我左手出了水泡。我那时干农活还可以，割稻、抱稻、捆稻、挑稻、打稻，比较在行，得到吴父夸奖。天黑了，我们两个人才骑车返校，赶回学校住宿。同学们给吴健骏起了一个外号“老外（夸张读成 wa）”。我和“老外”后来关系不错，秋天曾经一起旷课骑车去江边游荡，躺在开始泛黄的苇丛旁，捏着龟裂发黏的江边淤泥，看蓝天流着白云，听风声卷起波浪，晒着太阳，眯着眼睛，神侃天下，好不惬意。临到傍晚，才踏着薄暮，披着晚霞，背插一根造型奇特的芦苇而归。晚上我兴致不减，写了一篇散文，录在日记里。那是原生态的江畔，轮船骑着波涛，清风和着虫鸣，不知道现在开发成了啥模样。吴健骏比我老到多了，带我骑单车去过桥头会计专科学校；带我踩铁轨进入火车站，逃票乘火车去南京玩。毕业后，我和吴健骏交往也不少，曾经在他宿舍看到王跃文的长篇小说《国画》，商借回去，细细阅读，深深感叹，他见我如此喜爱，便干脆送给了我。至今，这本书还被我包了书皮，精心收藏。每每见到它，就会想起“老外”来。

十、运动系列

不知道为什么，师专特别重视体育，这让很多人挠头。一进师专就学做广播操。我肢体协调能力比较差，学得累，幸而郑伟在高中学过，我就站在他身后，亦步亦趋，虽然姿势僵硬变形，但好歹能对付过去。冬天晨跑，学校派人守在工人文化宫那儿点名，同学点名，老师督查。沈卓、李亚敏、吕月华、杭岑等都点过名。一次周六，我们3319宿舍全部没跑，张伟清老师来查，杭岑便舍了众人，单把陆雨林报上去交差。谁叫你是班头，班头不扛谁去扛？谁叫你个子高，你不顶天谁去顶？我们私下笑着评价：“还是杭岑够哥们!”纪龙霖也帮我圈过到。李亚敏曾委托我替他点名，不巧贺建国老师亲自来查，我只好烦请张伟斌、张俊给男女生宿舍紧急带信，一定要自己来晨跑。最后遗憾的是杭岑、吕月华缺席记名。李亚敏怪我办事不力，杭、吕和我平时关系也好，况且杭岑还保过我一次，搞得我里外不是人，灰溜溜的，感慨这差事不好干，尽得罪人，再不肯接受了。

我体育成绩差，曾请宋廷军、陆雨林帮忙“修改”成绩，比如把我立定跳远成绩的2.15米，改为2. 25米，正好达标，然而效果毕竟有限，让我大为苦恼、大伤脑筋。大一暑假前，我补考体育，短跑刚刚达标，还好，曲臂悬垂100秒，得到一个满分，总算松了一口气。评一等奖学金，体育要达到85分，我根本不指望了。师范生的优惠待遇之一，就是每人都享受二等以上奖学金，把二等奖学金标准平摊到每个月发放下去，年度考评达到一等奖学金的同学，则被一次性补足差额。毕业是个关，体育卡住了好多人的脖子，真是难于上青天。化学系共28人，有21人体育不及格，找老师通融之后，他们被允许在体育室摸体育彩券以支持国家体育事业来换取个人的及格。我早就补考过，应该通过了，可是被告知找不到记录，我去交涉，后来按照今年成绩评定去年为及格，同时花10元买了5张彩券，中了2个手帕。我算是好的了，那些才来补考的人，一般都要花二三十元，或购体育彩券，或买香烟孝敬补考老师，每补考一项，还要另外缴费3元。据传，从这届开始，为了激发努力，遏制浪荡，补考一门要交40元，淮阴师专则要交100多元，不知后来是否落实，因为我没有挂科补考过，不能确认。可以确认的是，商品经济大潮日益汹涌，怪事越来越多。

陆雨林报名参加运动会，结果临时摔伤右臂，吊着个绷带，他表态："胳臂伤了，我还有嘴，可以呐喊助威，做啦啦队！"什么叫班长风范？瞧瞧，这就是！说到做到，运动场上他到处疯跑、狂嚎；让我写通讯稿，我能糊就糊，能溜就溜。这次运动会，徐继峰跳远第一，李亚敏跳高第一，宋廷军1500米跑第二，纪龙霖短跑第五，姚恒明三次犯规，隔壁的甘起美女子跳高第一，我班杨建芬也表现不俗。中文系，好样的！比赛采用电脑算分，我们虽是大学生，却也很少有人见过电脑，纷纷围观看稀奇。

沈卓，卓尔不群，篮球打得一流，经常旷课去代表各个单位出场参赛，获得一些补助，过得很是滋润。他还是全班唯一的非团员，这个唯一的群众，比熊猫还稀奇。因为凡事都要征求群众意见，所以他的意见很重要。班主任和班级团支书多次动员他入团，可他就是不肯。每每团队活动时，他挎上书包，怀抱篮球，绝尘而去，背影上聚焦着同学们或羡慕或不解的目光。第一次劳动周，闲暇时间充裕，部分同学无端爆发了篮球热情，包括我在内。一次我神经发作，拿了沈卓的篮球在过道走廊上重重拍打，把动静闹得很大，被杨科长查扣，并且要处分我。幸亏沈卓、李亚敏极力求情，我写了深刻的检查才暂时无虞。十天后，我用第二份沉痛的检查，换回了沈卓的篮球。篮球被扣的第二天，不知情的吕月华、冯小亚兴冲冲地来打球，还特地换穿了球鞋，听说了情况后悻悻而归。期间，沈卓多次安慰我，说"没事的"。沈兄啊，谢谢你，凭我当时的经济状况，如果你逼要篮球，真不知道我怎样才能渡过难关哦。经此劫难，大家的篮球热情顿减，我也自此不好篮球。

临近毕业，中文系和物理系进行过篮球冠亚军决赛，沈卓领队，陆雨林、李亚敏、纪龙霖、王余万出征，我们观战呐喊，表现出球迷的狂热，观众效应往往能激发潜能。这场球赛得开心痛快，酣畅淋漓，得胜而归。

在沈卓和篮球之间，就是一个等号。

十一、 我的骄傲

陆雨林的弟弟上学需要一本政治课本，他为之费了不少精力，苦于无获。我请亲戚设法弄到一本，他惊讶于我居然能搞到。其实我本来也没有把握，事后倒好好自诩一番。人总喜欢往自己脸上贴金。好在，他没有再订购几本，否则，立马穿帮露馅。不管怎么说，能帮他这个忙，我还是小得意的。

一次，我去教室，刚到拐角处，一群同学围在教室门口，看到我，一起发声喊："来了，来了！"搞得我一头雾水。原来，徐继峰、丁国荣没带钥匙，无法开门。我当时的腰带是用黄牛皮制作的，既有硬度，又有韧度，很适合用来捅开简易的门锁，而教室门锁一向都是松松垮垮的，一捅就开，三五秒钟解决问题。大家一窝蜂挤进教室读书，我落在后面，匆忙而骄傲地收拾腰带。

但并不是每个门都松松垮垮的。系书记尹美英老师的办公室在我们教室隔壁，门缝就很严密。某次她刚出门，一阵风把门给带起来了，而钥匙被关在里面，她很是着急。几个同学围着她，也想不出办法。我知道黄牛皮腰带也解决不了这个问题。我那时身材矮小、体格瘦削，但身手灵活、动作敏捷，于是回到教室，爬上外窗，左手左脚将自己固定在教室外墙的边窗上，伸右手探右脚，盲抓盲踩，够到尹老师办公室的那扇窗户后，右手紧左手松，收缩腾挪，向里面从容一跳，轻轻落地，从里面旋转门锁，迎接了尹老师惊讶又惊喜的目光。尹书记衣着朴素、身形清癯、双眼有神，说话做事都很干脆利落，嗓音略带嘶哑。她热爱学生、为人高尚，在学生中威望甚高。我能为她解忧，还真是我的小骄傲。她说："史祥啊，你吓死我了哦！我要请你吃东西。"我们教室在5楼，要是摔下去，后果是不堪设想的。不久，她让92中文的学生给我送来一些水果，有柑橘、梨子、苹果，还有一信，信中嘱我务必收下水果，说上次爬窗子的事让她后怕不已。毕业多年后，我回访母校，尹老师曾经请我吃过饭，老师的饭，学生会记得很清楚。

我们曾经练习了一个学期的书法。我的书法基础很差，一开始作业上基本没有红圈；后来，经常被评为“中”，偶尔能获得一两个红圈，激发了我的兴趣；郑伟练着柳体，我和他在宿舍面对面一块儿写，比赛增加了练字的劲头；终于，能获得“优”了。与书法老师交流，他说发现我进步很快，有颜体的味道了。得获此评，我激情满怀，继续练习，最终使我原先的字迹大为改观。我早期的日记上的字迹实在难看，后来渐渐好多了，一个一个端端正正的。那年春节前，我在家写对联，也有村里人送红纸来请我写字了，我嘴里虽然抱怨辛苦，心里还是很乐呵的。感谢老师啊，老师的肯定和激励往往是学生最大的学习动力。

学校为了迎接全国师专现场会，狠抓卫生，宿舍要求很高，我这个马虎舍长被逼无奈，率众发愤图强，全力布置宿舍，字画上墙。尤其是吴健骏，帮我们把被子叠成豆腐块，被班主任表扬。知耻而后勇，全校评出 78 个文明宿舍，我班三个男生宿舍唯有我 3319 宿舍名列其中。我得意地笑着对 3317 舍长张伟斌炫耀：“看看，是不是写错了？”他们宿舍一向都是被班主任表扬的呢。不久，我们宿舍的门楣上挂上了“文明宿舍”铭牌，奖励是每人一块白丽牌香皂。我是小舍长，得志便猖狂，因为这个奖励，我得意了好久，现在想想真好笑。不过，凡事都有利有弊，叠成豆腐块的被子搞得我们午休时都舍不得打开被窝，只好轻轻躺，受点凉。

十二、考试故事

我收藏着一份“55”分的普通话口语成绩单。第一年，贺建国老师教我说绕口令，听我“穿窗”“撕狮”不分，方言浓重顽固，大摇其头，我也愤恨自己乡音难改。第二年，郑红明老师上口语课，考试时，我拼命咬住 zh、ch、sh，她很高兴，我顺势说了几句好话，又可怜巴巴地求情，郑老师给我一个“75”分。水平固然重要，态度断不可少，嘴甜更是王道。吴健骏事先笑我口语肯定不及格，事后我反唇相讥，因为他没有及格。为了庆祝我们的结果相反，当晚我请他吃了一碗面条。

除此之外，最惊心动魄的是心理学考试。全班最高分是陆雨林的

65 分，一共三人及格，我才 53 分。临近放假，班上同学已经走了大半，老师来到班级，说可以把作业或者笔记交上去，“态度好就及格”。我们马上屁颠颠的或翻抽屉，或回宿舍，很快诚惶诚恐地交上去，后来得知交作业的通过，其余补考。比如，贺萍 58 分，请某人代交作业未成功而补考。补考的人唉声叹气，个别同学急于通过，被抓作弊，背上处分，不予毕业，被扣的毕业证书在工作一年后才返校拿到。

关于考试，我曾有过极端的行为。我这人毛病多，坐姿不端正是其中之一。考试时，我摘了眼镜搁在桌上，斜趴着身子，脑袋架在左胳臂上，一直顶到桌子的左沿。监考老师叫我坐好，不久，我习惯性地恢复如故。于是，监考老师让我带上试卷坐到最前面的一张空桌上。我心中忿忿，坐到新地方便举手发问：是不是我有问题？他说没有，又用手指指后面，意思好像是怀疑我给后面的同学抄袭。我莫名大怒，在试卷最后一页写下：“这是对我人格的侮辱，这是对我人生价值的否定，我拒绝答题。”然后把试卷一交，摔门而去。老师查看试卷后，大怒，叫停大家答题，把我的文字读了一遍。下面的李亚敏等人同时发难，大声说：不要影响我们答题！把监考老师气得说不上话来，告到系里。郑老师找我，我还振振有词：既然承认我没有问题，为什么叫我坐到旁边去？她开导半天，我才有所缓和。她又问我试卷上写的字怎么办？那张试卷，左右各有一个题目，选做其一即可。我说，左边题目已经做完，把右边半张撕去不就行了？后来试卷发下来，果然只有半张了。这个考场轶事，给郑老师留下了深深的印象。亲爱的班主任老师，那时我的倔强和神经，给你添了麻烦，请你原谅我那时的粗鲁无知吧。

关于郑老师，还有一件事，我不得不提。毕业前夕，我曾向她打听过不回原籍就业的程序，她说自己“一直放在心上”，说如果仅仅从经济困难的角度考虑，那么她愿意为我找个更好些的学校。她说：“你家庭比较困难，人又比较老实，又喜欢写写。”我插话说：“就是脾气不好。”她接着说：“个性是有点犟，现在好像好多了，那时你还是个小孩子嘛！”我连连点头，她用这种方式彻底抹除了我以前的不好形象。这就是老师宽阔的胸怀、磊落的胸襟。她向我推荐了武进洛阳中学，建议我出去看看，说男子汉应该出去闯一番，那边出路广，不似句容小地方；并说巫小才家境也很困难，希望我们结伴而去。事后，她还详细地听取了我的行程汇报，做了些分析。从此我开始了求职之路，洛阳中学年轻的毛校长要了巫小才、陆彩婷，而我无果；之后曲云静老师介绍我去无锡的前洲中学，可是我的浓重方言成为交流障碍，两节公开课后走人；又忍着腹泻的煎熬和旅途的憔悴，辗转摸到南京的江南水泥厂子弟学校，不料被人两天前占了先；又敲定好丹阳界牌中学，校长请我吃饭，为我报销电话车票，结果，我在一系列变故后，缩回句容，落脚茅山。感谢郑老师曾经对我的鼓励，让我行程良多，阅历渐丰。

十三、 医院， 医院

宿舍打牌虽然很热闹，但也容易产生矛盾。某晚，李亚敏、耿庆礼、丁国荣、李仁南开打，有人小小作弊，李仁南怒掷扑克，说："不打了！"别人三请，李仍拒打，众人改请陆雨林参战。李怒气未消，一推耿，耿人躲手挥，打翻另个桌上的水壶，碎溅的开水，烫伤了郑伟的右小腿，耿为其一捋衣裤，把皮都带了下来。陆雨林、耿庆礼、吴健骏赶紧用两部单车送郑去江滨医院。我从盥洗间回来问明情况后，与刘钰、李亚敏步行前往，到医院后，看到郑已包扎皮试，遂一起坐等。

坐等之际，有个75岁的老太被一年轻人单车撞倒，背至医院，送进急救室，老头还一路跟着。肇事者谎称挂号而开溜，老太急得哭哭啼啼，老头吓得瑟瑟发抖。陆雨林领头，带着我和李亚敏将老太送去X光室拍片，又帮忙把人送回，等着报告单出来。（其他人已经护送郑伟先回了，此处不提。）又叫来老人的一个邻居，一起跟院方交涉，权且收下老太。将其全部安顿好后，我们辞归。值班医生起初以为我们是镇江医学院的，我们郑重申明是镇江师专的，我们为校争了光。如今，高校合并，师专和医学院倒成了一家人咯。归校时，校门快关了，宿舍早熄灯了。陆就是这样，很有助人精神，92年冬天还曾带我去铲走廊上的冰雪，为了大家的安全。他的沉稳、热情、进取、自制的优秀品质，都让我景仰不已。

八个月后，已是冬天，我穿着夹克，骑车访友不遇，路过九里，在地摊上淘了几本旧书，揣在怀里，返程到江滨新村附近，偶遇王梅芳骑车带着张晓华。张提了四个黄桥烧饼，和王开心聊着天。我先过了路口而去。王欲归校，张欲续游，争论一时无果，而车已扭捏着到了交叉路口。黄衣协警一指张，张吓得跳下车，王掌车不稳，方向走偏。我刚过路口，听到异样之声，还没转头，一架摩托已经停在我左侧。再看后面，王摔倒在地，抱右脚而悲鸣。原来是被摩托带倒了。黄衣老头叫住摩托，两个骑乘男子气势很凶，几句话镇住我们，威胁说，要是报警一分钱也不给，要是不报，给个一二十元，最后给了20元。我趁空去抄了车号苏02－51679，由他们去了。我们那时没有任何社会经验，无从应对，只好自认倒霉。我扶着车，王坐上，张另推一辆，到了江滨医院，挂号、上楼、划账、缴费、拍片，较为麻烦。好在我上次来过，这得拜郑伟所赐，张对这儿也有点熟悉，所以都不怎么着慌。片子显示没有骨折，情况还好，一共用去30多元。回校也是由我一路推车驮着，一直送到女生宿舍楼门口，由张搀扶上去了。按照学校规定，男生一律不得进入女生宿舍，只有韦荣这些学生会查宿舍卫生的男生才可以。王休养了3天后才复课。张遇事不慌，一直提着烧饼，要是我，早扔了。往医院去的路上，单车没有车篓，我只好帮忙把烧饼也揣在夹克里面。等待片子要几十分钟，她们居然一人一块吃起来，还力邀我也吃一块。我哪里有那个闲情噻，况且也不饿。最后，剩下的那两块，还是由我帮忙带到女生宿舍大门，现场交还她们。哎，女生啊女生，可气又可爱。

十四、男生女生

春游扬州，秋游无锡，这是大学期间的两次出游。在无锡，首次坐过山车，大家惊叫声一片，下来后，还心跳不已。返程坐车时，大客车驶下一个拱桥，又激发起过山车时的感觉，女生尖叫，男生大笑，貌似胆大，其实心里都是“咯噔”一下的感觉呢。回程路上，汽车抛锚耽误了时间，修好后，司机逢车必超，开得飞快，几次差点酿成车祸。男生女生都不敢大声，紧张前望，及至校门停车，才把小心脏放下来。我当时右膝盖还受着伤，是前两天庄留平、李仁南带我溜冰时摔伤的，一个跟头，磕掉铜钱大的皮，现出殷红的血色，不过没有流血而已。五天后，方秋玲托我把游玩时拍照片的费用转给李仁南、张伟斌，二人不受；复给饭票，也不受。男生嘛，自然要大度些，才显出君子之风。

学校组织革命歌曲歌唱比赛，班主任规定可以使用一切时间练习，为了营造气势，又规定男生穿白衬衫、黑裤子，打黑领带，女生穿白衬衫、黑裙子，打红领带。我还帮贺利群从外系借来两条红领带。我是个否定主义者，对一切都来个抵制否定，在《班级意见簿》上写了一段《西装论》，否定着装“统一论”。次日，班主任看到“麻雀小，五脏全，师专小，规矩严”，声称要查“这个人”，吓得我趁人不备，赶紧撕了。歌唱比赛结果，大合唱、小合唱、独唱第一名，均被我班囊括。《黄河大合唱》气壮山河、巍峨磅礴、声震屋宇，赢得一片喝彩。我对陆艳华获得独唱第一表示“祝贺”（我的方言读成“作货”），陆听了几遍才明白并表示感谢，把我囧得可以。之后，班级举行庆祝舞会，班主任年轻气盛，因获奖欣喜若狂，从开始跳到结束，一首曲子都没有拉下。

班主任趁热打铁，让班长组织同学们探讨男女生同学关系问题，这话得从头说起。开学初，男生在《班级意见簿》上呼吁买足球，一连呼吁六七次之多，都没什么反响。我便仿效当年刘半农与钱玄同的双簧戏，模仿女生口吻，写上严厉的反击文字。这下子热闹了，男女生互相攻讦，以至于矛盾激化。这惊动了班主任，以为班上男女生关系紧张，急需弥合，所以推出此举，得到大家一致支持。这次，因班级获得荣誉，男女生之间气氛友好融洽，于是很快达成共识：集资买足球。同学很开心，老班很欣慰，但是，乐极会生悲。次日，买得足球，课间操时，宋廷军带足球去踢，被史俊一脚凌空抽射，击中刘蓉的脸部，当时她就嘴角流血，挺到下午，颧骨都肿了，只好回家休养。打了鸡血的足球小子们，俨然中了黯然销魂掌，足足闷了一星期。

座位排布上，女生在前，男生在后，以防接触生情。原先，我和李亚敏坐在吕月华、方秋玲的后面。后来，纪龙霖经常和李亚敏互换座位，以便和前面的女生搭讪。我觉得自己多余，选择了逃离。李亚敏则坐了我的位置，腾出自己的座位给纪，纪的座位已经转给了姚恒明，我干脆坐到姚的位子，去和张继源同桌，从男生第一排移防到最后一排去了。座位后来还有过一系列连锁变动，不过无关紧要，既无事故，也无故事，只是我完全失去与女生交流的地利条件了。纪龙霖与吕月华走得越来越近，纪渐失脾气，吕更显妩媚。李仁南认为我做得对，今天来看，的确效果明显：男女同学搭配，资源没有浪费，他们最终喜结连理，拥抱幸福婚姻。

1992 年平安夜，我吃了别班同学包的饺子，向班头陆雨林提议，也花点班费包饺子。晚自习时，陆雨林、李亚敏一方面通过陆艳华，一方面在后面带动男生起哄，于是议定次日包饺子。当晚，男女生互相交错轮流点歌。我趁机挥笔写自己的日记。点过一轮后，王红敏第二次唱歌了。这时，杭岑示意、王勇努嘴，让大家注意到埋头写字的我，于是，我被抓了出来。语不惊人死不休，唱歌也当如此，我想来个轰动效应："翻过一道山哟，转了一道弯，妹呀妹呀，来到你门前，只要你的狗呀不汪汪，我就算是过了这头道关。"怪腔怪调、嘻哈逗趣，每唱一句，大家就哄笑一阵，气氛被推向高潮。次日圣诞节，王勇得了急性阑尾炎，住进第一人民医院动手术。后来，郑老师及好多女生都去看过他。"王大炮"（王勇外号）住院给我们宿舍带来一些福利，大家分享了好些营养品。他个人住院，并不影响我们集体活动。全班再次在学校食堂包饺子。由于上次包得超多，都没吃完，因此这次捞饺子时，我不慌不忙，女生优先，努力显出绅士风度，结果，只吃个半饱，而陆雨林忙了一阵子，一个也没吃到！我们犯了经验主义的错误。哎，见食不抢，到老不长。

巫小才父亲去世，徐继峰、张晓华、束小江前去吊唁。他们仅逗留半小时即归，说是病故，医疗花去两千多，张俊提议捐款。女生先期已捐款 150 多元。次日，学校给每个宿舍发下月例 20 元，我添了 3 元，给了徐继峰，由他集中交给巫小才去了。同学们虽然能力有限，但爱心都是火热的。尹书记、郑老师及全班共捐了 300 多元，饭菜票若干。中文系还发了《捐款倡议书》，外系也伸出了援手。一个月后，班主任公布结果，总共捐款六七百元。多少可以缓解一点他家的困难吧。

十五、 毕业尾声

毕业照，你有没有？我没有，日记记载，需要的同学另外交钱，我穷，没钱，就没要，巫小才也没要。2000 字的毕业自我鉴定，抓得倒比较紧。学校要迎接全国师专现场会，又要开建理化实验楼，资金紧张，最终宣布，取消毕业聚餐的惯例，改为按人头发钱，每人 10 元。有的系，学生自己再贴上一点，还是聚了毕业餐，吃了散伙饭。中文系搞了个茶话会，西瓜、汽水、瓜子、话梅，每个男生宿舍偷偷买了一包烟。但是，少了酒水的刺激，情感便不够喧腾，冷冷清清，大家都比较失望。夜里打牌，熬到四点，就有人开始收拾整理行装。从此，各奔前程，执教四乡，就如一簇蒲公英，随风散开，再也不可能全部归拢一块。如今人到中年，回首往事，我们已经度过了人生最青涩的时光，徒生多少感慨。

本文 2 万余字，我翻阅了师专两年期间的全部日记，摘录资料，耗时十天，每日写到深夜。今撷取部分，与诸位同窗分享。毕竟是个人视角，所以只能回忆到部分同学，望其余同学原谅。看着日记，我有时双眼含泪，有时哑然失笑，同学们的倩影、青春期的青涩、男女生的矛盾、个人的小秘密，一一清晰起来，生动起来，浮现眼前，有时甚至还能配上当时的声音。丰富的生活，承载了太多的内容，好些内容都没写，比如实习经历、食堂吃饭、工作分配、电影录像、图书馆等，日记里甚至记载了大量当时的物价，还有一些纯粹个人内容，限于主题，本文从略。

成文后，我发给郑伟同学审阅。他仔细阅读后，帮我校改大量舛误，查找资料，努力核实，使得文字通顺，事实严谨，就像当初认真读改我的作品一样。又发给班头陆雨林终审，他红笔圈改两处后，一敲桌子，遂定！于是，这篇文章被印成单行本，作为毕业 20 年聚会的礼物。

亲爱的同学们，下一次大聚会，会在何时呢？你是佝偻着腰肢拄着拐棍，还是须发花白含饴弄孙？

既然我们《萍聚》过师专，我们就当常常缘聚镇江，让我们再次

《星星点灯》，重温《最真的梦》。

我有一个恳切的建议，诸位中文同窗，都能回顾往昔，忆海泛舟，打捞故事，加以定格，然后汇编成书，当是我们一代青年不朽的记忆，也是一个时代具体而微的缩影。

2013 年 9 月 18 日定稿

2018 年 3 月 29 日再次修订

注：

此文定稿后，曾印成单行本，作为同学 20 年聚会的礼品之一，大家反映这是最有意义的礼品。只是限于个人眼光和交往范围，没能写到每一个同学，甚是遗憾。

此次再度修订出版，掐指一算，又是五年，所谓光阴似箭，日月如梳，如今感受特别深刻。当年 58 名青年男女，竟已有人作古，令人不胜唏嘘，唯望各位学友牢记“学高为师，身正为范”的校训，保重身体，不忘初心，牢记使命，继续效力，为国家奉献自己的热情和才智。

写作老师苏学文

2013年的国庆节，毕业20周年聚会，热烈隆重、欢快愉悦，我在文中写到的杨积庆教授已经作古，班主任郑红明老师被堵在高速路上不能及时赶回，还有写作老师苏学文因为中风而半身不遂没有来，其他老师均与我们欢聚了。天下没有不散的筵席，大家纷纷登上回程时，班长陆雨林留下我和其他几个人，分别是纪龙霖、宋廷军、吴健骏、李亚敏、韦荣、写作课代表方秋玲（女），一起去拜访苏学文老师——君羊先生。我笑称，七男一女，正是八仙的组合。

老师换过了住址，一路打听才找到，搬到原来的镇江师专校园里了。以前，我们最喜欢用“寿丘山下，梦溪河边”来形容我们的学校，沈括的梦溪故居就在学校大门的对面，整修一新，散发着古典味儿。梦溪河早已淤塞填平，寿丘山兀自还在，虽然底下挖了很多防空洞，顶上建了图书馆，毕竟，还有一点山的体型轮廓。准确来说，可以叫寿丘，不能叫寿丘山，因为真的就是一个小丘而已。我们进了学校大门，通过询问保安，得到了路线指点，经过食堂前面的路径，顺利找到老师家。

老师家就在这小山底下，以前的教师宿舍楼，一楼最西边，带个小院子。院门开着，一扇普通的其实并不防盗的所谓防盗门。丝瓜的藤蔓趴在院墙上，有油亮的绿叶，有明艳的黄花，也有衰颓的枯叶，只在脉络的两侧还残留着一点绿意，生机渐渐隐逝。我们一起吟诵着“走进达夫弄”，就兴高采烈地钻了进去。事先，班长老陆已经联系过了。我是最后一个进院门的，掏出手机拍着照片。这时候，屋里走出来一个老太太，头发灰白，眉毛较淡，眼角向两边低垂，细长的脖子，烘托着一张慈祥和蔼的瓜子脸，依稀可以辨认出年轻时候的美貌。这就是师母。她说老师到山上散步去了，我们有点怏怏。老陆把礼物搁在客厅一张简陋的桌子上，我也掏出带来的《师专生活》，翻到“写作老师苏学文”章节，放在水果箱上。

师母说，老师在山上，有她弟弟陪护着呢。我们商量着，决定去找找老师，看看他。沿着依稀熟悉的红砖砌就的台阶，转几个弯，老远就看到老师正坐在花台上，花台紧邻月亮门，嵌在围墙上的月亮门离一座平房的后墙不过两三米远，两墙正好 90 度拐角，拐角里矗立着一棵古树，树皮皲裂而沧桑，像是上了年纪的老人。古树前面砌着半米多高的水泥花台，花台里没有花，只有一茎人工栽种后又疏于管理的细枝灌木，好在是常绿型，叶子还很光泽。地上倒有很多落叶，随着微风，伸着懒腰。这平房是当年美术系的教室，如今几乎完全被爬山虎覆盖。岁月的裂纹已经侵袭了月亮门，写有“＊萃”字样的匾额还在，这里曾是一个热闹所在，进进出出过好些艺术系学生，长发飘飘的男生，头发翻卷的女生。

老师的轮椅在不远处伺候着，拐杖倔强地站在一旁。老师自己坐在花台边上，搁着厚垫子防止着凉。他右手抓着左手，身子侧倾，半卷着的袖子，把土黄的夹克单衣拽得笔直。夹克下面着一条小花白色睡裤，睡裤被他的坐姿弄出很多褶皱，裤脚悬垂在鞋子上，一双中帮的迷彩半旧球鞋，系着鞋带：感觉全身服饰很不搭。头发很短，发质很枯，布局呈现 M 字样。额上一大片空白，眉毛呈“一”字形外翘，眼珠浑浊、眼袋松垂、面容僵硬，遍布老人斑。我的心一下子揪了起来，酸楚之意堆满鼻翼。这，就是我们曾经的老师吗？那个身形高大、身体健硕、表情丰富、才华横溢、文质彬彬、西装革履、黑发浓郁的老师，就是眼前这个清癯枯瘦的老人吗？呜呼，痛哉！

大家不便把心酸表现出来，都笑着喊“老师好”。老师点点头，他的护工帮着介绍他的情况：左手麻木，右手还行。我和老陆去摸老师的左手，果然有点凉。老师忽然发话：“说说你们名字、单位。”我们一个个报给他，他也会偶然插一句，说说他知道的该地点的相关情况，字数不多，但我们轻松起来。他虽然中风，毕竟没有糊涂。我们说及他当年给我们朗诵他的《郁达夫故居》，我模仿了他当年的肢体语言。他说：“发在《诗刊》上的。”过了一会儿说，“拆了”。我们才理解他是说郁达夫故居已经被城市化建设改造了，引发我们一通议论和感慨。他说自己右手可以动笔，现在还写诗，发在《镇江日报》上。

班长告诉老师说，史祥还写点东西的。老师问：“哪里发表?”我感觉背部发热，说没怎么发表，就放在QQ空间里给自己的学生看看，老师跟着说“也很好”。我才缓过一口气来，轻松一点。老师留给我的印象是，头脑反应还可以。不知道是否长期写诗使然，他的话语都很简短，最长的一句话是他对自己的评价：“过去的苏学文已经死了。”我们也不知道如何来接话，是否定呢？是劝慰呢？哎，还是转移一个话题吧。

师母已经赶了过来，老师指示她：“把《诗选》送他们。”停顿一下又说，“每人一本”。我们告辞老师随师母回屋去拿书，师母盛情切西瓜招待。我得空参观了一下老师的屋子，光线有点暗，竖着几架书橱，塞满了各类书籍。墙上还挂着条幅，是老师的手迹，王之涣的诗，“白日依山尽，黄河入海流，欲穷千里目，更上一层楼”，介乎行楷之间，飘逸而不狂放，规整而不拘谨，美女课代表方秋玲同学仔细观摩，似乎想从中找到一点老师昔日的风采。

西瓜很甜，我们吃得很开心，说说笑笑。师母又打水给我们洗手。这时候，老师居然从山上回来了，坐在轮椅上，护工把他一直推到楼宇西部的一两米高的水泥场上，需要再下五六级台阶才能到院子门前。他就面朝东边，在高处俯视着我们。我们欲上去帮忙把他抬下来，老师淡淡地说，“不用，就在这儿”。他的声音并不高，可是似乎总很有力，我们只有听从的份儿。

我赶去拿《师专生活》，跑到老师面前，把翻开的那一章给他看，我侍立在侧旁，执弟子礼，由他审阅我的作品，就如当初他面批我的作文一样。我请纪龙霖帮忙拍下我侍立的照片，留个纪念。老师看得很慢很慢，我的背上又开始发热冒汗，有种芒刺在背的感觉，心里有点发虚，惴惴不安，急等着老师的评语。我偷偷瞄了老师一眼，想看看他是否在看，需要不需要我帮忙翻页。他终于有了翻页的迹象，我伸出手去要帮忙，可是他已经用健康的右手自己翻动了，加了一句话，“写得不少”。我收回双手，继续陪着。老师全部看完后，说，“好”。我终于长舒了一口气，这时才感到心里踏实，气也喘匀了。

这时候，师母给我们发书了，每人一本，老师的诗集，《君羊诗选》，四个字在封面的左侧竖排着，上下的笔画都已经切边了，显得顶天立地。我把书翻到扉页，请老师签名。他看到我在《师专生活》封面上的签名，问“宋祥”？我明白了，我把自己的姓“史”的第一竖写得太前了，忙说“史祥”。老师右手捏着《师专生活》，扬起胳臂，对护工说“收起来”，停顿几秒又说，“送给我的”。然后接过我递上的签字笔，写下“史祥同志雅正　君羊”。他没有写“同学”，而写了“同志”，从他们那个时代称呼的习惯来看，当是高度评价我的吧。他的“君羊”的签名，肥润俊逸，和当年一样一样，这一下子让我找回了当初的感觉，心里一阵热乎，扬起书来，朝站在院子前面的其他同学挥手，得意炫耀：“我的这本有老师的签名呢!”老师的声音从后面传来，“他们不需要”。我已经冲到同学们中间了，回身看老师，老师背对柔和的夕阳，端坐在轮椅上，犹如一座神佛，让人仰视。最后，我们依依惜别，老师就端坐着，看我们渐行渐远，消逝在他的视野里。

回家后，我认真阅读了《君羊诗选》的序言，对老师有了更深的了解，对老师的情怀有了更多的理解。老师的诗歌，总体上是现实主义风格，这点，我很喜欢。读完全部诗歌，我最喜欢的是《表叔》，现在录下来给大家共享：“表叔家是封闭的仓库/形形色色的废品塞满空间//表叔蜷缩在废品中央/俨然是废品王国国王//相依为命的老母早死了/唯一的一次婚恋失败了//曾因一张照片被诬为特务/打断肋骨发配内蒙古//十三年后返回故里/没人为他平反他也没有想到平反//抗战前他是私塾先生/如今猫着腰去街头看看报纸//留场就业积攒了一笔钱/现在就吃着存款的利息。”读来沉重，不解释。

老师的书，还印刷着他以前的照片，诗人的照片，意气风发、儒雅倜傥，昂首望天、气度不凡。老师自己说，以前的苏学文已经死了，我想说，衰老的是躯壳，衰退的是容颜，老师的精神不死，老师的追求不灭。

老师，哪一天，我能再次执弟子礼，侍立你的身旁，请你审阅这一篇文章呢?

2013年10月22日

注：

就在出版社审阅本书稿的过程中，2018 年春节前几天，同学方秋玲告诉我，苏老师去世了。这个冬天，降雪奇大，气温也低，年迈虚弱的老诗人没能熬过去，到另外一个世界挥洒诗文才情去了。

我特地给老师送去了《师专生活》的单行本，他送我一本他的诗选。《归去来兮》出版后，2016 年 11 月，我携书去看望他，并翻到写他的文章。他很欣慰，嘱师母送我一本《丰子恺漫画品读》，这是他的得意之作，存书不多，吝于赠人，却签名送我一本。我本想再度送他一本《清风徐来》，不意他没等来清风，却融入冬雪。为了纪念他，我把上次写他的文章，再次收录，且作连缀之篇。

诗人是感性和浪漫的，我相信，苏老师在西去的路上一定不会凄苦，说不定，他随意采撷几片桃叶、几朵浪花，就又是一首才情横溢的诗歌。

1993年，23岁的我从镇江师专中文系毕业，二十余年过去了，从少不更事的小青年，转眼人到中年。教书育人，无论是开心的故事，还是气恼的事故，经过时间的窖藏，都成为浓郁芬芳、味道甘甜的佳酿。2014年10月2日，茅山中学1997届初三（4）班同学大聚会，点燃了我的怀旧情绪，如熊熊烈火不能熄灭。文友戴文娟批评我，光吃草不挤奶，光工作不写作；学生粉丝严国凤、成慧更是不断鼓励我。内外合力，终于给了我写作此文的动力。

一、报到

1993年的暑假，我一直在帮初中老同学王长玉贩卖鱼虾，我跟着他跑鱼塘提货，替他记账。他对我信任，我对他忠诚。8月25日上午，他找来新人，与我交接。之前，我向他借了40元，他说那个不算，之外又给我200元，作为酬劳。我还没有正式上班，没有任何经济来源，虽然当初是为了锻炼自己、丰富阅历而来，曾表示不要酬劳的，可是没钱连车都上不了，所以，我也就接受了。跟着王长玉同学贩鱼，既有故事也有事故，可查看拙著《归去来兮》中的《挨打》《翻车》两篇。因为贩鱼，没有参加前两天由句容教育局召开的新教师分配会议，我还不知道自己的去向，跑去教育局找到人事科长左宏志，他说把我分在茅山中学，看来我要成为真正的“茅仨”了。

这里详说一下“茅仨”的来历。1991年9月，我去镇江师专报到，在班上自我介绍，“我来自革命老区茅山脚下的一个小村庄”，我那边的方言读“山”如“仨”的音，于是同宿舍的刘钰、郑伟、吴健骏就特别夸张地拖长了声音喊我，“茅仨——”，颇有余音绕梁的意味，大家哈哈大笑，“茅仨”便成为我的第一个绰号。到了茅山中学，我这个春城人不好再糊弄大家说我是“茅山人”了，就在 1995 年给当时的《句容日报》投稿时，取笔名“山人”，既保留原有意蕴，又沾点茅山道教的仙气，人在山边就是“仙”嘛。发表了几篇文章后，热心的编辑易宏彬建议我用实名，可以扩大自己的知名度，这一笔名遂弃之不用。后来，在山水句容网注册用户名时，我仍然用了“茅山人”做网名，可见我对茅山情深意浓，念念不忘。

我的分配志愿是春城中学，离家很近，可以就近帮助家里务农。茅山，虽然离我家也就十来公里，但那时交通落后，又都是山路，很不方便。

8 月 26 日，雾气沉沉，很快转为连绵阴雨，我专门找来一位朋友，开着他的“三机”来帮我拉行李。所谓“三机”，就是三轮载货柴油机，在车厢边角上垂直焊接钢筋，制成车篷，蒙上帆布，遮挡烈日和雨水，车厢内部两侧固定长木板作座位，是当时农村的主要客运工具。三机稳定性差，加上砂石路面，车子颠簸得厉害，年纪大一点的，还真受不了。每次发动三机的时候，驾驶员要挽紧袖子，左手按下减压阀，右手握牢柴油机的大摇把，左腿绷，右腿弓，深呼吸，气沉丹田，咬紧牙关，然后抡圆了右臂，顺时针旋转，一圈、两圈……车况好的，一抡就响；车况差的，摇着摇着，驾驶员就气喘吁吁，车烟囱就黑雾呼呼，怪声突突，像重度哮喘一样，呼哧呼哧，慢慢停摆。一次摇不响的话，驾驶员就得休息一下，恢复力气，按照流程再来一次。发动响了，驾驶员长舒一口气，将金属摇把挂进焊接在座位旁边的专用钢管里，砸出铿锵有力的声响，一副很有成就感的样子。

三机颠簸着来到我家门口，装上一袋大米、两捆书本、简单衣物，还有我的两只哑铃、一墩抓石。哑铃是用废弃的工业铁球焊接起来的，跟我三四年了。抓石是别人已经厌弃的健身之物。他做个人情送给我，我可把它当着宝贝疙瘩。这是用水泥石子浇铸而成的一个圆墩，形似旧时支撑柱子的石础，础面上预先留有 5 个较深的孔穴，便于五指伸入抠抓，抓举之间，可以锻炼指力、腕力、臂力，甚至腰肌。我工作之初，还保留着锻炼身体的习惯，23 岁的小伙子，身体倍儿棒。我还买过拉簧、握力器。我的宿舍曾经一度成为年轻老师的健身中心。哑铃后来跟我到了行香中学，被一个叫李强的同学借用，后不知所踪，他没有现钱赔我，但还是赔了我几十万“圆”，真钞，上面印着孙中山像，民国三十七年，即 1948 年发行的。抓石后来不知所踪，如果是被体育爱好者拿走了，那就物尽其用了，我就怕被人拿去垫猪圈，那就可惜了。

茅山中学坐落在望母山西侧，校门向西开，进门迎面就是一个陡坡。三机突突吼着，一头拱进校园，把我的一干行李扔在校长室，又丢下一团浓重的柴油味，绝烟而去。

学校的大门，开始见证我四年的进进出出。

二、 接待

茅山中学有一个我的高中同学，孙白平老师，教数学，他利用我读高补班的时间抢先进了大学，也就比我先毕业，还分到了一间单人宿舍。学校大门附近有个二层小楼，每层四间。他的单人间位于二楼。楼前有个池塘，长着满塘荷叶，塘中间站立着几朵荷花莲蓬，塘边上是一些被顽童拽掉荷叶后留下的残杆。孙老师站在走廊上，可以俯视校门，他听到有人喊他的名字，声音不太熟悉，跑出来看了看，待我自报家门，说明缘由，他恍然大悟，领我去他宿舍坐坐。新起的小楼，外墙皮还闪着水泥抹平晾干后的青色，勾得我眼馋，内墙刷白，干净整洁，看得我心痒。四年后，我调走时，那楼已经水渍斑斑，黯淡起皮，掩饰不住风雨的侵袭、岁月的沧桑。初来乍到，无锅无灶，中午便跟着孙同学混了一顿饭。

吃了中饭愁晚饭，晚饭就在嘴边上。董老师——后来我的邻居，刚做过初三班主任，班上有个叫张方兵的学生考上了南京化工学校的委培生，中专，那时初中生考上中专是很荣光的。当地民风淳朴，对老师特别尊重。家长在屋里摆了几桌酒宴，宴请亲友，班主任首席端坐，领着各科老师专门坐一桌。主人还请来电影队，给村上人放两场露天电影，以示庆祝。暑假未结束，部分老师不能到场，董老师就拉人凑数。我这个准老师，第一次吃学生的宴请，总有点心虚的感觉，也不敢喝酒，就闷头吃肉，好在农村人实在，大碗装菜，管够。

和我一起蹭饭的还有一个新老师，后来的好友，葛巧林老师，南京师范大学应用电子专业的高才生，因为其时茅山中学还有电子方向的职业教育专业，所以他被分来此处。

总务处许广录主任安排我和葛老师住茅山宾馆。这是我平生第一次住宾馆。宾馆条件不错，卫生设备齐全，墙上挂着空调，桌上蹲着大彩电，这些都是我不曾见识过，更不曾享用过的。费用标准是每人每晚25元。我问葛老师可会操作这些玩意儿，他说那还不简单，就随手按按遥控器，空调转了，电视亮了，从此我对他佩服得一塌糊涂。多年以后，他成长为句容的一名电脑高手，仍然和我保持了很好的友谊。我有困难，总是向他讨教，实在不行，把电脑背过去，他现场操作，大师就是大师，不服不行。

第二天上午，王桃根校长回来了，可是宿舍还没有腾出来，经他批准，总务许主任让我们再去宾馆住一晚。

校长一回来，就安排许主任叫上我和葛巧林这两个新来的老师在一家饭馆吃饭，接风洗尘。四个人，1斤句容白酒，平分。20年后，王校长告诉我，每年进新人，他都会以这样的方式摸底，看看酒量如何。新老师，很青涩，道行浅，酒量大小很快就看出来了。那时的我们哪里想得到这些？只知道校长和主任很热情地劝酒，心里有点感动，第一印象不错。

27日下午开教务会议，分配工作，我教初一（3）（4）班语文，做（3）班班主任。30日学生报到。很好，我将有自己的第一批学生了。

次日，学校腾出一间小屋给我住，只有孙老师那个一半大，临靠围墙、平顶低矮、内脏外旧，旁边就是排水明沟，沟里流着洗涮后的污水，水面漾着一层油花，流淌出彩色杂陈的不规则图案，散发着淤泥的臭气，一些虫虫或者轻快地水上漂，或者欢快地水中跳。学校请了一位临时工，摘了一把细竹枝，绑在粗竹竿的顶端，蘸上石灰水，帮我往小屋四壁上涂抹、刷新、增白、消毒，还要填补一些稍大的窟窿。室内地面积垢很深。我从公共水池拎来清水反复冲洗。我一边干着活，一边美着心：多少年了，我终于有了自己独立的小天地，门上的钥匙不再大家共用了，钥匙就挂在我裤带上，只挂在我一个人的裤带上，专享！更舒服的是，我竟然找到一个简易书橱，可以安放我的书本、部分文具杂物，看着它们井然有序、排成几行，对我挤眉弄眼，这是多么美妙的愉悦感受哦！电工来布了线，悬起一个25瓦的白炽灯泡。不知咋的，保险丝莫名就烧坏了，无法照明，只好再到孙同学屋里去蹭电，夜深才归，点上蜡烛，写完日记，熄灯睡觉。那个年头，停电是寻常事，蜡烛是必需品。

我沉浸在对未来的美好憧憬中，伴随着宿舍里淡淡的石灰水的味儿，清冽、清爽。

三、 忙乱

8月30日上午，初一（3）班不少家长来给孩子报到，却无法找到班主任，连校长也不知道情况。班主任是谁啊？就是我啊！前一天下午，我赶往镇江亲戚家为大弟弟筹借学费，一早乘坐班车回家，又赶上修路，等汽车摇摇晃晃拱到春城，已经是十点三十分了。大弟弟就在车站等着我借来的钱呢！匆匆忙忙把钱给他后，我临时骑上小弟的自行车，拼命蹬着脚踏，往茅山中学赶，急切之中，把链条又蹬断了，真是急煞人！一路冲进学校，被校长逮住问话，我说了实情，他便没有批评我。赶紧上街，草草吞了一碗面条回到宿舍。隔壁王师娘已经退休，今天正好用毛竹叶子包了粽子，看我可怜，掂来两颗热粽子，老年人就是心肠热。

下午，忙得够呛，总务处叫我到仓库领课本、资料，准备发书；领扫帚、簸箕，准备打扫卫生；教导处周勤主任又把我叫去，吩咐和关照课务上的不少事情。干过班主任的老师都知道，开学最忙，何况我把上午的事情压到下午一起做了。把书一捆一捆抬到教室来，书很重，初一学生岁数小、力气小，累得像狗熊，出了很多汗。教室里一打扫，灰尘飞扬，手往脸上抹，就成了花猫脸。组织分发课本，也是非常有讲究的。那个时候的我没有经验，心情急躁，把个事情忙得乱抓瞎。

次日早上，有些学生没有来校，我只好抓壮丁，带领部分学生去操场打扫保洁区。一到现场，我就想哭了！学校条件有限，操场完全是土场，一个暑期的丰沛雨水追随着夏季的高温，把操场滋润得一派绿意盎然，尤其是沿着围墙的那一带，而那长长的一带，就是分给我们班的保洁区。我必须带领我的学生清除掉所有杂草，有的杂草比学生个子还高！事先我并不知道这个情况，顿时傻了眼。我和学生都是徒手，没有工具，也就没有办法劳动。只好通知学生们下午带上镰刀、锄头再来。下午，镰刀乱舞，锄头乱掘，刚开始学生们享受着热闹，不觉得累，只觉得好玩。干了两个多小时，操场才显出一些眉目来，而学生们已经极为疲惫，有人手上还起了泡。我十分于心不忍，可是学生也没有表示什么抗议或者罢工之类，这可能是现在的学生们所无法理解的。他们都是好样的，有着农家子弟的本色、革命老区的传统。

开学的忙乱还表现在饮食起居上。电工很快修好了烧掉的保险丝，但没有安装电源插板；热心的工会主席毕步青老师帮我买了一个好像是广东生产的三角牌电饭锅，但是不甚好用，内胆和外壳不大吻合，重换一个，结果还是没有用得起来，因为没有电源插板。31 日中午，我还得拿着铝制饭盒，泡把米加点水，塞进学校食堂的木制大蒸笼。

快到饭点的时候，食堂师傅们掀开蒸笼的大木盖，蒸汽从笼屉里腾腾而出，他们用冷水浸湿毛巾，包住手掌，把很烫的饭盒抓出来，按照盒盖上红漆写就的班级信息，扔进相应的大箩筐里。饭盒互相撞击，砸出“哐当哐当”的闷声。扔，往往会让盒和盖分离，露出白花花的米饭，那些米饭挤成一团，成为饭块，有时候，饭盒挽留不住饭块，后者就溜出饭盒，裸奔在诸多饭盒之间。这意味着，饭盒的主人可能就要挨饿了，要不就从竹筐里把逃跑的饭块抓回饭盒。也有学生在米饭里面放点豆子、山芋之类，冬天，还可以割几小块咸肉在饭里蒸，饭里浸了猪油，挺香。砸，会让饭盒变形，盖子松脱，不堪使用，只好给饭盒捆上绳子，就像一个个伤病员，给扎上了绷带。不同色彩和材质的“绷带”也是学生快速找到自己饭盒的标记。红漆经不住高温，蒸久了，就发黑，需要定期重写，颜色鲜亮几天，很快又复归暗黑。

我急需自己解决饭食问题。电工再度驾临，装了电源插板，可是电饭锅的指示灯仍旧不亮。晚上，高才生葛巧林老师被我请来了，检查了个把小时，最后发现，问题出在电饭锅的电源线上。修好了电饭锅，我开始煮粥，花了一个多小时，一会儿揿“保温”，一会儿按“加热”，折腾到夜里九点整，终于吃上自己煮的粥了，小半锅，一扫而空，香甜、糯黏，总算不再完全依赖食堂了！

忙乱中，开学了。

四、过节

开学不久，就是第九个教师节，我个人的第一个教师节。9月9日，召开全镇教师会议，镇领导要讲话，地点选在茅山影剧院。那一次教师会议让我终生难忘。难忘，是因为这个影剧院太特别了。

这座影剧院不知道建造在哪个年代，共有九间进深，人字梁，横跨还算大。横梁上牵拉着好多蛛网，新的叠加上旧的，细的牵拉着粗的，本来很细的蛛网裹粘上细密的灰尘，长得粗壮起来，有的干脆耷拉下来亲吻着墙壁。灰黑色的墙壁水渍明显、粉皮松脆，多有脱落。后排少数窗子残存着几块玻璃，投进一些昏暗的亮光；偏前一些的窗户，堵着几张乒乓球桌，桌面裹着化肥塑料袋，泛了黄，变了脆，朝向外口，正好堵住窗户，周边缝隙再用杂物将就遮一遮，从缝隙里挤进来一点光亮。桌腿或者没了，或者折了，少量的还算完整的几根桌腿支棱着，就像一杆长枪，戳着想要靠近它的人。影剧院里的座位不是椅子，而是长板凳。把树剖开，切成木板，宽度在10到15厘米之间，长度不拘，上面用绿漆画出分割线，在分割线之间写上座位号，还分单双号，一溜开去。木板不够长的话，就再续接一块长木板。时光久远，岁月侵蚀，木板已经不再结实，有的甚至已腐朽，坐上去需要先用屁股试试，看是不是还结实。由于宽度有限，经常感觉硌屁股，坐不多久，就需要换一个姿势，也就是让两个屁股瓣儿轮值当差。凳子腿的设计更为奇妙，把水泥桁条截断，统一栽进土里面，等高，等距，垂直托顶着那些长条木板。花钱少所以经济，能承重所以结实，不蔓不枝所以简洁，几十年不坏的永久工事所以耐用。凳子也就40厘米高，没有椅子背的遮拦，所以整个剧场显得十分空旷，非常便于搞地面卫生，更便于快速安全疏散，散场时人们可以四散而走，性急的人踩着凳子一会儿就能跑出很远，只把鞋印斑驳地留在板凳上。

据说，这凳子的造型还直接摧毁了一桩可能成功的婚事。有男教师经人介绍与一女青年相亲，双方觉得合适。男的请女的看电影，女的欣然答应。那时候，人们还比较保守，因为板凳没有指定两人之间的距离，所以起初他俩坐得很开，后来想凑近一点，又没有勇气，屁股没有挪窝，上半身都朝着对方倾斜，倾斜久了，两人都很累。没有椅子后背的遮挡和掩护，两人奇怪的姿势被后面观众看得一清二楚，不由得指指点点、小声议论。恋爱中的人，偏生又敏感，两人顿时失了兴致，告吹。

"呋，呋"，主席台上的镇领导示意开会，接着朗声发言，他指出：居然有教师对政府提意见，这些人需要慎重，不该参政议政的；今天来开会的人，带的孩子多，带的本子少，净讲话，不守纪律，没有良好的会风，如果学生上课讲话你会咋样；怎么只来这点人，校长们给我查一下什么原因，写好材料上交给我；我们也有很多事，硬是抽空来的，工农兵学商，样样要管，你们坐个座位也那么磨叽……对于镇领导的一席话，教师们都很反感，说这不是"熏陶（训讨）会"吗？散会了，人影攒动，杂声四起，一个与会干部赶紧抓起话筒，"嘘嘘"两声之后喧叫说，各位校长要记得领导的话，回去好好查一查！我实在忍不住，冲着台上大喊一句："歇歇吧！"好几位老师惊诧地看着我，从他们的表情来看，宛然以为吾乃神人也。我拔腿而走，扬长而去。这样的会议，就是"晦议"，毫无意义。

那座破落的电影院、那位骄横的镇领导，如今都化为历史的尘埃，被茅山的夜风吹散了。

五、 命题

1993 年 9 月从教，学校安排我出一份完整的语文期中考试试卷，这份试卷，我只命题了两种题型——阅读与写作。阅读题分课内、课外，基础知识的考查在阅读内容中进行，有注音，有拼写，试卷结构接近今天的上海高考试卷，让老师们耳目一新，也耳目一"惊"。试卷因为不够刻板而被批为"不成功"，也就是失败。之后我的独立命题资格被取消，每次都要安排其他老师指导或者审查。只有当时的镇文教办公室辅导员赵国芳评价其为“真正的素质教育”，勉励着我的前进，让我一直感念不忘。那份试卷，就是搁在今天仍然很有价值，可惜过于超前，无人理解。

1993 年那届有个叫严国娟的学生，最近在 QQ 群里说，我在他们班开过一次公开课，但我是忘记了。这样说起来，应该算是借班上课，这样的公开课需要较高的驾驭能力和应变能力。她说，我当时组织他们讨论“赌”的话题，引导他们“赌博”是赌，“我拿青春赌明天”也是赌，给她留下深刻印象，说是课堂生动活泼。这堂课能让她记住 20 多年，说明对她影响不小。在今天看来，发散思维、主体地位、语言训练，都得到了体现。那个时代，学生们往往被要求：“我讲你听，不要插嘴，把黑板上的段落大意抄下来背下来。”因此，我的这堂课怎么会不让她印象深刻，至今不忘？谢谢严国娟同学。这堂课，不也是一次作文命题么？

我热爱写作，也就喜欢作文教学。在行香中学执教时，有一次，我命题小作文：以监考老师为模特，进行人物描写。评卷的标准是，阅卷老师如果能从文章中看出是哪一位老师监考，则评为上等，如果面目模糊，甚至性别不明，则评为劣等。后来听到很多笑谈。有监考老师发现学生老盯着自己，就怀疑学生有作弊企图，遂狠狠瞪学生一眼，学生自然低头回避，可是很快又张望起来，而且张望老师的学生越来越多，搞得老师如同芒刺在背，不明所以，怀疑自己纽扣错位，拉链开缝，抑或齿缝沾着菜叶，头上落有纸屑，竟至手足失措，别扭低头；也有老师发现了问题所在，干脆站在门边，脸庞朝外，给学生一个想象的背影。事后，学生抱怨监考老师不配合，监考老师则一同来熊我：是老师监考学生，还是学生“监考”老师？纪文平老师说起此事时，至今依旧绘声绘色、惟妙惟肖。他夸张幽默的语调加上生动的表情、丰富的手势，引得听众哈哈大笑。可见，他对这件事的印象也很深刻。

我在行香中学执教时，教高三，那年江苏高考是“3 + 大综合”，模拟考试时，我设计了一道综合题：华阳公园的池塘里，早晨有不少鱼儿浮头；太阳出来后，鱼就不见了。后来有鱼死了，浮上来，白花花的肚子朝天；过了两天，又沉下去了。要求运用地理、生物、物理、化学等知识去解答这些现象。这道题放在今天，也是呱呱叫的一个研究性课题。

在句容三中执教期间，我仍有不俗之举。考试命题要求对出“大圣禅坐大圣塔”的下联，该题虽然只以 1 分的附加题方式作为点缀，但后来被包括蒋伟在内的诸多学生所牢记。其下联可对“葛仙神游葛仙湖”，传诵开去，得到大家公认，成为名联，竟有学生以为是古人所拟。

在句容三中，我还给作文竞赛命过一道题，至今沿用，算是经典：以“路灯下”为题作文。某天夜晚，我带着儿子去玉清广场，在路灯下，就在仙翁葛洪的脚下，找到句容市实验高中的经老师——我的骑友，句容魔方协会会长，请他教我儿子如何拧魔方。一个教得认真专业，一个学得主动积极，多么温馨的画面。这幅场景，不就在诠释着路灯的指引和温情么？我为自己的这个作文命题点赞。作文中有生活，生活中有作文。

六、 流生

当年，革命老区太穷了，茅山中学的流生太多了，统计上报一共有 102 个，上级很重视，副县长、教育局长将亲自来调查。听说上级要来调查，学校临时换张新课表贴到墙上去了。这种临时换课表的做法，我虽然不知道是从什么时候开始的，但确切知道到现在还没有结束，并且在应试教育的指挥棒下还会继续沿用下去。

初一新生还没有登记学籍，动员流生是初二初三老师的事情，本来与我无涉。我有个老乡，Y 老师，正好身体不适，请我代替她出去动员，我答应了。领导们划片包干，王桃根校长领着我去五墟大队调查动员。我记得是步行去的，当时我没钱购买自行车，好在五墟也不远。

上午，动员 9 家，回校 1 个，校长说，我旁听；下午，动员 7 家，回校 2 个，我挨家劝说，校长酣然而睡。因为大队干部中午招待校长，把校长喝翻了。大队干部的酒量，战斗力那是相当的强，何况他们几个人团队作战、轮番上阵，热情地围攻王校长。校长记得我也能喝一点酒的，想指挥我替他挡一挡。我说下午还要动员流生的，你喝吧，喝多了没事，事情有我做呢，就这样把校长堵到枪眼上去了。那时，生活条件还比较差，我平时还在坚持锻炼，营养不足，就利用他们喝酒的机会，好好慰劳自己的肚皮。校长睡了一个下午，晚上继续喝酒，正如他所说的“中午喝得顺墙摸，晚上照样一斤多”。晚上，我仍然没有肯喝白酒。大队干部找来拖拉机，把醉倒的校长平放在车斗里，下面垫了好些干稻草，由我看护着，回了学校。

王校长说话一套一套的，反应快，还押韵，像是顺口溜，富有急智也有睿智。这次动员流生，他就总结了一句，“不怕工资拿得高，就怕两个背书包”。此话很有见地。革命老区，经济落后，又因重男轻女，子女偏多，负担就重。去一户农家动员流生，进门要俯身，否则门框会撞头，矮矮的梁上横架着一张破渔网，低矮的茅草屋顶，中间嵌一块玻璃（农村称之为“明瓦”）采光。一条半大的猪崽子躺在简陋的饭桌下，嘴里直哼哼，前腿往后腰处一点点，被一条绳索拴住，绳子的另一头系在饭桌的横杠上。饭桌下垫着用来干燥猪屎、猪尿的干泥巴。多次的起挖和垫土，把屋里的泥土地面搞得凹凸不平。这场面，让我之后教学“蒙”字时一直讲得生动、直观、形象。我至今记得，半年后，我班上有个叫王光军的学生辍学了，我去动员。他父亲虽然是杀猪的小刀手，有些额外收入，但是由于子女较多而无法供应所有的孩子去读书。那时，每个学生一个学期就要交七八百元的学杂费。这是什么概念呢？我 1993 年 8 月开始领取工资，每月 237 元。因此，这个额度的学杂费对于一个子女较多的家庭来讲，实在是一项很大的支出。

茅山中学的流生现象终于成为历史的陈迹，一是因为社会进步，对教育投入有所增加；一是因为教育布局调整，茅山中学被撤并了。

七、 签到

十月下旬，天冷了，我向校长提出，给我的宿舍配全玻璃。由于我的月考成绩不太理想，留给校长的坏印象还在，他便推诿，而且态度强硬。我感到憋屈，要知道，以前在师专读书，我是一个有名的“刺头”。我想，必须找个公事的理由来发作一把，再做一回“刺头”。

隔了一天，机会就来了。早上去签到，校长室还没有开门，我就找来一支粉笔，在门板上潇洒地写下“签到 史祥 6：40”，分成三行，卷面清楚，主题鲜明，人物、时间、地点、事件样样齐全，绝对是一篇超级简洁的记叙文。那时候，我正在练习书法，这几行字，写得中气饱满、腕劲十足、力透门背。我带着快意，扬长而去。我那顽劣不羁的本性终于爆发出来。快意一过，我明白，必须准备战斗，心里也有些局促，因为不知道对手是谁，不知道他会何时何地出何招。中午 12：30 光景，我蹭到校长室门口，门关着，我的字还鲜明地蹲在门上，俨然门神。看看四周无人，我抬脚去擦那些字，注意，是抬脚，那时经常锻炼，身子灵活，可是也就把下面的时间模糊了一下而已，毕竟脚是达不到手的高度的。就在这时，虚掩着的门轻轻地往后退去。惊讶之后，我进去看看，签到簿还在桌上，令我惊讶的是早在我的 6：40 之前，居然已经有人按时间顺序签到了三个人，而且是 6：20 左右，简直是胡扯。下午的那一栏竟然也已经有人签到了，标明的时间是 1 点，下午 1 点，而现在才 12：30。心中忿然，签了名字，把门“扑通”一关，午睡去了。

下午，我串门到一个大办公室玩，正吹着牛。校长路过，站在门框里，一本正经地对我说：“史老师，我们教育学生不要乱写乱画，我们自己怎么能乱写乱画呢?”我立即焕发了战斗精神，翻转椅子，面向门口坐定，将椅背朝后扬起，牢靠在办公桌上，椅子的两个前腿支棱起来，像两把犀利的短剑，我的两个小腿晃悠起来，像是在“荡起双桨”，我也用一本正经地语气把话顶了回去：“校长啊，我没有乱写乱画哦，我写得很清楚嘛，那是签到，不是门没有开嘛。”“那你去得早了一点啰。”“没有，不早，我才 6：40，不是还有人 6：20 就签到了么?”“那你 7 点再来也行啊!”“早读连着第一节课是一场监考，你晓得的，第二节第三节我都有课，等到 10：30 再来签到，你不是又要批评我了么?”“我上次批评签到不是针对你个人，那次差了 21 个人没有签到的。”我又晃了两晃自己的腿、椅子的脚，仰头对着他那个门框顶上的墙壁，拉长了声调说：“呃，我这不是在对自己严格要求嘛!”校长一转身，走了。办公室里的好几个老师一直绷着脸，忍住笑，那些夸张变形的神情也给我打了鸡血。待到校长一走，他们朝我伸出右手大拇指，一个个迸发出狂笑，那叫一个爽啊！我浑身燥热起来，仿佛缺失玻璃的宿舍也不再那么寒冷了。他们鼓励我：“下次就这么搞!”

事后，一些老师传播了这件事，手舞足蹈，兴趣盎然，努力夸张渲染，说以后要是校长室门还没有开，他们也在门上签到。我暗笑他们当面发狠，背后冲盹。秀才造反，说说而已，当不得真。十多年之后，某校有个老师向我求证，他听说的版本是：校长经常公款吃喝，酒气冲天，老师们早已愤愤不平，某天中午校长又喝得醉醺醺的，我去签到，看不顺眼，怒声呵斥他们大吃大喝的行为，校长很狼狈很尴尬，老师们很过瘾很解气。我很吃惊，这个版本，把我塑造成了一个群众的代表，正义的化身。侠客行?！原来，民间文学真的很神奇，人们需要塑造一个形象，替自己去做那些想做而做不到的事情，以获得心灵的酣畅淋漓。很多的所谓英雄，就是这样一步步根据需要而演绎出来的传奇，添油加醋，细节丰富。我不想成为文学形象上的英雄人物，所以今天还原真相，以正视听。

快意恩仇，固然痛快，然而，之后，我感觉到教务处开始特别关心我，频繁地检查我的备课笔记、听课笔记、作业批改，还经常听我的课，谆谆教导，一副认真培养的节奏。

我有点受不了了，好在随着时间推移，事情终会淡化，我也学会了低头，处处笑脸相迎，学会忍受忍耐，最终不了了之。这是人生深刻的一课，我常常把这件事作为经典案例教育学生，希望他们能从中悟出一点什么道道。

经验固然值得庆贺，教训才更值得借鉴。

八、 灶具

前面说过，在学校吃食堂，每次都与学生搅和在一起抢饭盒，总不是个事情。几经折腾，电饭锅勉强能煮粥饭了，可是我还得吃菜啊！

那时，停电是常事，有时是全镇停，有时是全校停，有时还间歇性跳闸。如果是我们宿舍线路跳闸，我就会端着电饭锅到办公室去烧，烧好后再拿回宿舍。即使有电，电压也是一个问题。灯泡发着黯淡的黄光，凄凉朦胧，日光灯甚至无法起跳，就是起跳也是不停地起跳，一跳又暗，暗了再跳，就像得了哮喘的人，感觉总是差那么一口气。煮饭，因为跳闸或者停电，大米沤在锅里，常常变成煮粥，口味很差。有时连粥也不能按点煮好，只好吃面条。那个阶段，最怕吃的就是粥和面条，有时候，甚至能吃得嘴里流清水。

灶具问题，日见重要。

沈建老师买了煤气灶，升级换代，淘汰下来煤油炉子借给我用。这个玩意，虽然比煤炉要好些，可是菜里面常常会混进一点煤油味。

有了煤油炉，还需要一口锅。我去供销社买回来一口小铁锅，配一把锅铲。听说新锅需要“滑锅”才能用，方法一是把锅烧红了，用菜油涂抹，也就是喂油给锅喝；一是拿小瓦片把锅内壁磨光滑。我两个方法都做了一下，保证不出问题。还缺一个锅盖，便去找许主任帮忙。他马上就答应尽快安排木工给我做一个。次日，我找到一块木板，大小正合适，可是木匠不在家，那就先将就着盖一下吧。我买了菜刀、煤油、食盐、黄芽菜，中午平生第一次用自己的锅做了菜，值得纪念。葛巧林老师也是那一天开锅做菜的，我毕竟没有输给他。只是，第一次做菜，没有经验，菜咸得要命。晚上又加水稀释煮开，才好了一点。后来，木匠用食堂淘汰的刀板给我正式做了一个小锅盖，一直用了很多年。

得寸进尺，得陇望蜀，人性使然。后来，我看孙老师、沈老师的煤气灶使用极方便，心里便萌生了期望：我也要买一个。

11 月 19 日，会计孔晓树终于给我和葛巧林老师拿到了工资关系，下个月就可以给我们按照标准发放工资了，说是每月 237 元，平均每天接近 8 元。我的舅舅安慰我，虽然少一点，毕竟每天都有进项。次日正是周末，我赶回春城，跑去供销社，表姐在那儿上班。通过表姐介绍，我请负责人进货时为我带一台煤气灶。他们表示愿意帮忙。我非常想尽早拥有一台灶具，心情之迫切，就像害了相思病。

我又让学生张胜凤回家跟她爸爸商议一下，帮着买煤气包。我想也许这位财政所的会计可以帮帮我呢。11 月 26 日，向学校会计室借了 500 元，给欧阳珍珠 80 元，由其母代买一双博龙牌旅游鞋，又让张胜凤带回去 200 元，购买煤气包，准备隔天回春城交 200 元买金龙牌煤气灶。12 月 8 日，得到消息后，我去张胜凤父亲的宿舍，抬回了煤气包，问他钱够不够，他说够了，也没说少，我估计钱可能会少一点点的。我又去万福商场打听，双发牌的灶具连同气管、减压阀一共 220 元，再加上煤气包的话，就需要花费 440 元。这里，提供一下参考物价，当时，菜籽每斤1元多点，粳稻每担52元。

那个阶段的生活因为缺电而搞得一团糟。煤气灶，我多么急切地需要！后来，有过计划去学生陈霞母亲那儿吃，去学生杨磊家吃。前者临时有变而未成行，但是，后者却给我一个惊喜，因为杨父自己就开店卖煤气灶，真是“踏破铁鞋无觅处，得来全不费功夫”。12月15日，我领到了工资，每月237元，5个月，共1100多元，看起来不少了，等我把写给会计室的欠条撤出来，再把借别人的钱一还，净剩下三四十元，这就是5个月的工资余额，我的存款。

17日，我从杨父店里扛回了煤气灶，梦寐以求的灶具终于配齐，然而，经过较长时间的折腾，新鲜感和兴奋感已经消耗殆尽。煤气包200元，灶230元，减压阀10元，管子6元，电池1元，共计447元。晚上数数口袋里的钱，只剩下几元了。灶具是天天乐牌的，不锈钢材质，亮得可以当镜子照，还是电子脉冲打火，比同事家的煤气灶要高级一些，轻轻一旋，就开始打火。打火的时候，发出滴滴脆响，很好听；间断喷出细小的红火，像是伸出去一道闪电，很好看；一下子就把煤气烧出蓝蓝的火焰来，很好用。用了好久之后，脉冲坏了，就用火柴、打火机打火，一直用到2012年，整整20年！最后，它像个高寿的老人得了中风一样，瘫痪了右半身，只有左边可以勉强工作；再后来，终于被废弃淘汰了，但钢材却很少有锈蚀的痕迹，还是那么亮堂堂的，质量相当过硬。扔弃的时候，我翻转灶台背面的不锈钢，最后一次照照自己的脸，恋恋不舍。这块锃亮的板材，用永恒的真诚把我从毛头青年照成了沧桑中年。

煤气灶的优点之一，就是可以在临时停电的情况下，把煮了半熟的电饭锅内胆转移到灶头，开小火头，慢慢继续加热，完全煮熟米饭。这是一个细致活，还是一个技术活，必须精心看护，否则，要么夹生，要么烤煳。

从电饭锅到煤气灶，用时111天，花去近3个月工资，我终于置备齐全了灶具，算是开始了现代化的生活。

本节文字用了好多日期、价格，就是想表达这一过程中的艰难、盼望、窘迫。

生活，真难！

九、 考试

1993 年 10 月 6 日，快要月考了，我在黑板上给两个班都抄写了练习答案。(4) 班的张庆国同学用鸡毛掸子轻轻刷黑板上的字，他觉得很好玩，几次下来，字迹淡化模糊，几乎看不清了。我一怒之下，打了他一个耳光，旁边就有学生助阵，“老师抄得辛辛苦苦，他就这样一擦”，搞得我心里很是熨帖。其实，这种学生，不喜欢息事宁人，而喜欢惹火助兴，看热闹不嫌事大，是很可恶的一类。可是，自己当初为什么这么暴戾呢？

赵丰涛同学在这次月考中，语文是补考的。之所以补考，倒不是因为水平很差，而是因为水平很高，他和几个同学代表学校去参加茅山镇作文竞赛，与语文考试时间冲突了。赵丰涛反应快、智商高，情商也不得了。这次月考，他数学得了 99 分，英语也是 99 分，平时，老师们都喜欢先改他的试卷，正确率高、字迹工整、卷面清爽，可以用来做范卷。他面容清秀、瘦削敏捷，也很热心，乐意帮老师改作业，经常泡在办公室里。别的学生经常去办公室默写，他经常去办公室改默写。这次月考，赵丰涛考了全校第一，从此，学校第一名几乎就由赵丰涛垄断了。赵丰涛后来还代表学校去参加句容县作文竞赛，是我送到句容二中考场的，之前我还特地给他单独培训过。比赛结束之后，我又带着他去看了一场电影，逛逛书店。这些，也不知道他是否还记得，不过这是事实，有我的日记为证。1994 年 1 月 4 日上午，从上面转来了赵丰涛的作文获奖证书，句容赛区三等奖。

男生中有六大帅哥，赵丰涛、张鹏、胡定辉、时国庆、赵敏敏、夏宁峰；女生中有姊妹花，陈霞、时国萍。他们把初一（3）班点缀得星光灿烂。

说“点缀”，是因为赵丰涛考了年级第一，并不意味着我们班级整体成绩有多好，相反，整个班级考得很烂，被校长点名批评。这次月考试卷不是我出的，当然这不是月考失败的主要原因，主要原因在于我的观念。由于我的语文教学忽视基础，重视人文素养，语文活动、作文训练一直秉承着“文以载道”的传统，因此，我的学生的语文考试分数从来就是我的软肋。教书到第 21 年的时候，狠狠抓了语文基础，执着地训练、订正、提问、巩固，再训练，最后选择题（基础题）读卡的时候，均分排到了第一。我终于明白，也证实了一点，以前的自己，非不能也，实不为也。但是，为了这个所谓“第一”，失去了很多作文方面的训练、人文的熏陶、思维的扩张，貌似把语文成绩搞上去了，某种程度上又何尝不是一个形象工程呢？

月考失利后，我做了很多努力，认真准备期中考试，这次试卷是我出的。之前与 W 老师商讨过，他认为初一学生还小，啥也不懂，不要整那么难，《纪念白求恩》是议论文，难度大，就不要放到试卷中去了。我向另一个前辈请教，这位 G 老师，语文组长，他支持我的做法，说就把这篇文章考一下，理由自然也是站得住脚、摆得上桌面的。后来，此项阅读学生错得一塌糊涂。今天的我，回头审视这件事，应该说 W 老师是对的，而 G 老师之所以支持我的选项，是因为他与 W 老师关系不睦，不过是用冠冕堂皇的理由引导我给 W 老师添堵，看看笑话而已。

我监考严格，在学校是出名的。一次，巡考语文，在几个考场抓住近十名作弊者，“声威”大振。那时监考表是张贴出来的，学生们看完后，或者奔走相告，或者垂头丧气，皆因为监考老师不同而已。W 老师临时与我调换了一场监考，顿时一个考场情绪高涨，一个考场如丧考妣。

我阅卷很快，又严，作文更是大扣特扣。（3）班全班 54 人，仅仅 13 人及格，饶是如此，赵丰涛依旧独领风骚，遥遥领先，考了 89 分。（4）班考得比（3）班要好。隔了一天，W 老师也改完了他班上的试卷，只有少数人不及格。我接受 Z 老师的建议，赶紧抢救，把 55 分以上者改为及格，但无法根本解决问题。卷面成绩差，已是事实。

这次期中考试，初一共 4 个班，前 40 名，我班才 6 个，明显差了，幸亏赵丰涛还是年级第一，为我们班级撑了门面。我受不了这个刺激，决心狠狠地抓，放学后，把学生留下来背书，搞得一些调皮的学生见了我直缩头。

转眼又到月考，这次试卷由 W 老师命题，大部分都是练习册上的现成的题目。11 月 18 日，考试前夜。晚自习时，他指点学生要注意的考试范围，直接对着练习册讲，而我竟然没有采取相应措施努力跟上。考试当晚，我组织自己班上的住校学生流水阅卷，每人发了 10 块饼干加以慰劳。阅卷结果显示，W 老师班上 90 分以上的人数比我们 80 分以上的还多。看着成绩，W 老师一副踌躇满志的样子。

两天后的语文课上，复习试卷中前一天讲过的一道题目，之前已经重复训练了四五次，今天检查提问，还是不会。我便说，那好，我再讲一遍，嗯嗯，是这样、这样的，都会了吗？学生齐答，会了。我再单独提问，发现还是不会。我便说，那好，我再讲一遍，嗯嗯，是这样、这样的，都会了吗？学生齐答，会了。我再单独提问，发现还是不会。于是，又讲，又问。整整来了七次，最后问了 K 同学（我现在还能牢牢记得他的名字），他站起来，傻傻地低着头，表示不会。当时，我的眼泪夺眶而出，把试卷撕成碎片，扔在讲台上，低声吼了一句“都自习吧”，然后掩着眼睛去了办公室。晚上，许多老师都已经听说了这事，问我情况。在以后 20 年的教学生涯中，我再也没有为学生的学习流过泪。现在来看，我那时的教学思路是有问题的，既然怎样都教不会，那就放弃，因为在一个题目上纠缠过多没有意义。还有，我过于严苛，要求答案完美才行，未能领会“有容乃大”，这也使得我班学生考试的分数低于别班。其实，语文题目的答案大致上说得过去，就应该肯定。更何况，我站在专业语文教师的高度，去要求才上初一的视野狭窄的山区孩子达到自己希冀的标准，明显不切合实际，把学生搞得很惊惶，把自己搞得很悲凉。

1994 年元月下旬期末考试，某天上午考了语文、数学。期末试卷最正规，由教研室装在试卷袋里，密封着送到各个学校。当晚学校就组织了阅卷。我平生第一次参加流水阅卷，感到新奇。试卷的左侧边缘竖着印上班级、姓名、学号的字样，由学生填写，教务处人员用纸张裹住那些信息，用大号订书机密封装订起来。每个语文老师改一项，最后累加分数，再拆封登记。改完初一改初二，改完初二改初三，语文组长负责统筹分工。吃罢晚饭即开工，忙到 11 点多才结束，已经是冬季，冻得够呛，办公室没有取暖器，更没有什么空调，只有蒙着灰尘停摆已久的吊扇。之后，G 组长亲自连夜计算各项指标的数据。他借用会计室的算盘，打得噼里啪啦，很是娴熟。他的钢笔字写得极好，也能在钢板上刻出极为工整的蜡笔字。我和 W 老师两人教初一年级。平均分、优秀率都差不多，我教的班级及格率比他的还高几个百分点呢。我也松了一口气，算是可以向学生、家长、学校有个交代了。语文组长说我教的班级考得不错。

说点插曲。语文组长安排我改他们年级的作文，一共 10 分。那晚，点着蜡烛阅卷快结束的时候，组长拿了两份试卷过来，说两份作文差不多，一个 4 分，一个 7 分，让我把 4 分改为 7 分。另一位主任级的老师，一边改一边喋喋不休，说（10 分的作文）给 9 分也不多的啊。后来听 L 老师说，我批改的分数被别人改动过好些呢。原来，这些分数是要用来跟别的中学进行比较的，事关教师的颜面和微薄的考绩奖，所以老师们也会努力去提高分数。

如今重温当年的情形，写到这儿，我完全可以重新来定位当年的教学：赵丰涛、陈霞等同学们，当初并不是你们学得差、考得孬，而是你们的老师才出道、太年轻，有关考试的诸多机关和门道，啥也不知晓，完全就是一个小傻帽。

想到这点，写到这儿，我挺了挺已经佝偻的腰。

十、家访

那时因为通信不便，老师们与家长的沟通常常只能靠家访。所谓家访，就是老师到学生家里去看看，了解真实情况，以便当面与家长沟通，更好地、有针对性地教育学生。有时，家长会留饭，后来也把家长请老师吃饭称为家访。

新学期开学才半个月，（4）班班长王胜荣家里请老师吃饭，这是我第一次名正言顺地接受学生家长的吃请。我没有喝酒，只喝了一瓶雪碧，之后就匆匆赶回学校，因为这周晚上我轮值。

过了三天，魏义平家长请客，科任老师只有我一个，中间人 G 老师另带了某领导和某老师，共 4 人同行，家长安排在饭店。我带了魏义平的三份检查给家长过目，以示对其子的关心。第二学期，经人介绍，我去茅山锁厂跟着一位胡姓女青年学习电脑打字，中午曾经临时就近跑到魏家吃了饭、喝了酒。G 老师得知后，颇为不悦，说：“你们刚出来时，我带你们，现在熟了，就把我给甩了。”我感觉怏怏的，有点别扭，好像做了错事，挨了老师的责备。

我班家长第一次正规请客是在 11 月 19 日，赵丰涛爸爸做东，他是大队干部，条件还可以，家里有电话，我记得最后号码是“167”，赵父解读为“一路吃”。那个时代能够拥有家庭电话，是很了不起的了，是身份和地位的象征。赵父对两个孩子的学习很关心。他和王校长是同学，所以王校长也到场了。那天，恰巧还有一件事发生，全校进行卫生大评比。中午，我组织宿舍、保洁区、教室三项大扫除，结果宿舍被误搞成最低的 50 分，学生们垂头丧气，我怒火中烧，去找领导评理。许主任一检查，发现加分错误，应该是 90 分。晚上在赵家喝酒，许主任向我表示歉意，我表示谅解，结果他敬我喝酒，我回敬他喝酒。以前的那种小酒杯，号称牛眼睛杯，喝起来没有数，我俩你来我往还真的喝多了。喝着喝着，我们就称兄道弟起来了。这次卫生评比，如果不去找许主任，我们就是倒数第一，更正后，就是前几名了。这给我一个提醒，有事一定要说话。

又一个周日下午，我从春城骑车返校，路过魏义平家，临时去查他在干什么。他智商不差，就是不够努力，某次发现他抽屉里面居然有一本医书，《江苏验方草药选编》，有图有配方，他爱好这个，让我刮目相看。他说写完作业刚出来玩，就被我逮住了。言下之意，是运气不佳。正喝茶训话，他父亲回来了。我肯定了孩子近期以来的进步。吃了人家的饭，总要给人家一个交代吧。离开魏家，我路过茅山锁厂，临时又去查学生俞俊在干什么。他正玩得嗨呢，被我一嗓子喝住。俞俊其时形容尚小，帅气聪敏，然而顽劣不堪，对学习很不上心。

12 月下旬，成慧父亲主动邀请我去他家家访，我和（4）班班主任许明老师一起骑自行车去，许老师教我班体育。不去不知道，还挺远的。晚上回校，迎着星光，沐着山风，借着酒劲，我俩嘴里嗷嗷叫着冲一个下坡，又杀上一个上坡，把年轻的活力撒播到深邃静谧的山野之中。

元旦之后，天光更短了，我从（4）班何红萍处了解到她和（3）班姚小花的家都在林山，由于学校规定早晨 7 点前要到校，她们路远而不得不早早出发。路边有一片片老土坟，还有几座水泥坟，很瘆人；另外还有一座窑厂，厂里有很多安徽工人，都是青壮年男子，经常到处闲逛。放晚学后，我随她们去现场看，果然如此。那边只有她们两个女生上学。我计算了骑车时间，约 20 分钟，就同意她们以后可以迟一点到校。

学期快结束了，学校布置学生预交书本费。部分学生因为没有交，被我责令回家去拿，七八个人回家去了，带钱来交的有 5 个。王健、王小青、彭怀成均一去不返。晚上放学，我让两个学生分别带信通知王小青、彭怀成次日返校。我亲自上门动员王健，在其家长的配合下，王健表示同意继续求学。次日，他真的来了，来了就好，预交费再说吧。

虽然带了信，可是，王小青还是没有来。傍晚，我骑了车，随学生刘春娣去林山大队的么西村找到王小青家，起先绝不知道这么远，否则我会另找时间来安排的。家长很热情，表示支持孩子上学，晚上留我吃了便饭。冬季，天黑得早，夜色深沉，又无手电，无法归校，只好留宿王家。既然来了，我也顺便家访了一下刘春娣家。晚上，与王父谈了不少话。他们那边的确落后，整个村子连一幢楼房都没有。次日一大早，我骑车回校，下起了毛毛细雨，赶到学校时浑身已经湿漉漉的了，只好换了衣裤，匆匆上课。王小青也复学了。看来，我跑这一趟还是值得的。本次预收，每人 100 元，已经有了流生趋势，开学后每人还要再交 200 多元呢，这话，暂时还不能给学生说，弄不好，会坚定一些学生的辍学打算。

元旦后，学校发福利，每人两条青鱼，10 斤左右。我请赵丰涛带回家请他妈妈帮我腌制一下，只等快过年时，带两条干鱼回家就好了。月底放假了，赵丰涛也带来了我的干鱼。过年的气息，散发在干鱼身上了。

补叙一下。初一开学不久，杨桂平表现得很顽劣，脾气比较硬，头发有点黄，人称“小黄毛”，坐不住板凳，处不睦同学关系，有点刺头的味道。好在他家就住千亩地，离学校不远。某天，我去他家了解情况。其父外出打工，其母在家务农，家里很乱，没怎么收拾。一条狗卷着尾巴蹭到我的面前来嗅，几只老母鸡大摇大摆地在堂屋踱步，屁股一撅，就是一泡屎，地面上有好多斑驳的鸡粪。堂屋的西北角上垒了个鸡窝，鸡窝背上搁着个破框子，里面垫了些草，草很溜滑，有点显亮，那是母鸡进进出出下蛋踩踏出来的效果。草上卧着好几枚鸡蛋，蛋壳闪着新鲜的光泽。瘦弱的杨母一边招呼我，一边用抹布三两下擦了擦一张条凳，让我坐下。她又用抹布拍打几下自己的衣袖、前襟、裤腿，掸去灰尘，旋即抓了几枚鸡蛋进了厨房，留下我闲看发灰的土墙贴着的领袖们的画像。画像上也落满了灰，领袖们一副风尘仆仆的样子。很快，杨母端来一只大碗，碗里装满汤，飘着油花，挤着5只荷包蛋。她把碗轻轻放在我的面前，示意我吃了再说。汤里明显加了糖，比较甜。这就是老区人民质朴的热情，他们的待客之道。多年后，遇见杨桂平，我问及他的母亲，他说老人家已经作古，建议我的文章就不要写他的母亲了。我不这样看，人虽已去，情谊长在，杨母给我的温馨一直让我感怀，终生难忘。谨以此段文字赠予已在天堂的杨母。

十一、 罚款

经济开支历来是管理者需要面对的问题，无论国家领袖，还是企业法人，甚至是班主任，概莫能外。

班级，作为一个集体，自然需要一些开支。收班费是最省力的方法。增收节支很能体现班主任的能力，或者说是手腕。开学后，学校要求各个班级进行文化建设，给教室布置一些字画。当夜，我和学生周志高想写几个美术字“知识在于积累”，空手写字，很难，只好从墙上揭下旧字“千里之行始于足下”，重新描摹、张贴，算是出新；又让成其顺第二日买纸，由他自己画画，既锻炼又省钱。第二日晚自习上，我们将同学们分头涂描的八个大字贴到了黑板上方；成其顺将已经画好的马、梅、竹各一幅贴上墙，另一幅劲松，第三日画好贴上。此次活动涌现出一批书画人才，令我这个新老师甚为满意。手下有人才，办事就出彩。我们总共花费不到5元。另一个班级的班主任汪老师，也就是我后一届学生汪想中的家长，他图省事，买回一套挂画——毛泽东、周恩来、刘少奇、朱德、雷锋、鲁迅六个人的画像，每张1.55元。我认为我班创作新颖，既表现了才情，也节约了经费，颇为得意了一阵子。

节支总有限度，增收更为重要。

胡定辉向我建议，利用星期天组织学生捡垃圾卖，充作班费用。这个主意得到我的高度重视和赞扬，不过并没有真正执行。倒是成其顺的主意，来年春天组织同学们帮茶农采茶叶挣手工费，后来得到了执行。期末考试一结束，教室里到处是丢弃的书本资料，我带着学生整理捆扎，用自行车驮着去卖，两大箱子，每斤才1角钱，总共12元，纳入班费。

花钱总是很快，挣钱总是很难。必须另想办法，那就是罚款，罚款也是当时流行的治班手段。

9月下旬，时已进秋，秋果渐熟，馋嘴的孩子们忍不住，就会结伴偷人家果子吃，石榴、橘子、柿子，事主有时就会告到学校。我受命调查一桩案子，根据线索，顺藤摸瓜，抓出好几个，有偷石榴的，也有偷橘子的，共七八人“在案”。处罚是，写检查、罚款10元。对于学生而言，10元，不是小数字。

今天，我还为此事感到羞愧，我不是一个好班主任。罚款进入班费，名义上是班级用，其实是由班主任主导支配。在此全部录下他们的名字，算是我向他们、向过去，致歉：杨桂平、俞俊、裴昌兵、杨国军、张鹏、武剑、魏义平、王军。尤其是王军，家庭困难，其叔爷爷还是老革命。老汉曾经来向我叙述过孩子的困窘。我的日记这样记录着：“本来叫王军回去喊父母带钱来，结果他哭了起来，晚自习被我好好地羞羞和吓吓，写下保证后暂时予以放行。”看来，自己当时还颇为得意，用了叠词来描述。我不知道这件事会给这个孩子留下多大的心理阴影，当时会给他带来多大的经济负担，但我肯定，他会终生记得这件事。亲爱的老师们，善待孩子吧，宽容一点，就会让他们少一点心理阴影。

我把每周三最后一节课的语文辅导时间拿出来，带着学生进行体育活动：向体育老师借篮球，让丁腾云带足球来踢，用班费买羽毛球拍，我提供了象棋。我还准备带孩子们去爬山，给他们拍照，用上次的罚款来买胶卷。这多少算是把罚款用到了正点上。

元旦刚过，总务处许主任交给我一份材料。原来，我班学生俞俊上次乱倒垃圾，被许主任查到其中有一张纸，纸上写有朱红等12个人的名单，许主任根据名单告诉我，每人罚款5元，共计60元。我认为这简直是笑话。我说，是不是这12个人抬着垃圾乱倒的？他说，哪怕少罚一点也行，每人1元。我说，岂有此理，如果我把班级花名册扔到地上，全班54人，每人5元，岂不是要罚款270元么？我去找王校长汇报此事，他听了也有点好笑，说应该只罚一份，5元。另外，我被告知，本班3名同学因晚自习讲话，每人也要罚5元。唉！学生不在乎写检查，就怕挨罚。

某天放学，我正准备做晚饭，肖红春来找我，原来他骑车出门，正在下坡，被值班的H老师逮住了，车子被暂扣。校内骑车，违反校规，就要处理，措施之一就是罚款。肖红春那辆车已经很破旧了，没有刹车，也没有挡泥板。我找到H老师求情，打算私了。他家开了一家店铺，专卖自行车、板车之类配件，我让肖红春花点钱在他家买了车刹，装配完毕，事情也就完毕了。肖红春感激地说了声"谢谢"，赶紧回家去了。

忽如一夜春风来，千树万树梨花开。1月18日一夜飞雪，地面一片白茫茫，玉树琼枝、素裹银装，煞是好看。课间，W老师严禁他班级的学生打雪仗，而我则带着学生们打雪仗，呼朋引伴，热闹开心，把个操场喧闹得人声鼎沸，也引得他班学生眼红耳热、艳羡不已。我抓一团松散的白雪，捏成一团，起先还搓搓，尽量搓成圆球状，后来速度嫌慢，用手稍微捏一捏就开扔，虽然打击力不行，但很容易散开，迸得学生身上一片雪花。好汉不敌四拳，饿虎还怕群狼，我被学生们集中砸来的纷飞雪团打得够呛。正热闹着，王校长来了，一声大喝，逮住我班两个学生，立马宣布罚款。学生们顿时没了兴致，我也悻悻收兵，背上还有砸散后粘在身上的碎雪花，以及几道水渍。

寒假即将开始，学校要求班主任结账，上交学生的预交款，同时把各个班级历次罚款总额计算出来，在上交款项中抵扣，再由班主任找学生去落实补齐。

罚款，快捷的收入，割肉的处罚，成为一些人的至爱。

十二、 活动

我认为，教育孩子应该适应他们的身心规律，给他们一定的活动时间。我计划拿出一节语文课，改为文体活动课，搞一搞球类、棋类活动；远景规划是爬山、拍照。那个时候，照相还是一件不容易的事呢。学生们非常兴奋，热烈响应。隔天，就启动了文体活动课，活动搞得红红火火，学生乐在其中。其他班级的学生伸长了脖子，瞪大了眼睛，羡慕不已。校长不干预，同事也不讥讽，与今天的教育环境迥乎不同。

活动受欢迎，我便又发奇想，赶在期中考试前带他们去爬山。那时候，茅山中学就在望母山西麓，绕过学校围墙就是水库，水库背上就是印宫，不到一刻钟，我们就可以坐在庙里看风景、吹山风。那时，印宫没有围墙，不卖门票，十分荒芜，任我们把汗水洗进楚王涧里的溪流，把欢笑挂上华阳洞旁的树梢。

这次爬山，安排在上午，时间有点紧。我们从小路顺着台阶登山，孩子们欢天喜地，追追打打，到达山顶。欲进茅山的顶宫——九霄万福宫，需要买门票。票价是每张 3 元，学生购买半票，每人 2 元。虽然有同学表示既然来了，就进去看看，但我没有同意。毕竟 108 元，那个时候，真是一笔不小的开支哦。

我们都没有进去。学生赵娟的舅母在山顶摆摊子出售各类旅游纪念品。舅母让舅舅给我一杯水喝，水是出售给游客、香客挣钱的，那时还没有瓶装纯净水。我则让给了学生，又要了几杯分给他们。由于运水到山顶颇为不易，我坚持着付了一元钱。我父亲有个姓万的老朋友，托他的邻居——我班的学生成慧，一早带来 4 根甘蔗，我也让学生们分吃了。我则半节甘蔗未吃、一滴净水未饮，全都让给了孩子们。当时，我还背着一个大旅行包，一路上收装孩子们的衣裳，一爬山就热，他们扒下外套就往我包里塞。

期中考试后，由于考试成绩不理想，我取消了文体活动课，每天把两个班留下来背书。11 月 30 日下午最后一节课是 4 班的课外活动，我陪着他们玩了一会儿。就成绩优秀的学生群体来说，（3）班男生占强，（4）班女生占强。孙建霞等趁我心情愉快，一再乞求不要留（4）班放学后背书，一则他们哀怜动人，二则天气不佳，我便宣布直接放学了，搞得他们欢天喜地的。现在的我，实在不明白当年的自己，放学后还留着他们背书干啥？学生累，自己也累，延迟放学，天黑山路更不安全，简直是大脑进水了。

看到（4）班学生突破了我的防线，某天中午，（3）班的四个女生陈霞、时国萍、周永翠、李占琴来找我借球拍，她们软磨硬泡、轮番说好话，最后没有斗得过她们。四个人拿了球拍，追着打着、跑着笑着，到同学们面前炫耀去了。

文体活动课就这样被几个女生给争取回来了。我叫来王军陪我打乒乓球，他曾经私下笑话过我“十年都学不会”，今天让他尝尝输球的滋味。我的乒乓球技术是赵丰涛教的，（4）班的周龙俊不爱学习，但很爱打球，便常来做陪练。这一次，我潇潇洒洒地赢了王军，不是凭技术，而是凭力气。我一股蛮劲抽下去，连我自己都不知道目标是哪里，有时连球拍都跟着砸过去，气势如虹。王军打得很狼狈，他人矮臂短，顾不到各个方向，所有的同学都为我助威，为他喝倒彩。他心里本来就怯我，加上一边倒的啦啦队，他哪里扛得住？

某个周末，我没有回家，杨桂平、俞俊来找我打球玩。那个下午，我还带着学生杨桂平、成伟、王成去看了一场电影《少林奇侠传》。影剧院虽然破，他们的心情却不错。

元旦假期结束，住校生带些蔬菜之类到我的宿舍来烧着吃。我煮了一大锅山芋青菜粥给成其顺、成慧、丁腾云、王成、金云飞他们 5 个人吃。老鼠把门的一处破洞咬得更大，钻进屋里，到处拉屎，我气得要命。这让他们同仇敌忾、义愤填膺，成其顺为我清扫干净。次日，成其顺又来帮忙，找到了一只老鼠，把它送上西天。

冬天的一个周日，孙白平、沈建老师带着初二学生上山玩，我也跟去了。部分学生点上蜡烛，要钻仙人洞。正好遇见初一（4）班的夏新顺，瘦小灵活、天真活泼、讨人喜欢，我就带着他一起爬仙人洞。一共进去十几个人。那时，仙人洞还没有开发，入口很小，只能容一个人爬进去。我穿了一身牛仔装，一双运动鞋，跟着初二学生往里面爬，夏新顺则紧紧跟着我。

洞穴内的地面起伏不平、怪石嶙峋，很不好走，只能借助烛光慢慢摸索。此洞属于岩溶地貌，饱含二氧化碳的地下水长期溶蚀，淘出不规则洞穴。石笋、石柱、岩瀑，都只能看出形状，远远没有现在各色灯光投射而形成的五色斑斓。岩层表面是一层黏黏的黄色泥巴，衣服、鞋子上自然也蹭上了不少。每逢狭窄处，我先搁好脚，让夏新顺踩着我的鞋帮子往里走。洞内温度明显高于洞外，再加上运动，我满头大汗、耳根发热，遂返。洞外的人还一直在候着我们呢。冷风一吹，激灵一个冷战，马上清醒许多。次日，抓到学生们犯错，决定给他们一些别样的惩罚，就组织赵丰涛、时国庆等男生来帮忙清理我屋子前面明沟里的淤泥；组织六七个女生帮我洗刷昨天爬洞后沾满黄泥巴的牛仔服和运动鞋。女生们围着水池又笑又闹，最后还是小欧阳珍珠带了头，陈霞等人才肯动手，不过，把我的一包肥皂粉几乎用光了。你们是在洗衣服，还是在玩泡沫？多年以后，这包牺牲的肥皂粉已经成为回忆中的经典画面。

前文说过，有人建议通过帮茶农采茶增加班费。4 月 16 日，周六，多云天气。其时实行五天半工作制，教育系统执行大小周末制，今天正好放假。7 点，集合学生出发，去一户茶农家采茶叶，摘采鲜叶，按重量付给手工费。7∶30～9∶30，两个小时，得到 70 元手工费，离我的 200 元计划相距很远。劳动表现各不相同，有不居功自傲者，有热心为班级挣钱者，同样也有偷懒者，甚至还有偷偷卖青叶者，就是把自己采下来的茶叶，偷偷卖给那些收购鲜叶的人。

大家还沉浸在茶园的清香里，两天后的班会课上，（1）班董老师带着学生上山去玩，（2）班汪老师指挥本班紧紧跟随而去，我和（4）班班主任许明一合计，带着我们的两个班级去了水库的泄洪水渠。渠内两侧有很多不大的乱石，有学生随手一翻，就冲出来一只石蟹，举着大螯，横着要跑。石蟹样子很凶，蟹壳很硬，吃着没肉。其他学生受了启发，热情汹涌，翻动石块，捕捉石蟹，竟然搞了半桶。女生尖叫，男生欢笑，石蟹张牙舞爪，把个沟渠喧闹得像是斗兽场。回校后，我开了油锅，油炸了这些新鲜的蟹，几个学生到我宿舍，一边帮我打扫卫生，一边看我炸蟹，口水已经甩到背上去了。炸好的蟹拎到班上，每人一个，大小不拘，个个开心，嘎嘣嘎嘣，油香酥脆。这事引得其他班级口水纷飞。过了 3 天，有（4）班学生送我一些石蟹，不知道是以为我喜欢吃呢，还是希望我能再炸给（4）班同学吃。我是性情中人，喜欢创意，不喜欢复制，不可能再次炸蟹的，就都顺手送给葛巧林老师他们去吃了。泄洪渠道旁边有片毛竹林，林中长有竹笋，林外挂着牌子，“严禁偷笋，违者罚款”。有个学生偷偷扳了几根笋子，揣在怀里，送到宿舍，给我做菜吃。哎，孩子，面对你的美意，我怎么还能批评你呢？

教书二十余年，捉蟹、炸蟹的活动，差不多是我组织学生活动的顶点，富有生活性、趣味性、知识性、互动性、探究性。那时，自然生态是绿色的，教育生态是宽松的，加上我这个洒脱不羁的名士性情，才会演绎出这样的动人传奇。

真值得怀念啊！

十三、 生活

（一）灭鼠

与天斗，其乐无穷；与地斗，其乐无穷；与老鼠斗，其乐更无穷。我的屋子常常有老鼠光顾，有时咬坏门板，有时钻破纱窗，进得屋来，也不客气，该吃就吃，想喝就喝，临走了，还要给主人留言：几粒新鲜的粪便就撒在饭桌上，恶心你、气恼你。晚上，时而上蹿下跳，窸窸窣窣，搞得你欲睡不能。等你开了灯，又找不到它的影子；等你找到了，它一个健步，从窗缝飙了出去。我的屋子紧靠污水沟，上游旁边有公共水池，学生清洗碗筷顺流下来的饭菜残渣很多，前来觅食的老鼠也就多。水沟的下游是老师们开荒种的菜地，土质松软、植物梗茎挺拔，恰似青纱帐，成为这些鼠辈游击队员们的潜伏地。

于是，人鼠大战开场。某夜，我开了东边的窗户，卧床熄灯不言不眠，竖耳静等，等到鼠辈声音已起，遂悄然起床，关严门、落好窗，再拉亮电灯，右手持一节木棍，往墙角处乱捣。蜷缩的老鼠一个腾跃，顺着一根晾衣服的绳子，快速冲向窗户，那是它来的路。只听“砰”的一声，老鼠一头撞到窗玻璃上，跌到地下，赶紧又躲到某个角落。我再捣，它再跑。我绷紧全身肌肉，握牢木棍，跟着撵。起初它动作灵敏、反应迅速，次数一多，它的体力下降，在地上跑的动作慢了下来，被我一脚赶上，硬硬的皮鞋底踩在老鼠背上，然后用力踩下去，宛如奥特曼踩扁小怪兽。老鼠的鲜血从眼睛里流出来，身子还在抽动，我全身亢奋，脚上保持住压力，怀着一种复仇的畅快，等待它一命归西。多次人鼠大战之后，我非常有经验了。多年之后，某次在另一居所，也是半夜被老鼠打搅，拉亮电灯看见一只硕鼠，等到起身，怎么也找不见了。老婆儿子一起帮我找，四处不见。房间是水泥结构，它不可能地遁。但是，你睡下，它活动；你起身，它失踪。最后，我轻轻拎下挂在墙上的一小袋面粉，放在地上，用皮鞋踩定，猛然发力，就感到脚底有动静。老鼠啊，你以为我找不到你啦？你长长的尾巴露了一截在外面！可惜了那些面粉。老婆儿子对我那是相当的佩服！呵呵，这灭鼠的本领，就是当年在茅山中学练就的，前后打死过一二十只老鼠呢。

（二）工资

会计孔晓树按照标准给我发放工资，每月 237 元，每天不到 8 元。我们要是工资不够开支的话，可以向会计室打借条。工资里面有时会有一张“国库券”，面值 100 元，不可以流通使用，必须要到几年后才可以兑换本息。吴凤祥老师要结婚，急需用钱，请我找路子把“国库券”兑现。我找了学生胡定辉，“国库券”请他父亲帮忙处理。富人越富，穷人越穷。穷人急用，往往会把“国库券”打折变现，做减法；富人丰裕，往往有余钱来收购囤积，做加法。富人往往一批一批买，享受批发价；穷人往往一点一点买，支付零售价。5 月份，我领到本月工资，凑了 300 元让胡定辉带回去，请他父亲帮我存一下，积蓄起来，打算下半年为家里还债。现在想来，还是单身汉时能存住一些钱。

（三）福利

元旦了，学校分发福利，每人两条青鱼，10 斤左右。我请赵丰涛妈妈帮我腌制一下，我那时还不会忙活。学校食堂养着猪，按照惯例，每人年底分 10 斤猪肉。1 月底，学校发年终福利，每人 60 元。我们这些下半年才来上班的新老师，打个对折，每人 30 元。我领到了整个学期的班主任费，98 元。年后返校，我到茅山商场看看，物价突飞猛进了，猪肉涨到每斤 5 元了，年底发的 30 元，可以折合成 6 斤猪肉。

（四）健康

5 月底，感觉身体很是不适，厌食乏力，小便带黄，怀疑是肝炎。去医院抽血检查，蔡医生又为我做了 B 超，说是无事。抽血的化验报告要等两个多小时才能出来。我就骑着自行车回校，上了两节课再来拿报告。老旧的车轮胎磨平了花纹，成了光胎，由于赶时间，车速就快，砂石路上，碎石子也多，在医院门口，转弯过急，车轮打滑，摔了一跤，右手掌根部都摔破了，鲜血立刻就冒出来了。不过包扎倒是很方便，因为就摔在医院门口。看来，摔跤也要讲究个地方才行。报告出来了，血液无异样，可以放心。我用伤手的代价，获得了内心的安宁。

（五）居住

宿舍电线凌乱，灯泡昏暗，元旦上街买了镇流器等物，准备换成日光灯。请来物理老师沈建帮忙装上，日光灯比灯泡亮了一些。宿舍采光不好，白天都很昏暗。东墙之外，有水杉一排，时日久长，高大魁梧，成为一道风景线，最边上的这一棵，享受到更多的阳光和发展空间，特别茁壮，紧靠我的屋子，密密地阻挡了我的光线和清风。更糟糕的是，有老师在树下点种的那些扁豆丝瓜之类，蜂拥而上，把个线杆一样的树干缠绵成一团臃肿的球形，严重影响了居住的舒适度。潮湿阴暗的小屋，盛产一种昆虫，脚很多，爬行起来速度不慢，步态如猪，我们称之为老母猪虫；一旦触碰，它就团起身子，缩成球形，绿豆大小，又称为西瓜虫。扫帚稍微一挥，它们就骨碌碌滚出很远，而且数量很多，难以清除，我苦恼于无法解决。某日，学校来了木工，我找到他，说总务处许主任通知他，把最边上的那棵树给锯掉。他根据“指示”，照办了。事后，我跟许主任一说，他望望我，什么话也没有讲。不是不想说，是说了也白说。其他老师顿时对我刮目相看了，真不敢想象我那瘦削的身躯里面装着这么大的胆子。第二学期，我又找来几个学生，帮忙再次清理门前的臭水沟。上次清理还是第一学期的事情了。再次清理，很是彻底，效果明显改观。环境好，虫才少。春天的一个午后，阳光明媚，我和孙白平老师带了几个学生，由李占琴领队，去茅山林场买了几张折叠式的桌椅，我自己一张桌子 60 元，一把躺椅 35 元。分给沈建、王德明老师各一张，沈老师有点不高兴，因为桌子的图案有点差。我的桌面是白净的沙滩、高大的椰树、蓝色的海洋，没机会享受大海，看看画面也成。又买来窗纱，找几个学生帮忙，用木条封在窗边，以防蚊虫，迎接夏天的到来。自从锯掉那棵树，屋里亮堂了、门口干净了，这套新买的桌椅可以摆在门口就餐了。

（六）酷暑

5 月初，我去镇江参加函授本科入门考试，来去好几天，奔波好几处，气温又升高，积累下一堆脏衣服。回到学校，找来住校生杭玲和朱红，帮我洗干净了。那时候，女生是会做很多家务的，学生是乐意为老师效劳的，老师接受帮助也认为是正常的。要不是日记上记录着，今天的我也不敢相信这是真的。20 年光阴把什么都改变了，时代潮流不断前进，教育生态完全变化。这事如果放在今天，我估计会像汪峰一样上腾讯的头条呢。6 月中旬，晚上蚊子多得很，从老旧的门缝里钻进来，直撞人的脸。在宿舍点上 3 盘蚊香，分燃在各处角落，再关好门窗，强力熏蚊，我坐在灯下，趴在桌上写日记。杀敌一千，自伤八百，我用汗水和咳嗽对付蚊子。后来无法再糊弄下去，又找来学生帮忙，把蚊帐挂了起来。气温太高，又去杨磊爸爸那儿买来微风吊扇，总算舒服起来，叶子转动着，沙沙的细腻声音，轻轻凉凉的微风，我终于可以坐在吊扇下写日记了，感觉很享受。学期快结束了，我感觉更热了。小屋本就偏于一隅，围墙遮挡住所有的夜风，又是平顶结构，明晃晃的大太阳从早到晚整整晒一天，屋里热不可耐，只好在同事家熬到夜里才回去，冲个热水澡，也不擦去水滴，就裸着身子，钻进帐子，仰脸躺下，摊开成个“大”字，任由小吊扇吹拂。时间久了，身子干了，汗又流了，就爬起来，再洗再裸再吹，折腾着、折腾着，也就睡着了。转眼到了 9 月份，新学期，我动员了头届的老部下杨国军、赵丰涛等，来帮我拆、搬、装，全部挪到新宿舍去。他们依旧认真恭敬，没有怨言，没有损坏任何物件，帮我顺利完成了宿舍调整。我和他们的师生交往，差不多这是最后一次了。

十四、 要饭

先看点记录，参考一下物价指数。

10 月 11 日，嘴太馋了，跑上街买了 6 两牛肉吃，花去 3.5 元，“简直就是高消费”。15 日与许明二人合买了整箱苹果，30 斤，23 元，由他拿了上面的部分，比较好看，其实，就吃而言，都是一样的，都挺好的。这次购物，在当时来看，是很奢侈了。

11 月 19 日，气温零下 5 度左右，特别冷，我又没有比较保暖的鞋子，冻得受凉拉肚子，连日记都是缩在床上写的，字迹惨不忍睹。

茅山林场办了一个小鞋厂，生产的博龙旅游鞋，时尚、耐穿、舒适。厂里有人的话，只需要 80 元，同学孙白平能找到人帮忙，但需要现金。我已经捉襟见肘了，哪里还有这笔钱？学生欧阳珍珠的母亲就在鞋厂。26 日，我向学校会计室借了 500 元，给欧阳珍珠 80 元，由其母代买博龙旅游鞋。又下了决心，上街花 27 元扯布做了一条裤子。自己的衣服实在是朴素，甚至是寒碜了。次日，欧阳珍珠给我带来了一双新鞋子，这是我花自己的钱第一次买的高档鞋。珍珠的母亲请一个老工人为我选定的一双，皮质很过硬，穿着舒适暖和，把脚后跟的冻疮焐得痒痒的。一分价钱一分货，不得不承认的。孙白平老师觉着不错，立马趁势去买了两双。这个脚啊，舒服是舒服了，暖和是暖和了，可是，心就拔凉拔凉的啰，算下来，我要用 60 元挨过这个月，下个月要用 55 元熬过去。这日子，真是煎熬啊！

植树节里，山林萌绿、溪水潺潺、小鸟啾啾，又是一年好风景。大学同学陆雨林携未婚妻来玩，我接待了他们，一起爬茅山。那时我身上只有 1 元钱了，又不好意思说，只好借故走开一会，由他们自己购买了门票。后来，我赊账买了几碗水饺，算是请他们吃饭。我心里多少有点愧疚之情，但我实在是没钱。水饺就是好，汤汤水水一个饱。隔日，沈建老师过来，吃光了我所有的备菜，让我真正到了最着急的时候。下午，时国庆父亲校访找我，我用最后的 8 分钱去打来一瓶开水。晚上，税务所的一个乒乓球友汪胜军来坐坐，我只好撒谎出去一会，借来一瓶开水招待他。离发工资还有 3 天，对付着过吧，好在，一人吃饱，全家不饿。4 月 13 日，记载“一近月关，身无分文，只好又一次赊欠着买点水饺回来吃”。5 月 3 日无米下锅，即将断炊，向住校生杨国军借米下锅。成慧受我委托，去万姓邻居家（我父亲的好友）讨要一些腌制的咸猪肉，几次未遇，而割自家的咸肉带给我，搞得我心里五味杂陈。肖红春给我带来一些蚕豆，姚小花、方琴、孙建霞等人帮我剥了，又可以对付几天了。6 月初，因为无米，我随欧阳珍珠去东进林场食堂吃了一顿，又让姚小花第二天多带几斤米来。又某次，晚上没电，只好骑车出去瞎转悠，转到夏谷，偶遇严成东［（2）班学生，一心想转到我们（3）班来，学校不允］，他很高兴，我更高兴，因为我看到了希望，跟到他家吃晚饭。哎，我是单身汉，到处去要饭。

6月头上，为了某个事情，出门转了一天，傍晚在转盘处等到方琴等几人，我跟着他们去湖塘和五墟家访。王建兰的父亲是我父亲的同事，亲自点火烧水，打了几个荷包蛋给我吃，很热情、很厚道。曹启娣的父亲比较精明，但对学校的要求未免有点不切实际。周永翠父亲为人木讷不善言辞。晚饭，方琴家盛情款待了我，他们与我谈得很热乎，尤其是对我家弟兄仨上学的情况，表现出浓厚的兴趣。晚上11点多钟，他们又找来三机将我送回学校，把我的自行车也放进车厢。

我有困难，就向学生开口，简直就是要饭。12月的一个周末，找来成其顺、夏宁锋，嘱咐他们回家给我带辣椒酱来，他们就带来了。茅山的肉特贵，肥肉每斤3.5元，瘦肉每斤4.5元，春城的肉要便宜几角钱的。我买不起肉，就买棍棍鱼来吃，好歹算是海鲜嘛。肖红春告诉我，他家长了几千斤黄芽菜。黄芽菜也3角钱一斤呢，我让他带几棵给我吃吃，再带几个萝卜。我连买菜的钱都要想着办法省。一个星期后，肖红春给我背来4棵菜，又可以对付一阵子了。寒假过后，猪肉已经涨到5元了，暑假中，连春城的猪肉都已经8元了，不过那天是农历七月半，农村祭祖的节日，也许是特例，不过也可以略知行情了。

5月中旬，小弟考上了江苏省镇江中学，让隔天去体检，318名报考者中，他考了第20名，可以免交学费。春城去考的5个人，都被录取了，一时传为美谈，之后成为经典，一座再也无法逾越的历史丰碑。我送他去镇江，带着1500元，还了亲戚家的借款，那借款还是去年开学时为大弟筹借的学费。还了债，心里轻松多了，觉得腰杆子都硬朗许多。小弟报名，虽然免学费，但还是交了340元，用于购买书本、住宿、被褥、水瓶之类的费用。我还要供应大弟的部分生活费用，以减轻父母的负担。一个读大学，一个即将读高中，家中负担实在不轻。我之所以一直过得窘迫，重要原因之一，就是每月刚性存点钱，备用，保证弟弟们的学业支出。苛苦自己，善待他人，最后成为我性格的一部分。

十五、 食堂

前文说到跟着欧阳珍珠去东进林场吃过食堂，那个食堂给我留下很好的印象，饭菜很可口，分量也足够，饭后有汤喝。机会，是灵感赋予的。我请董老师找来1班学生纵菊瑾，通过她联系到纵父，纵父让我中午去他那儿，茅山林场食堂，他是里面的大师傅，炒得一手好菜。他表示，我可以去食堂代伙，每顿1元。这对我来说，实在是大好消息。我长期被吃饭问题困扰，不是没有灶具，就是经常停电，或者陷于贫穷，如果能够吃上林场的食堂，顿顿有保证，菜品较丰富，营养也就好，还特别便宜，国营单位就是好啊！但是，孙老师一直反对我去林场食堂吃饭，说丢了老师的面子。我本来想听他的建议，可是家里经济压力实在大，我每月要资助大弟弟上学，还要存点钱帮着家里还债，又要统筹安排下个学期小弟弟镇江读书的费用，面子什么的也就顾不上了。人穷志短，马瘦毛长。

6月18日，一个吉利的日子，中午去了茅山林场食堂，我又去找了一下司务长，算是对他表示尊重。司务长姓陈，他说，纵菊瑾的父亲已经给他打过招呼了，可以买票吃饭。我便去买票，会计竟然是（4）班学生纵萍的父亲，他又去陈司务长处打招呼。陈就站起来，当场找了3个大碗给我，一饭一菜一汤，还带我走到一个碗柜前，那种碗柜很大，像是中药房的药柜，横着竖着，整齐划一，分配有很多碗格，每个格子上安着活动门板，边端拧着金属铰链和搭扣，可以自己上一把挂锁，板面上贴着纸，上面可以写名字。好多林场职工吃饭的碗筷就锁在写有他们名字的格子里。林场食堂带有单位福利性质，是不对外开放的。据我观察，也就两个外人来吃饭，一个是我，一个是马姓老医生。他已经70多岁，精神矍铄、面容红润，还能诊病，在家行医，在当地名望很高。领了碗筷，锁了碗柜，写了名字，我就算是取得了“合法”身份。我私下琢磨，还是会计的面子比较大。纵会计很能侃，而其矮小的女儿纵萍则没有多少言语，整天沉默着，即使问话，也是用最少的词语来回答，惜话如金。然而多年之后，她竟然成为我的同行，中学语文老师，与我交流几次，已是相当健谈，个子竟和我一样高了。女大十八变，不错。

食堂，开启了我生活的新阶段。我带着感激，带着庆幸，每次过去吃饭，总会怀着谦卑，有时甚至挤出几朵讨好的笑容，略欠着身子，坐到边角的凳子上，偶或主动跟他们打招呼。贫困，往往滋生自卑，寄人篱下的林黛玉不自卑、不敏感才怪。自从去食堂就餐，省事不少，感觉良好，一则省时省事符合我的惰性；二则增加一些营养，量少类多，可增食欲；三则可以强行改变偏食习惯；四则可以把社会触角伸远一点。某次晚饭，适值纵师傅休假，陈司务长亲自为我打菜，顺手又找回给我4角钱菜票，搞得我内心小激动。一饭之恩，倍感温暖。逐渐进入夏季，气温走高，我却没有做饭的烦恼，真好。有时候，林场来客人，厨房会加炒几个菜，分量够多而有剩余的话，我和马医生也可以得到一点盖浇，几块红烧肉、几片鱼块之类。在那儿，我第一次认识了银鱼，泡在水中，晶莹剔透，乌黑的小眼睛很醒目。那时，我眼馋过、嘴馋过，可惜没有机会品尝。

从此，我不再饥一餐饱一顿，三颗青菜吃两天，不再辗转同事家涎着脸皮打野食，不再厚颜游击于各位学生家。一个阶段吃下来，我的头发黑亮了，脸色也红润了，妈妈也夸我这一向身体不错。

每天，穿过一片竹林，毛竹劲拔、青翠，使暑热消解很多，我随心哼着歌，没有曲调，迈着小步，踢着碎石，“走在幸福的小路上，啊巴扎黑”！

然而，幸福的时光总是短暂，一个暑假过后，变化了模样。

1994年9月开学，我仍去食堂就餐，饭不够吃，我请纵师傅给添一点，他没有了以前热情的笑脸，一副为难的神色。人越自卑越敏感、越敏感越自卑，我的感觉细腻而敏锐。我这人很识趣，就怕人家挂脸色，便半饿着肚子回去了。晚上，纵师傅带着夫人到我的新邻居董小梅老师家打牌，我蹩进屋看看，想找个机会说笑几句，融通融通，但讪讪着，最后什么话也没有说上。董老师的老公也是林场职工，他们两家交谊不浅。纵菊瑾还继续在董老师班上就读着，跟着上初二了，而我被留在初一教书。一连两周，我在食堂都没添饭，一直处于半饥饿的状态。董老师看出端倪，问明原因，后来告诉我，说已经交涉过，以后尽管添饭。董老师，宿舍上是邻居，籍贯上是老乡，年龄上是大姐，单位上是同事，她的细腻关怀，我一直记在心间，也将没齿难忘，虽然我至今从未回报过她。回想往事酸楚，执笔之际，不由感怀，现在借这个角落，噙住泪花，对董老师说一声“谢谢”。

愿自己，愿我的学生们，也像董老师一样，懂得体恤、帮助年轻人。他们的人生刚刚起步，多不容易。你的举手之劳，或者鼎力之助，都可能让社会多一个温暖的灵魂，少一颗冷漠的心灵。谨记。

十六、治班（上）

1994 年 9 月刚开学的一节体育课，周永翠因病没来上课，我就找她来问问，顺便了解一下班级情况。闲聊之中，得知学校领导 Z 竟是她舅母，每天晚上都会检查她的语文学习情况，也就是说，每天都有校领导掌握着我的教学情况。我的背上有些发热，好像有双眼睛从镜片后面透射出审查的光束。

再怎么小心，也不能杜绝意外。9 日下午，师生放假，教师参加全镇教师节会议。开会结束，我就径直骑车去访父执文万金，夜宿未归。班级教室有三把钥匙，男女舍长和我各有一把。舍长成其顺把班级钥匙给了值日扫地的走读生就回家了，走读生揣着钥匙也回家了；女舍长杭玲则干脆丢掉了钥匙。晚自习开始了，十来个住校生像一群蝌蚪聚拢在教室门口。值班校领导 Z 找不到我，便安排我班学生进了别班教室自习。次日，她也一直没有说我什么。晚上教师会，校长不点名说我，班级未正常之前，应当与学生天天泡在一起。

好吧，那就天天泡一起吧。起先，赵丰涛做班长，后来提拔了时国庆和陈霞两个副班长。某次音乐课上，音乐老师让我去班上看学生自习。我让大家举手表决，是唱歌，还是教他们下象棋，票决 30∶23，唱歌。唱歌花力气，下棋伤脑筋，人们往往愿意花力气而不肯费脑筋。起初大家扭扭捏捏，不肯开口，我又是鼓励又是刺激，终于陈琳站了起来，一首歌罢，气氛活跃起来，事情就好开展得多了。后来改选班委，时国庆任班长，陈霞、赵敏敏为班副，赵丰涛专任学习委员。

我既为孩子王，就要为他们做点事。学校发下来一张《关心下一代周报》，上面有一篇文章谈到少女保护的问题，我圈点批阅后，令陈霞和时国萍在女生中传阅，增强这些少女们的自我保护意识。学校给每个学生发了一副耳机，说是戴上它在校园里闲逛也可以练习英语听力。陈霞和张胜凤的耳机居然都是坏的，我带她们去换了新的。那时候，条件好的学校配有语音室，装备精良，但对有些学校来说，无非面子工程而已。我个人认为，教育资源存在极大的浪费。我们留心看看学校设备的使用率就知道了。比如，有些学校号称藏书多少本，而不提流通率。我还见识过图书管理员经常忙着填写借书卡片，目的是为了提高所谓图书流通率。学生没有借阅过一次书刊，可是书刊已经被“流通”很多次了。

时代在变迁，但革命的热情依旧高涨，比如 11 月，学校就包场看电影《英雄本色》。凭茅山电影院的那个条件，包场居然每张票还要 3 元。据说，为了让学生多多来包场，影剧院经常去找各个校长来帮忙。看来，革命固然重要，挣钱才是王道。

开学不久，校长指示要抓好宿舍卫生。我召开住校生座谈会，听他们反映一些问题，比如床铺太少，两个男生挤一床睡之类。董小梅老师班上的男宿舍有空床，她表示可以允许我班学生入住，但必须是比较老实听话好管理的。我和成其顺研究后，调周志高和丁腾云过去，解决了本班男生住宿的困难。某次，全校卫生大评比。中午，我组织宿舍、保洁区、教室三项大扫除，结果宿舍被误搞成最低分 50 分。学生们垂头丧气，我是怒火中烧，去找领导。谁家孩子谁家抱，乱动孩子还得了？许主任一检查，发现加分错误，马上更正为 90 分。那段时间，按照校长要求，我和住校生那是朝夕相处，天天泡在一起了。

月考一过，又可以轻松一点了。班会课上，猜谜、下棋，讲一些知识性、趣味性等小故事，大家很开心。然而，平静的海面下也会有漩涡，从而引发风暴。国庆前一天，出校门到街上，我就抓到了王成和周志高在打游戏机。校长批评我管理不严，一恼火，我当天就开始整顿纪律，该罚的罚，改打的打，至于标准，全看心情。没有制度、没有规章，只根据校领导的指示、操作者的心情，“肃反治乱”难免扩大化。不知道在那次整顿风暴中，有多少人惨遭了我的“毒手”。虽然我内心告诫自己不要体罚学生，但往往按捺不住。成其顺向我反映，W 同学上自习课影响他人，正好我又根据学校提供的线索，查到 W 同学中午居然就在教学楼一楼楼梯的暗格里小便，于是大怒，冲上去就打，并勒令他期中考试后不得再住校。听说下课后，W 同学转而拿王成同学出气，令我更为光火。晚上，我去男生宿舍找他，看着人多，怕别班同学过来围观，就骂了他一顿作罢。今天看来，那个时候的我，太年轻，往往冲动有余而淡定不足，热情有余而能力不足。没有职业素养的领导，往往用迁怒下属的方式来掩饰自己能力的不足，应付外界的攻讦，并口诛笔伐，数说下属的种种不是，总之，赶紧撇清干系，什么都与自己无关。今天，走笔至此，我感到汗颜。我不是一个好老师，至少当时还不称职。

12 月初，赵丰涛报告学习纪律难抓。我就停了课外活动，在班上大动干戈，自然又是 W 倒霉最甚。让 W 走读，他就不走读，我也没有办法。晚上批改作业时，心想，与其弃之，不如用之，便找来 W 谈话，让他帮我检查作业，他只好答应了。后来，晚自习时，他便坐在办公室写作业，据说很不自在。我听了很高兴，我就是要你不自在。谁知，乾坤互轮，阴阳相生，什么都会变化，后来他竟然喜欢上了坐办公室，因为方便偷听老师们谈话，信息早知道，可以到班上炫耀，看着一群同学围着自己专心听讲，他屁股坐在课桌上，架起二郎腿，晃荡着，倒是获得了明星般的感觉。再艰难的生活，也会有美好的回馈，就看你如何去发掘了。W 同学就用自己的行动验证了这一道理。

班委干部经常在身边转悠，容易成为老师的亲信，对他们有所偏心自然是免不了的，但触上我的霉头，也是吃不消的。5 月下旬，我查课间操，发现有人旷操，不由火起，逐一检查，其中就有一向信任有加的副班长陈霞同学。以此为线索，又查前两周的纪律问题，算一笔总账，被镇压的人有一批呢。这个时候，惩罚陈霞，就有了示范性意义，同学们看到平时得意的“大老虎”遭到整肃，内心是很解气、很幸灾乐祸的，这样就可以消减普通同学的抵触情绪，保持更大强度的压制而不会激发反抗。

十七、治班（下）

开学才几天，“内战”就爆发了，女生王建兰与男生武剑打架，男生完败，且受伤。据调查，武剑身单体薄，引发了冲突，却又挨打受伤，也算是咎由自取。王建兰体格较大，为人忠厚，这次是被惹恼了。她父亲是个矿工，和我父亲是同事，家中也很贫寒，值得同情。圣诞节前的一个上午，W 与（2）班的孙卫兵打架，竟硬生生拔下后者的一撮头发，其状很是惨烈，我下午、晚上均找 W 谈话，效果一般。欧阳珍珠与张鹏闹矛盾，小丫头本就柔弱，伤心之下，梨花带雨，凄惨兮兮，我安慰鼓励了珍珠，要她坚强，努力提高自己的成绩，增强自己的话语权。初中时代，成绩就是实力，实力强大，腰杆子就硬。我管理的还不仅仅是本班事情。某个冬天，（4）班学生一时找不到班主任，就来找我这个科任老师，说是周龙海打破了袁龙胜的头，我马上送袁龙胜去医院包扎，前后跟去一帮学生，我趁势对他们进行了现场教育。

某天下午，第三节课结束，就要放学了，我班学生按照我的要求都留下来背书。我去巡查，老远看见李占琴正伸头监视楼道，还听到一声大叫“来了”，楼道一下子冒出来七八颗脑袋，立马又缩了回去。然后，又有武剑、杨桂平跑到楼梯口探头探脑，想证实情况的，被我看个正着。我这时已走到门口，进去就打这两个不安分的家伙。李占琴半趴着，装作读书状，眼神瞟过来，一副自在自得、幸灾乐祸的神情。我也装着巡视班级的样子，慢慢踱步，趁她不在意，拿书拍了她的头。事出意外，她气得要命，晚上就写了一张纸条给我，表示抗议。

我决定接受李占琴的意见，改变粗暴作风。趁着圣诞节，进行班风整顿，以自我批评的形式展开，我带头。然后是赵丰涛、时国庆，总共有 22 人讲了话，主要自我批评，也兼批评他人。起初，女生不大肯说，毕竟不好意思，自我批评拉不下架子，批评他人又拉不下面子。这个时候，就需要一直信得过、特别能战斗的部下来打先锋了，我点名陈霞发言，闸门一开，顺势而为，很快就有几个女生也紧跟着发了言。经过两节课教育，王军颇为感动，深受教育，大家前后给了他两次掌声。我自己花钱买了一些小物品奖给了考试前 10 名的学生，还有一个奖给王先锋同学，大家公认他进步最大。

圣诞之后，就是新年。胡定辉撕来几幅漫画，那时我正痴迷临摹颜体、描摹漫画，漫画至今还收存在我的旧本子里。他又给我带来一本农村信用社的广告挂历（他父亲供职信用社）。挂历上的美女着装清凉，妖艳地贴在墙上，给我站岗。她们瞪着美丽的大眼睛，疑惑地看我每天进进出出，给我素白的墙上添了一抹生气。元旦前，杨桂平送我一张贺卡，这是我从教以来收到的第一张贺卡。时国萍也送来一张，这是女生送我的第一张贺卡。那时贺卡正风行，大家互相寄送，把邮箱塞满后，就直接堆在地上。邮递员背着大袋子，把大小不一、厚薄不均的贺卡塞进去；传达室里也是一堆贺卡，好些学生性急地翻呀、找呀。老师所收贺卡的份数往往就是幸福的衡量指数。我问董老师收到贺卡没有？她说自己班送来 2 张，我班送了 1 张。我发了火，说学生们不懂事，要他们买一些送送女教师。下午，他们居然买了 100 多张。起初数学老师一张也没有，现在一口气收到二三十张。学生们反映，老师收到贺卡很是高兴呢！后来发现，连我的本子里也夹了不少贺卡，经过清点，一共 20 张。今天的我，来反思一下，虚荣和攀比真没有意思，无论是贺卡，还是名利，甚至生活。幸福是赢来的，不是要来的，赢来的是尊严，要来的是表面。

新年新气象。学校让我上公开课，我设计了一下，为了某个环节的需要，拟定了班训，“奋发向上，积极进取，努力拼搏，争创荣誉”。此后做班主任，都会推出班训，升级版本缩减了字数，“团结奋进，优秀文明”，这是很多学生所高声喊过的口号。如今，不做班主任了，又在课堂仪式上加一个课训，“张扬个性，舞动青春”，可惜，总觉得没有做班主任时候喊得响。那不止是喊，是吼，像秦腔一样，吼得气贯长虹、声遏流云。丰富的活动、活跃的气氛，引起了别班好些学生的羡慕。（2）班学生严成东想转到我班来，他的班主任是 W 老师，我和 W 老师通了一下气，又找（2）班学生调查摸底，我意可以收下。最后召开班委会，未能通过，而教导处也没有同意严成东的转班申请。严成东说不给转班，来年就不上学了。他的执着、他的向往，让我感动，也让我为难。后来，我安慰了他，说以后分班再说吧。

元旦过后不久，寒假就在眼前。每个假期都是辍学高发期，形成流生。年前，丁腾云跟着母亲来校找我，说要随其舅舅去常州做工，要做流生了。我去找徐素芬老师，私下交涉，为丁家求情。徐负责收取预交款，给我面子，同意退还了 100 元预交款。年后开学，得力的心腹助手又少了一个，成其顺要去上海学装潢了。这个爱将的流失，让我很难过，也很不舍。4 月份，我找姚小花谈话，担心她不到毕业就要辍学，得到了她的证实，说她母亲有这种打算，我要她好好珍惜在校上学的每一天。5 月份，有学生反映，丁秋华这两天总是趴在桌子上睡觉。我找她来了解情况，她什么也不肯说。放学时候，她说要请第二天的假，在我追问之下，她才告诉我，其父前几天死在打工的工地上，死因不详。唉！当天早晨我和时国萍还说到姚小花无父之苦，说到李占琴父亲的病，如今又多了一个可怜的家庭，我担心又会增加一个流生。6 月底，学生曹启娣不上学了，请同学捎来一个纸条说明情况，后来我找到她，劝说她继续读书，说得她眼泪直流，最后她还是走入了流生的行列。

学期临近结束，我利用中午时间找学生谈话，实施感情拉拢，说自己可能不教他们初二了，要他们回首这一年，是否真正在学习上面下了功夫，赵娟和时国萍显得尤其感动。下午，我自己对学生进行民意测验，一则了解学生对我的印象，二则让学生宣泄一下对我的不满情绪。几乎每个人都提到我脾气很大，偏心女生。是的，男生挨打的多，女生则很少。学期结束时，要忙活的材料也多，时国萍带着李占琴来帮忙，填写成绩单、评语、奖状，最后我给了时国萍“三好学生”奖状，她很高兴。李占琴帮我写了评语，写完了，我就后悔了，因为她的字不美观，又不懂布局，整个儿挤在版面上方，头重脚轻，实在看不过去，拿不出手。其后 20 多年，但凡做班主任，学生的评语必定是我自己独立完成，可能是这次的印象太深了，对学生不再放心了。

有些学生还是值得放心的。“五四”青年节到了，学校团委发展团员，每班给 3 个名额，我思量再三，也征求班委和同学意见，给了赵丰涛、胡定辉、陈霞。就个人感情上来说，我对他们有所偏爱，所以我提名这三人，好在众人也觉得妥当，遂定。据某个班主任说，另外一个班的 3 个团员都不够格，再后来，团员名额大大下放，因为学生申请入团后，需要交一次性的团员证工本费、团徽费，更要交常年性的团费，众人拾柴火焰高，人多团费收得好，这竟成为某些学校的一个经济增长点。起初，团员是少数派，后来，非团员倒成了少数派。不过，那个时候，我们班的这三个人，绝对是优秀分子，值得信赖。

十八、 教学

开学初，为了让学生感受语文的魅力，第一次上课就讲了标点符号的故事。清末，有一书法家奉命给慈禧太后题扇面，内容是王之涣的

《凉州词》，却一时疏忽漏了“间”字。慈禧大怒，喝令斩首，以为书法家欺负她没学问。书法家急中生智说是借诗意填写的词，并当场断句标点，才免去杀头之祸。书法家是如何急智应变的呢？学生们纷纷跃跃欲试。书法家是这样断句的：黄河远上，白云一片。孤城万仞山，羌笛何须怨？杨柳春风，不度玉门关。杜牧的《清明》一诗也可以断句成散文：清明时节雨，纷纷路上行人，欲断魂。“借问酒家何处？”有牧童，遥指“杏花村”。神奇的标点，让这些小屁孩惊奇得瞪大眼睛，感受到了语文的魅力。我还注重朗读教学，（4）班几个女生读书声音清脆悦耳，很好听。元旦刚过，（4）班学生朱欢欢就去参加了句容县普通话比赛。

为了加强思想教育，学校组织师生看电影《蒋筑英》，当时深受感动，现在印象全无。只记得校长就坐在我旁边，他好打篮球，身材魁梧，体格健硕，稳稳地端坐着，就像一口钟，顶多架架腿。这弄得我很不自在：电影院的条凳很窄，我的臀部又瘦，坐久一点就痛，但是晃来晃去的幅度又不能大。教育的效果要落实到教学上，学生观影后就要写观后感。看电影，是愉快的，阅读书籍，也是愉快的，可是在看读之前，如果你已经被告知要完成一份相关作业，估计很多人就会损了兴趣。把个愉快的事情搞得功利化，趣味索然。就比如，喝酒吃菜本来是愉快的事情，可是，如果旁边坐着一位专家，在你的胳膊上安好传感器，口腔里放上袖珍分析仪，不断提醒你注意喝酒节奏、注意营养均衡，这个吃少了，那个吃多了。那么，这酒还能喝出乐趣？

功利化，讲究的是政绩。5 月份，为了迎接省双基检查验收，学校全面动员，全方位努力，连周末都取消休假，劳动强度更是超大，把校园里里外外搞得干干净净。现在，检查领导终于来了，不巧正赶上下雨，他们就在校长室里坐坐，喝杯茶，看看学校准备的材料，连说几声“好好好”，就一溜烟开车上茅山玩去了。望着他们远去的背影，我带着学生们，多少有点失望。我们洒了多少汗水，你们就不来看一眼？后来历经多次，我总算懂得“走过场”的含义了。

前文说到 11 月 8 日我去镇江找同学玩，行程中就安排了一件事，即力请师专同学陆艳华，用磁带为我录音了几篇课文，其中便有朱自清的《春》。上课时，她优美的音色，伴着轻音乐，渲染出淋漓的春天之美，让这些山沟沟的孩子们听得如痴如醉，大觉新奇。陆同学系丹阳师范毕业后去师专进修的，她的多才多艺是出了名的，优秀的师专毕业生，现在已经是镇江文广集团的副总了。关于她，我的《师专生活》中介绍颇多。王校长来听课，我就使用了陆同学为我特制的录音磁带。现代化教学手段，我刚毕业就开始自主摸索了，既省力，又经济，效果还好，可以多次播放。

新年后，学校让我开公开课，随着“上课，起立，同学们好，老师好”之后，同学们齐声高喊“奋发向上，积极进取，努力拼搏，争创荣誉”。校长和听课老师都大觉惊奇与意外。那一天，茅山中学初一年级的这次公开课上，学生个性张扬、举手如林、回应如潮，给听课的老师们留下深刻的印象，以致这班学生升初二时，好几个语文老师争着要来接手这个班。那个时代，民风淳朴，学生拘谨，把课堂气氛搞活跃并不容易；而现在的学生都个性张扬，要想收住他们是不容易的，不同的时代造就不同的学生特性。

第一学期。10 月份月考，我班很差，校长不点名批评了。然后是期中考试，初一共 4 个班，前 40 名，我班才 6 个，明显差了，又是批评。转眼又到 11 月月考，语文阅卷结果显示，W 老师班上 90 分的，比我们 80 分的还多，W 老师踌躇满志。期末考试后，全体语文老师流水阅卷，我和他的平均分、优秀率都差不多，及格率我比他还高几个百分点呢。（4）班优秀率明显高于（3）班，让许明老师很高兴。我也松了一口气，算是可以向学生、学校、家长有个交代了。王建兰居然考到了 80 分以上，真的不容易呢。语文组长说我考得不错的。只是名次上，年级前 40 名，我们才 8 个，比较“搭僵”（茅山方言，“差”的意思）。

第二学期。期中考试，我因忙于备考本科函授，没空改试卷，找来几个学生帮忙改卷，连作文都下放给学生去评分了，这样的效率真是高，最后的分数真不高。排名出来了，4 个班排了前 51 人：（1）班 17 人，（2）班 11 人，我的（3）班 14 人，（4）班 9 人。比上学期期末进步了。6 月初，学校组织适应性考试，由我出卷，W 建议就在练习册上抄抄现成的题目。我不以为然，重新选题，我自认为还是有一定质量的，不过比较难。W 老师让我做出样卷，结果大出意料，及格人数，

（1）班 17 人，（2）班 18 人。他实在是小瞧了我这份试卷的杀伤力。他说试卷很有质量，并表示很看重我。他没有因为我不听老教师 G 的话就贬损我，我觉得，W 老师虽然业务比 G 差一点，但为人要比 G 好得多。

初一学年结束的期末考试终于结束了，全体语文老师上午流水阅卷先改初一的，到了中午，分数就出来了。优秀率上，（3）班 1 人，（4）班 3 人，说得过去了。四门主课，语数英政，基本上都出来了，除了外语略差于（1）班外，其余都还不错。很多人都承认本学期我班很有进步。过了一天，分数大体出来了，300 分以上的，我们（3）班超过（1）班两三个人，超过（4）班 6 个，（2）班考得很烂，不提，这也就意味着我班考得最好。

7 月 4 日上午，学生来拿东西，正式放假了，我向他们公布了 300 分以上各班的人数，对班级的前途充满了信心，满怀希望能带着他们继续前进。我的热情，点燃了学生的热情，情绪热烈、氛围欢快。

等待学校的宣布，等待命运的安排。

十九、 家长

春天，茅山庙会热闹繁华，家家都能赚到钱，盘点下来，学生赵娟告诉我，她家昨天就赚了几百元呢，多的人家能赚 2000 元，李占琴家赚了 600 元。我不由心动了，觉得以后的周末不可浪费，一定要想办法做点生意，一天挣上几十元应该是小意思，人不能没有经济头脑啊。4 月 3 日一早，我就赶去红庙，想跟随赵娟家长去帮忙看守摊子，但他们已经上了山。我就随其他人一起从小路上山，那时身体好，每次都是强行攀上两级台阶，形如奔跑的小鹿，惹得一些老年人羡慕和感叹：“还是小伙子有劲。”赵娟家的摊子是在木头架子上面平放一块木板，覆上红色锦缎，锦缎上摆着各色旅游纪念品，如项链、手杖等等，景区的旅游纪念品都差不多，唯一特色是茅山“叫叫”，木头制成，中空，插上竹叶，吹之能响；用红色墨水简单涂染，很是粗糙。不知怎么流传下来的风俗，在茅山非常讲究偷“叫叫”，说是如果成功偷回家，会非常吉利，这是对偷窃的肯定和鼓励。“叫叫”本不大值钱，偷两个就罢了，可是有些游客会扩大范围，什么都偷。每逢庙会，生意奇好，游客奇多，一波人潮汹涌过来，就能挤翻摊子。有时候是小偷人为制造混乱，以便乱中求偷。所以摊主要密切注意，实在不行，两个人抬起木板赶紧后退几步，以避锋芒。偷窃的方法五花八门，摊子上的项链会莫名其妙地往后跑，稍不留意，小玩意儿就会被迅速拿走。一般而言，是“顺”，即顺手牵羊，嘴里讨价还价，又买又不买地磨磨蹭蹭，寻个机会就带走，一旦挤入人流，根本就抓不到了；另一种方法是从前面站着的顾客的身体缝隙里，伸手到摊子上随手抓一把就后撤，由于他缩在别人身后，不暴露脸庞，又会很快混入拥挤的人群，赃物就很难追回；还有一种带有抢的性质，嘴还凶，对这种人有时就得装没看到，由他拿个东西而去。所以，尽管我们看得这么紧，也抓回来一批，但还是被搞走一些。好在这些旅游纪念品，原本就不值钱。

茅山的茶叶很有名。我给胡定辉一说，他下午就带来一点茶叶，很好喝，可惜只有一点点。因为质量好，所以数量少。李占琴也带来一点茶叶，比胡定辉家的明显差了一些。G老师带着胡定辉的考试分数，去了一趟胡家，回校后说是得到半斤茶叶，送一半给我，以示待我不薄。又后来，赵丰涛带来半斤茶叶，还可以的，我和孙老师二一添作五，分享了。那时候，茶叶不贵，还没有打造成品牌，也没有现在这种高档包装，只用简单的绿色塑料袋一包，再用烧烫的钢锯条手工封口一下而已，现在的“茅山长青”，早已跻身贵族行列，我就只能对它望望了。

杨磊爸爸开着店，前文说过，他卖过煤气灶给我的。一来二去就熟悉了，我的微风吊扇也是在他家买的。他头脑活络，多种经营，店里还卖熟菜，我每次去买，他都会客气一点，让点价钱。

王成父亲曾经来访过。俞俊母亲来校访，因为家中变故，她衣着寒酸，面容凄苦，让人同情，我待之甚为温和。王先锋家长校访，我语气犀利，因为孩子从家里一次拿走100元，当天就花光了，这让我觉得家长管束不力。

5月初，我无米下锅，即将断炊，向杨国军借了米。成慧受我委托，去万姓邻居家（我父亲的好友）讨要一些腌制的咸猪肉，没遇到人，而自割家里的咸肉带给我，肯定是家长的意思。不久，肖红春给我带来一些蚕豆豆荚，姚小花、方琴帮我剥成豆子做菜吃。6月初，又一次断炊，就随欧阳珍珠去东进林场食堂吃了一顿。第二天姚小花给我带来几斤米。12 日，端午节，王建兰给我带来 4 个粽子 8 个鸭蛋。18 日，赵娟带来 5 个李子，我挺感动，因为茅山地区号称水果众多，而她是第一个主动送水果给我吃的。今天，我记不得所借大米是否已经归还，蚕豆、粽子、鸭蛋、水果肯定是被我消受了，在这里表达一下对这些学生们的感谢，给我帮助，给我温暖，给我幸福。另一个方面，学生行为的背后，其实就是家长的态度，因此，也感谢那些淳朴热情的老区山民。

5 月中旬，张鹏来找我，说是其母让我去吃晚饭。因为我上次专门找过张鹏，批评他父母只顾做生意赚钱，对儿子关心不够。他母亲以为我是想吃饭喝酒了，所以我毫不犹豫地拒绝了。我只会在困难时求助，不会平时敲人家竹杠。6 月 20 日，晚饭后，我在街上闲逛，正想找个地方转转，张鹏、他的母亲和妹妹正好路过，遂同去。张父搞锯木加工，摊子铺得很大，带锯的锯齿夸张地闪着光，锯齿下面堆积着木头屑，松散细密，潮湿的木屑散发出浓重的木腥味，弥漫在空气中。张父挺能侃，但对儿子的学习所知甚少，待我还比较客气。他家临时炒了瓜子待客，在我临走时，硬塞我一包。

学年即将结束，我还有一些事情没有办理。工作之后，我的户籍迁移、粮油关系还没有到位。我加快了求人办事的步伐。张胜凤的父亲是财政所会计，为人热情，职位重要，办事方便，很快就为我办好了户口，又要去两张照片为我办身份证，第一代身份证。从此，我真正是一个茅山人了。这是他第二次为我帮忙了，第一次是帮我买了煤气包，我真心感谢他。写作此文的今天，我才知道张会计早在 1999 年就因病去世。哎，张会计，感谢你，愿你在天堂幸福安好。我接着又找胡定辉父亲帮忙，办好了粮油关系转移。

期末考试结束了，分数都出来了，各项事务都完成了，就等最后一次教师会，等待放假，等待学校宣布下学期的工作分配。我充分做好了两种思想准备，要么拉开初二的序幕，要么做好这届初一的谢幕，去教下一届的初一。在这种无法确定的情况下，带着告别的意味，上午我再次去胡定辉家转转，之后到赵丰涛家坐坐，赵丰涛还是响当当的年级第一名。赵家很是殷勤，花钱弄些好菜招待了我，又请我吃了西瓜，临走还装了两个给我捎上。和这些学生朝夕相处，感情日炽，和这些家长也已经熟稔，如今，很有可能从此分别，突然，寂寞、伤感的情绪袭上心头，缓缓而归。

7月4日上午，学生来拿东西，正式放假了，我告诉他们，我们班考得最好，而且是全校流水阅卷，成绩真实，分数可靠！

下午，开会宣布了，我心很是平静，该来的总是要来的：我再去教新的初一！

会后，我去胡定辉家，告知情况，胡家依然弄些酒菜招待我。

夜色深沉，路灯昏暗，回校途中，路过茅山电影院，我不由得流下两滴清泪。初生牛犊，甫上讲台，诸多不懂，不断磨合，砥砺前行，全班刚走上正轨，正在突飞猛进之中，竟戛然而止，师生缘尽！我的这一年，从影剧院开始，到影剧院结束，演绎了一些教学故事，也弄出了一些教学事故。

别了，我的住校生；别了，我的班干部；别了，我的孩子们；别了，我的1993级的学生们。你们入学时，我偶然成为你们的老师，1996年毕业时，我肯定不再是你们的科任老师了。

祝你们一路顺风，将来学业有成，我再也没有机会带你们爬茅山、吃螃蟹、采茶叶、打雪仗了！

多么渴望能带着你们继续一起疯，一起飞！

二十、 尾声

学生升到初二，H老师做班主任，根本拢不住这批学生，因为被我带野了。学生成绩在上升，班级纪律在下降。等到初三开学，已成乱班，学校只好把四个班打散了，重新分班，所以这届四个班的学生交叉认识，同学聚会也是打通了班级的年级大聚会。每年一聚，几成定例，并多次邀请我参加。20年前的学生，居然还记得我、认可我、尊重我，我给他们、也给我自己点个赞。

陈霞上了大学，经常和我通信，某次回信让我很诧异，居然是赵丰涛替她回信的。原来，陈姑娘觉得我写信的文采太好，让她较有压力，就把我的信寄给赵，让文采颇好的赵替她回信。当年，我都留存着这些信件的，后因为失恋，万念俱灰，烧掉了所有信件，其中包括他们的信件，今天感到甚是可惜。写这篇长文很辛苦，陈霞在昆山上班，靠近阳澄湖，就特地给我寄来螃蟹补补。当年我请她吃小石蟹，如今她请我吃大闸蟹，两次螃蟹之间，横着 20 年光阴。

时国萍现在居然和我住一个小区，有几次向我讨教如何培养她的儿子，并表示希望我能教到他。

2010 年暑假，学校组织高三教师去云南旅游，夜宿昆明。我联系到时国庆，他在那儿就业，赶来宾馆，带我上街，去吃夜宵，畅谈以前旧事，介绍云南风情，让我在同事面前长了脸。

张鹏跑到深圳，搞珠宝生意，发了大财，还在香港生了二胎，既不违反计划生育，又落地而得到香港户籍，聪明人永远聪明。听说我想出书，他说会赞助我。

成慧现在是我 QQ 空间的常客，还请我喝过酒，吃过新坊老鹅。欧阳珍珠和赵娟，为买房子来找过我妻子咨询。珍珠已经不再是以前那个容易受人欺负的娇弱女生了，不过她后来没有再来过，倒是赵娟有时会联系我妻子。

孙建霞活泼好动，小嘴特能讲，当着幼儿园园长。某个暑假末期，我去幼儿园看望她，她私人请我吃饭，小餐馆，喝啤酒，很温馨。

胡定辉读完研究生，在南京迈皋桥的中西医结合医院工作。医院附近设过考点，我曾经去那个考点参加心理咨询师的论文答辩，事先联系了他。他为我安排宾馆，请我吃晚饭。我带了他的学弟学妹赵佩等几个人去蹭饭。再后来，我校先后有两个女教师因病通过我请他帮忙挂某个专家号，他都热情相助，得到我同事的好评。我在 QQ 群里像当初一样，公开表扬了他。这个群的群主朱玉刚，面白无须，男生女相，颇有组织能力，也有个人魅力。

张胜凤，2011 年，我装修房子，她替别人卖水暖，我们才又一次见面，要不是她认出我，我哪里还认得出她？现在，她自己开店了，多次给我提供方便，甚至免费送我品牌水龙头，及时安排水电工，给我排忧解难，让我心安，连工人的辛苦费都是她来支付，她像她的父亲一样，热情热心，我感念其情，无以回报，就祝她生意兴隆，万事如意。

现在，我最想念的是成其顺，当年的得力大将。前一向联系上了，我让他有空约我聚聚，可能是他一直很忙吧，到现在还没有谋面。

如同恋栈的马儿，我经常去茅山，怀着一份温馨的心情。曾经三次专门去过林场食堂，第一次遇见纵师傅，他还认得我，很久未见，相谈甚欢。第二次看到食堂已经改建过，门关着；那条竹林小道，也已经荡然无存。某次参加这届学生的同学聚会，才通过纵菊瑾得知，其父退休不久，就已作古，让我唏嘘不已，深表遗憾，内心怀念，斯人已去，情意长留。第三次，携妻寻访旧迹，时值深秋，梧桐落叶枯黄，林场铁门锈蚀，房屋破旧倾斜，计划经济背景下的企业走向衰颓的历史宿命，在此留下一个剪影。

时间在继续，情义在继续，我相信，我和他们之间还会有新的剧情演绎。

附录：

茅山中学1993届初一（3）班全体学生名单

女生22人：丁秋华　孔庆凤　王建兰　方　琴　刘春娣　吕伟华
朱　红　严道香　李占琴　李桂凤　陈　琳　时国萍
陈　霞　杭　玲　欧阳珍珠　周永翠　姚小花　赵　娟
赵丰燕　曹永娥　熊文华　张胜凤

男生25人：孔祥劲　王　成　王先锋　成　伟　成　慧　朱进程
肖红春　张　鹏　时国庆　金云飞　杨柏林（桂平）
杨国军　武　剑　俞　俊　洑玉军　赵丰涛　赵敏敏
胡定辉　夏宁锋　徐荣兵　彭怀成　裴昌斌　潘良胜
魏义平　黄崇庆

转学：王　军

流生：王　健　王小青（女）　成其顺　丁滕云　曹启娣（女）
周志高

2014年12月成稿

2017年11月修订

第 2 辑
新疆美哉

写在前面：‖ 句容有个“兰花草”户外运动群，颇有名气，经常组织各类户外活动，我时而去露个脸冒个泡。2017 年暑假，群友组织去新疆旅游，我欣然报名前往。这次，群主张为群（下文也称“领队”）和管理员赵静美（以下简称“梅管”）分别担任男女领队。为期两周，除去漫长的火车交通时间，实际旅游十天，由于时间拉得比较长，景点比较多，所以就大致按照时间顺序，来一个流水账式样的游记。好在我有写日记的习惯，这次带着本子随行，无论多晚，我都坚持写完日记才休息，所以行程还比较清楚，所谓有据可查。回家后，又对照手机所拍照片，终于写出这辑长文。

天气炎热，吃过晚饭后，我背上行囊到指定地点集中，爬上车我才得知此行包括三个孩子在内，共 37 人。这次旅行的操作模式是和旅行社合作，群主和梅管兼任全陪导游，到了乌鲁木齐再由地导接站。一辆大客车，载着大家去往南京站。从上海到乌鲁木齐的 Z40 直达火车，时速 160 千米，运行 36 小时才能到站。旅游旺季，车票紧张，只好找到黄牛，全买卧铺，每客加价四五百元。大家几乎都在一个车厢，可以彼此照应，只是人头还不熟悉。每个隔间有两套铺，都是上中下三层。我所在的那一间居然有我的前同事李章明老师和他妻子王霞校长。李老师是个大块头，爬到上铺有点吃力，他把自己的中铺给了他妻子。我和李老师躺在上铺闲聊，毕竟分别好久了。上铺空间逼仄，坐不起身来，喝水时要将上身压低，斜伸向前方。车厢的空调设备就安装在上铺的一头，冷气强劲。白天还好些，毕竟人体在活动，晚上凉风习习，直吹脸庞，挨过了第一晚，我感觉再这样迎面吹下去，不面瘫才怪。第二晚，我把枕头挪到另一头，双脚收进被窝，任你冷风飕飕。

一路西行，大家都对车窗外的风景感到好奇，时有惊喜，不断用手机拍照，只是火车上几乎没有信号。我是个喜欢发朋友圈的人，每次火车靠站，就下车走走，活动活动腿脚，快速把图文编辑一下发出去。还有一个问题是，每节车厢只有两三个电源插孔，根本不够用。朋友们有的带着充电宝，硕大沉重，也是一个负担。李章明老师请我喝啤酒，一听大罐啤酒就把我整得晕乎乎的，实在是不胜酒力。不过，兴致随着酒力而生，我俩一路向前，走过一节又一节车厢，兴致勃勃地把整个列车考察一番。前面四节车厢是硬座车厢，塞满了人。第四到第五节车厢之间有列车员把守着，且锁着隔间的门，透过门上玻璃就能看到里面像沙丁鱼罐头一样拥挤的乘客。第五节车厢是餐车，空旷得多，几张桌椅，很有点小排档的感觉，这是我第一次进入餐车。我和“飞过丛林”去餐车吃过一次晚饭，饭菜口味真是不能敢维，难怪那么多旅客宁愿吃泡面。我想对着厨房拍个照，被师傅阻止了。餐车后面挂着两节车厢，软卧，只分上下铺，空间明显宽敞，被褥明显松软。软卧之后，就是我们这样三层铺的硬卧。走到最后半节车厢处，一块帘布挡住了旅客，上写文字加以通告：旅客止步。我们探头探脑去看，里面被褥整洁，地上几双拖鞋摆放整齐，桌上的化妆包基本一致。初步猜测，可能是列车员们所住的地方。软卧也好，硬卧硬座也罢，行车时间一致，乘坐环境有异，这就是我俩考察的结论。

车到了河南境内，车窗外的风景已经渐渐出现黄土高原的窑洞等特色。路边的窑洞大多陈旧甚至坍塌，旁边不远处都有砖屋，不过砖屋明显低矮，很多房屋都没用水泥粉砌外墙。刚刚下过雨，河水匆匆，黄浊的河水流淌在黄色的河床上，如果不仔细看，甚至都会忽略过去。玉米长得普遍低矮，部分坡地已经栽上了一些树木，萌出绿色，它们目前看似还很低小矮瘦，希望假以时日，它们能够郁郁葱葱、保持水土、涵养水源。据说，这些岗坡地开始退耕还林，这点国家做得很好，希望地方上不要做成表面工程、政绩工程。

2017 年 8 月 6 日
于西行列车

初到驿站

凌晨两点多钟，我爬下床，找到一个插头，上面挂着充电宝，我拔下来，准备充上半个小时再爬回去睡觉。不到五分钟，梅管走过来说是她的充电宝，才充了半个小时，搞得我像个贼人似的，很尴尬。我改成给她充电，我再把手机挂在充电宝的输出插孔上。然后掀开窗帘的一角，欣赏外面的夜景，张望中，居然看到一个站牌，“玉门站”。“春风不度玉门关”这句诗很自然地跳了出来。果真，此后便是戈壁荒野了，茫茫无际、了无生机。过了半个小时，查看手机，居然没能充上电，干脆再次鸠占鹊巢，充了20分钟，爬回去接着卧睡。

等到白天，视野开阔，有时也能看到葡萄园，还有风电、太阳能发电等装置。白色的立柱、巨大的叶轮，有的慢慢转悠，有的一动不动，因为暂时没有风。这些装置排列整齐、数量很多，可见国家在新疆投入之大。有个地方，太阳能板密密麻麻、层层叠叠，不知道有多少亩，只能感叹其壮观。后来发现更多的太阳能板分散在每个毡房（也就是蒙古包）的门口，供发电照明用，路边丘峦顶上的通信基站很多，往往也设置了太阳能板来给其供电。

中午十一点抵达终点站乌鲁木齐，有一个叫吴学婷的女导游来接站，她去年才在石河子大学旅游管理本科毕业，真是年轻。她带我们首先把行李安置在塔城行署驻乌鲁木齐办事处，简称“塔办”。办理入住手续时，接受了第一次安检，大家还感觉新奇，后来行程中频繁的安检让大家渐渐麻木，甚至厌烦起来，然而，这就是安稳的保证。经过询问当地人，大家摸进附近一个封闭小区，在里面找了一家餐馆，分桌落座。此行一共11个男人，这顿饭10个男人围坐一桌，从旁边超市买来一瓶伊力特曲，加一箱啤酒，共90元。桌上10个人互相介绍，算是初步认识了。其中有个魏总，走南闯北、见多识广，点了14个菜，最后结账共600元，把大家吃撑了，最后都说吃不下了，多少有点浪费。印象比较深的是一道"大盆鸡"，上了一大盆后，不久又送一大盆上来，我们提醒说已经上过了，服务员说你们点的是大盆鸡，88元，所以是两盆，要是点中份就是68元，一盆。还有烤羊排，手抓羊肉，够味，货真价实。与我合住的是春城中学美术老师陈波，很有才华，也很随和幽默，有自己的工作室，我们称呼他的网名为"印象"，他的后脑勺上扎着小辫子，后来我们干脆喊他"小辫子"，他也不恼，笑脸应答。后来几天，我直接称他为"家属"，别人戏谑地问我俩谁管钱，他抢着回答:"当然是头发长的啦。"大家笑喷。今天下午感觉很不好，头昏昏的，还老是打羊肉味的嗝。估计还是坐火车时间太长，有点受凉。羊肉吃多了，我不觉得饿，小辫子也说不饿，我俩一直挨到晚上九点一刻才去隔壁吃了一份面条，要了一杯卡瓦斯，甜甜的，据说里面有蜂蜜。这个时候，太阳的余晖还在天上，这里和家乡有两个小时的时差呢!

2017年8月7日

于塔城行署驻乌办事处商务酒店

午饭后大家回酒店洗澡，换衣午休，下午四点半在门口集中，赶往这里有名的国际大巴扎。人多，或打的士，或乘公交。听说从这里乘黑车20元可到。在外就怕宰！小辫子用手机叫来一辆雪佛兰，神州专车，毕竟有第三方平台，对方不能胡来，我自然跟着“家属”，还有李章明夫妇。这司机不急不躁、四平八稳，一路跟我们闲聊，服务态度也很好，最后点开结账，居然56元！这让我们傻了眼，不可思议，又无可奈何，只得自认倒霉，暗自后悔，聪明反被聪明误，大家彼此宽慰。吃一堑长一智，回程我们四个人找了个黑车，说好20元，妥妥的，安然上车。但是，令人不能安然的是这司机车技过于高超，路况相当熟悉，胆子倍儿壮硕，把快速通道开成高速道路，刚抢一下道，又加一个塞，见缝就钻，吓得别人让道，唬得我们噤声。我们全无去时和司机的从容神侃，身体随着司机的方向盘一会儿左一会儿右，很快就到了目的地。我们付了钱后，夸他技术超好，他得意地笑笑。后来，我想这份夸奖对他来说未必是好事，毕竟得意忘形灾祸至。当然，我们不是为了纵容他，而是真心佩服他。

且说大巴扎见闻。过了安检，就见耸立的清真寺塔，底层有个拱券门，上写“丝绸之路塔”，据说里面是博物馆，需要另买门票。塔下矗立着一个巨大的冬不拉，可以作为照相的背景。大巴扎的意思就是“市场”，物品丰富的程度简直无法形容，可谓琳琅满目，既有民族特色，又有异域风情。看到一把牦牛角梳子，半边黑亮，纹路清晰，把手处有个弧度，可以给妻子刮脚按摩用，买下！花花绿绿的丝巾，也让我心动，在别人的建议下，给妻子买了一条，50 元。后来的几天中，有同伴们买 40 元一条，有人 100 元买三条，最后一天，居然有人 100 元买 6 条！讨不尽的便宜吃不尽的亏，也不知道这些丝巾的材质面料有何区别，反正只有错买的没有错卖的。马头琴等弦乐器很多，花花绿绿的纹饰让人眼花缭乱。有的店主戴着民族白帽子用汉语在吆喝，也有店主拨动丝弦弹奏胡曲来吸引游客的眼睛。各类干果之多令人震撼，诸种药材之丰叹为观止，千年琥珀、虫草雪莲，葫芦造型各异，毡毯斑斓簇新。

我们用手机拍照，有时还偷拍少数民族的美女，装作若无其事的样子。有的店面不给拍照，那就不拍啦。有个商店，里面站着几头狼，栩栩如生，原来是用狼皮蒙在填充材料上的，像是标本，毕竟没有了生命的温度，就没有了灵魂和野性。这里还有很多蜜蜡，据说大多来自俄罗斯，颜色丰富、鲜艳夺目，按克来称量计价。我对此不感兴趣，市场上那么多天然蜜蜡，俄罗斯能供应得上？用脚趾头都能想出来。人在他乡，底气不旺，也不多问，就是看看，尽量不要惹出什么麻烦，这就是我们去浏览大巴扎的心态。

2017 年 8 月 7 日

于塔城行署驻乌办事处商务酒店

大吉兄弟

自助早餐比较简单，每人定量一颗鸡蛋，馒头、花卷可以添加。我把蛋先装起来，吃掉两个馒头。今晚一直拖到凌晨1：50才入住，鸡蛋就发挥了作用。同行的还有本校老师李德成，他和妻子步苏华一道。步苏华爽朗、热情、幽默、大度，途中认巫巧林为兄弟，喊他的网名“大吉”。一个“我姐姐”，一个“大吉兄弟”，不亦乐乎，不亦亲乎，让我羡慕。大吉也是个爱热闹的人，他用有点嘶哑的男中音教导我，旅途中看到慈眉善目、豁达大度、肯分东西给同伴们吃的女人，要赶紧认作姐姐。他认的这对姐姐姐夫真不赖，不断买食物，各类水果、各种点心，买了水果就洗干净，到了车上就分享，一点都不吝啬。你要是不吃，他们还左劝右说让你拿着，让你盛情难却。后来，我也跟着大吉学习喊“姐姐”，然而模仿终究是模仿，始终缺少那种神韵，因此，我也一直没有获得“我大吉兄弟”这样的热情回应。比起大吉来，我的情商明显不够。

大吉阅历丰富，下过岗，受过伤，为了生活奔波过好多地方，练就出来的干练犀利，以及个人的性情、语言的诙谐，是一般人无法达到的。火车上，他抓着毛巾牙刷去洗漱，走到一个隔间坐下来随便闲聊一番，就会聚过来五六个女伴，听得聚精会神。大吉愈发来了精神，侃侃而谈、话题不断、声情并茂，带着听众跌宕起伏，比电视上的脱口秀还厉害。好容易告一段落，离开这个隔间，走到下一个隔间，又被其他人拦住，继续脱口秀，亦庄亦谐、时雅时俗，逗得女性听众两腮笑意、双眼含情；激发得他兴致勃勃，肢体语言丰富，手舞足蹈、乐在其中。他对生活的热爱、执着与坚韧感染着大家，面对命运的不顺，他不抱怨、不萎靡，而是努力又努力，这种闪光的人格，就是无穷的魅力。全程旅行，大吉是唯一不穿防晒衣、不擦防晒霜、不打遮阳伞的旅客，他说自己反正都那么黑了，无所谓。大家戏谑他的黑，说照片上都分不清他的五官了，反正就是一片黑、一团黑，应当不叫“大吉”，而叫“大黑”。他听了快乐地大笑。他还喜欢标新立异跟别人唱反调，特别喜欢怼另一旅伴方东，在雄辩甚至狡辩中享受战斗的乐趣，是一枚开心果，难怪步姐姐亲切地喊他“大吉兄弟”。

步姐姐在另外的方面表扬了我，比如这枚鸡蛋的安排，她就对我表示了欣赏，说她自己怎么也想不出这么一招。在禾木村住宿，条件差，只有两个插孔，他们夫妻有两部手机、一个充电宝、一台照相机，都要充电，夜里一会儿换这个充，过会儿又换那个充，折腾之下，影响休息。我听了后说，可以插上相机和充电宝，再把两个手机挂在充电宝的输出插孔上，就可以安心睡觉了。姐姐姐夫都夸我好主意。

路边，有时能看到盐碱滩，我说可以带回家做盐呢；看到一处像火焰山那样的红色丘峦，我说可以带点红土回家腌鸭蛋；后来看到赛里木湖的水，我说腌鸭蛋的水也有了，步姐姐给我评价是“经济适用男”。有同伴很诚恳地给我科普，那个盐不能吃，那些红土不如我们句容赤山的效果好，把水背回去太累了。哎，朋友，“油墨”（幽默），你有没有？

大吉兄弟的油墨就特别多。

2017 年 8 月 16 日

于句容

王母天池

今天的景点是天山天池，由于是第一个景点，大家兴致非常高。修路堵车，耽误半个小时。在景区售票处门口，我感受到了新疆紫外线的厉害，赶紧穿上防晒衣，可惜因此拍照明显不上相。这次新疆游，我特地带来《教师资格证》，看了半天的各项优惠条目，终于看到了对教师的优待——“教师节当天免费”。唉！那个时候，学校都开学了。坐上景区的区间车，沿路而上，路边就是潺潺的溪水，水旁就是高大的乔木，树下常有牛羊在喝水或躺着休息，再往远处就是峻拔的山，很陡，山石上长着矮小的树和青绿的草。居然有羊群在这么陡峭的山坡上啃吃青草，我真担心它会滑下来。

区间车到了一处缓坡，导游让大家都下车步行穿越一个所谓“哈萨克风情园”，其实就是购物点。我们几个男的，买了帽子遮阳，我选中了一款没有文字的牛仔帽，小辫子要买印有“天山天池”的那款。我说，此款虽然在此应景，可是一去别处景点，反而别扭，他想想也是，就跟我同款。可惜各人身材不同、头型不同，同样的帽子戴起来的效果迥然不同。最帅气的是李章明老师，他身材高大魁梧，头颅也大，颇有美国牛仔之风度。我呢，怎么看都像是个汉奸造型，害得我后来每次照相都先摘下帽子，偏巧我父亲给我理发的效果太过业余，以致我多拍风景，很少出镜。

然后继续坐车，盘山路上，左旋右绕，路边居然还有自动喷灌的水龙头，有效增加了山脉的绿化程度，对这种增绿措施，我深深赞同。过了小天池，已经可以俯视那些山路十八弯了。到得天池，众人都醉了，纷纷跑过去，拍照拍照还是拍照，男人拍风景，女人拍容貌。这天池，海拔两千多米，在天山山腰上，传说是王母娘娘的洗脸盆。旁边还有一棵大榆树，号称定海神针，说是王母娘娘与周穆王的爱情连理枝。蓝天、白云、雪山、青松、碧水、黄舟、红果、绿叶，色彩斑斓、美景如画，偶或一只雄鹰，划过天空，消失在远处的森林中。更多开心的游客，把快乐播撒在阳光空气之中。晚上查看手机图片，其中一幅陶醉了我，主体是一棵野果树，蓝蓝的天穹、悠悠的白云、郁郁的青山、纤纤的枝条、绿绿的叶子、红红圆圆的果子，浓缩着风景的精华。

到了集合时间，大家纷纷徒步往下走一段距离，然后清点人数，发现少一个女客和一个小女孩，联系之后，才知道她们乘坐了天池中的金黄色的营业龙舟，环池一周，需要 40 分钟，下不来。大家只好苦等，颇有怨言。事后，领队定下规矩，过时不候，或者自己打的追赶，或者自行提前回家，终于没有再次发生个人耽误团队时间的情况。没有规矩，不成旅游。

这一天，就在天池看景 40 分钟，然后便赶往 500 公里外的可可托海。路途之远、山路之险、路况之差，这里省略不叙，只说一句，到了宾馆，已是凌晨 1∶55。饶是如此，我还是坚持着先写了日记，否则多天下来，早已无从回忆，哪里还能扩展出这篇长文？

2017 年 8 月 8 日
于可可托海瑞鑫宾馆

可可托海

新疆，顾名思义，新的疆域。乾隆年间，平定西域，所谓“故土新归”，故称新疆。话说这个“疆”字，“弓”是曲曲折折的边境线，“土”就是国境线护卫的领土，右边第一横，那是阿尔泰山，中横是天山，东西向横亘新疆中部，下面那横就是昆仑山、阿尔金山。上面的“田”，是准噶尔盆地，下面的“田”是塔里木盆地，所谓“三山夹两盆”。我们今天的目的地就是最上面那一横，阿尔泰山的可可托海。

上午，赶往可可托海国家地质公园。由于这里地处中蒙边境，所以进行边防管理。游客进入这个景区都要逐一查验身份证，所有包裹要走安检通道。

这里是额尔齐斯河的发源地，我国唯一流入北冰洋的河流。河床中清澈的溪水磨洗大大小小的卵石后，一路流出山谷，两岸长满白桦林，亭亭玉立，树干上布满很多小块黑斑。如果把白桦树比喻为秀美的少女，这些黑斑就是她们娇羞的眼睛。溪流两岸常有一小片牧场，被牧民圈围起来，就像我们这边的小菜园似的。我仔细观察，围栏材质最初是泥坯，屋子也是泥坯，大多风化坍塌，只留些遗迹；然后是就地取材，用河里的南瓜一般大的卵石码砌成矮墙，圈住牲口，卵石圆滑，较易倒塌，形成一些豁口；再有就是现在的铁丝网，加几根水泥立柱，成本低、效率高。

区间车穿过一道石门，逼仄惊悚，然而司机熟练地一晃而过。一路缘溪而行，到达额尔齐斯河大峡谷。一座石山拔地而起，堵在河流中央，可谓中流砥柱，逼得冰凉的溪水绕行两侧。这石山名叫钟山，形状像一口倒扣的巨钟。这让我想到苏东坡的《石钟山记》，所以我们更愿意叫它“石钟山”。这里的钟，不同于苏东坡所见的钟，彼钟内空能发声，此钟峻拔内坚实，就是一块极大的石疙瘩，一块石头就是一座山，颜色黑重，仰头而视，竟然有几棵倔强的小树紧抓着钟壁！如果说黑色的“石钟山”是浓重的一竖的话，在北侧隔溪而望的白色巨石则是宽阔的一横。这块巨石也是一块整石，横向展开。两者叠加，形似一个巨型加号。它们气势磅礴、鬼斧神工、造化神秀。溪流至清，河底卵石颗颗能辨，大小不一，大的可支饭桌，小的则似乒乓球。我捞取一枚在手，感受冰雪融水那沁入骨髓之寒。石卵太过寒凉，手竟不能久握，遂塞进包里，打算带回江苏，让这颗千万年的北国精灵睡在书桌上陪我。她纵然不能为我红袖添香，却也可以看着我品四方美茶、读天下文章。

河岸上还有一颗巨大的圆石，就像一个伟岸的大丈夫被一缕柔情牵住一样，牵住它的是一棵乔木，使它没有滚落河滩。树木的半腰倚靠着石壁，顺着圆石的弧度向外突出一段，又沿着石壁向上伸展，形似半个小括号，构成一段优美的曲线。这个造型就像一个苗条婀娜的多情女子倚在一个魁梧的男人身上，静听北风敲巨钟消消停停，默看溪水洗卵石涨涨落落，白云萦绕赤日，苍鹰落进杉林，你就是我的依靠。这个景点起名“长相依”，形象生动、诗情画意、缠绵缱绻。这块圆石下半弧处，有人捡来树枝斜靠着石壁，起初我以为是保洁员所摆，后来领队告诉我，那是游客摆的，据说，将树枝靠着石头的“腰”，就能强壮自己的腰。可见，人们对生活总是抱着无限的向往和美好的期望。

出得峡谷，回到景区大门等团队收拢人马的当儿，我看到百米外有人放牧，就跑过去。草色遥看近却无，走近一看，那奶牛哪里是在吃草？分明就是在啃地皮！多么可怜的牛儿，啃的是泥巴草皮，挤的是鲜美奶汁。同伴们也纷纷过去拍照，吓得牛羊往山坡上跑，它们纳闷这些衣着光鲜的人们为啥跑那么远来欣赏我吃草撒尿一股臊气的味道？

更多光鲜的女人们跑到一片鲜花丛中惊叫、惊叹，她们打开背包，拿出各色丝巾，或自拍，或互拍，或合影，或单照，手机里存满各种美好。她们把美丽的风景拍进手机，我把她们幸福的表情收进眼底。

收进眼里的，还有老鹰！我看到了老鹰！盘旋的姿势潇洒优美，翅膀几乎不挥动，慢悠悠兜圈子，在辽阔的蓝天背景下，优雅自信，就像游泳健将一动不动仰浮在水面上！一朵白云赶过来，蓝白黑的搭配！我试着抓拍几次，想把这金雕的雄姿镶嵌进白云，最终只能遗憾收手，因为白云已游走。在新疆看过不少动物，我对这金雕最为钦佩，它们无牵无挂、自由自在、雄击长空、我是王者！

老鹰翱翔，我心飞翔！

2017 年 8 月 9 日
于布尔津郊外养鹿场

上午去五彩滩看雅丹地貌。五彩滩位于新疆北端，属阿勒泰地区，布尔津县境内，地处我国唯一注入北冰洋的额尔齐斯河北岸的一二级阶地上，海拔480米，往哈巴河县方向，距布尔津县城24公里，也是前往喀纳斯湖景区的必经之路。布尔津水量充沛，绿化很好，街道整洁，甚至种有不少水稻，是全国25强旅游县之一，全域旅游。河水洁净，城郊的河里，一些孩子在游泳。我们就住在县城西侧郊外6公里的一个养鹿场，住的是小木屋，外形比较好看。

五彩滩头，一河两岸，景观各异。北岸是悬崖式的雅丹地貌，山势起伏、颜色多变，是由激猛的河流侵蚀切割及狂风侵蚀共同作用而形成。由于河岸岩层间抗风化能力的强弱程度不一而形成了参差不齐的轮廓，弱者被洗刷为深浅不一的沟壑，强者倔强不屈则傲然为脊梁，梁的两侧不时有些小缝隙蜿蜒伸向沟壑，在蜿蜒中不断扩大，脉络就像肺泡。岩石由于含有的矿物质不同而呈现不同的颜色，各种矿物密集此处，所以这里的岩石颜色多变，在夕阳的照射下，岩石的色彩以红色为主，间以绿、黄、白、黑及过渡色彩，五彩斑斓、娇艳妩媚，因此被称作“五彩滩”，且号称是“新疆最美的雅丹地貌”。听说，每当刮风的时候，沟壑里、岩石下，到处都会发出长短不一、高低不同的怪叫声，让人觉得神秘莫测。大自然总是喜欢在某个地方给人类布置一些神秘或者神奇的事物，五彩滩就是。因为风大，这里还搞了不少风力发电。从经济角度看，发电装置有好处；从景观角度看，则是一种破坏。新疆给大家的观感之一，就是线杆太多、太密、太乱。

南岸则非常有层次感，河边是绿洲，乔木森森，然后是沙漠，再远处是蓝天，站在北岸的观景台远眺，南岸风光尽收眼底，让人切实感受到“水是生命之源”的正确。

五彩滩的特色之一，就是河滩上遍地是卵石。地貌五彩，卵石也就五彩，有的色纯，有的色杂，有的内含纹路，形状或者扁平，或者卵圆，也有长条者，总体上来说尖锐者几无，圆润者众多。它们在水中互磨，在风中争鸣，将日月的精华吸收，把云天的基因切入，发育得秀美温润。昨天在额尔齐斯河捡得卵石，发到朋友圈，居然好几位朋友索要。现在正好捡拾一些，以应朋友之求。同伴们赏景拍照，我则拣石选料。我带了一件旧秋裤本来用作御寒的，现在把裤脚一扎，用裤腿装了石头。这些石头坐着旅游大巴走了一千多公里，再跟我坐三四千公里火车回家，辗转万里到了句容。我送了几枚给朋友，石头虽然普通，情谊却已不凡。在吐鲁番火车站过安检时，一位同伴帮我把石头搁在她的行李拖箱上，由于石头过重，居然让安检仪的传输带停摆趴窝！安检员查看完毕，拎起石头扔到一边，才恢复传输。小小的石头，也能制造曲折的情节，丰富旅行的记忆，这就是旅游的魅力呀。因为爬台阶不方便，同伴张方东一度把我装石头的秋裤搭在他的右肩上，就像古代官人的褡裢，古人装的是碎银，张兄搭的是卵石！上车之难，又是一个故事，留待后文交代。总之，五彩滩与我结缘很深，也让我与几位朋友增进了缘分。我用的网名叫“化石”，大家看我如此钟情石头，打听缘故，我说这就是“痴情化石”，比如长江岸边的神女峰，比如曹雪芹笔下的《石头记》。

景区还有个陨石展台。陨石又称“幸运石”，因为捡到陨石的概率太小，所以幸运。昨天，在一个路边摊上，我买了一块“陨石”，摊主用吸铁石将其吸住，以证明是陨石。后来，大吉告诉我，地球上含铁量高的石头，就能被吸住，是陨石的可能性不大，毕竟陨石数量不多。他是学化工材料出身的，专业强，眼光毒。后来，导游也说，真要是陨石，早就被国家收购了。得此教训，我坚持一个信念，花钱的石头一律不再买，不要钱的石头，看着好就捡。

2017 年 8 月 10 日

于禾木村

下午，驱车去游喀纳斯地质公园。喀纳斯湖位于阿尔泰山脉中，在布尔津县北部，是著名的淡水湖，面积45平方公里，平均水深120米，最深处达到188.5米，蓄水量达50多亿立方米，为国家5A级旅游景区。“喀纳斯”是蒙古语，意为“峡谷中的湖”，外形呈月牙状，被推测为古冰川强烈运动阻塞山谷积水而成，也就是一处堰塞湖。传说有湖怪“大红鱼”出没，据称身长可达到10米，有科学家推测为大型淡水食肉鱼类哲罗鲑，但未得到实际观测的支持。从旅游角度看，最好不要对水怪搞什么科研，保持一定的神秘性，更能增加它的魅力，就像看魔术不要去费神揭秘，一旦揭开，就会索然无味了。

导游安排，直达底站，然后要么湖边走走，要么船上游游，自费，每人120元。旅游中，每到自选项目的时候，就比较乱，有的要走，有的要游，怎么安排都不能让全体满意。最后，领队决定全体坐船。游览结束离开景点后，果然有人背后嘀咕：早知道这样，还不如就走走呢！当然，那是后话了。领队途中对我感慨道：“做个领队真不容易，吃力不讨好，怎么做都是错。”我表示深深理解，并进而提醒，如果说带领自己熟悉的群友已经很难，那么那些长年带团的导游就更难了。条条毒蛇都咬人，碗碗米饭都难吃。

这个景区最富特色的景观是水，因为流过不同的河床，河床下的石材不同，石材的矿物质成分不同，水便呈现不同的颜色。有的青碧，有的白浊。比如，喀纳斯湖水就像肥皂水一样，看起来有些不干净，可是船夫却在游客惊诧的目光中直接舀取吞咽。船很多，人更多，需要顶着骄阳排队乘船。一船 50 人，每人 120 元，就是六千整。坐在船中，看不到啥风景，气温又高，穿上救生衣更是热不可耐，大家说还不如就在家乡随便找个水库拍照得了。怨言渐多。这时，两个船夫停了马达，允许大家上到顶棚拍照，迅速平息了大家的焦虑和不满。船夫要求所有人必须穿救生衣才能去顶棚拍照，所以大家的脸都被救生衣鲜艳的色彩映红了。“家属”小辫子是美术老师，懂得色彩线条，讲究层次布局，还能广角特写，很多女性同伴们就揪住小辫子不放，不停地让他给拍照。晚上我在房间匆匆写日记，他一般都是忙着处理 N 多的女生照片，最多一次默默整理 188 张，选照片、调色彩、做修饰、配文字、发群里，忙得不亦乐乎。

满足了饥渴的手机，平息了游客的情绪，船夫回程开得飞快，那边还有人排队等着呢，一船就是六千块，不快不行！

没来得及等到湖怪，我们即匆匆赶往禾木村，在夜色中住进小木屋。没有电视、没有牙具、没有毛巾、没有洗衣液，塑料拖鞋只有一双，我和小辫子共用。老式挂锁松松地斜吊在门环上，细铁钩固定住开着的木门，开门关门，动静不小。

动静再大也无妨，我们已累成狗，赶紧入梦乡，一觉到天亮。

2017 年 8 月 10 日

于禾木村

禾木村是布尔津县境内的一座村庄，临近喀纳斯湖，是图瓦人的集中居住地。昨晚住在禾木村，今晨六点就被叫早，是最早的一回，但是八点才吃早饭，中间的这段时间专门安排去禾木村村后的草坡上看日出。

小辫子每次都设好闹铃，先行起身洗漱，然后腾出场子给我使用，以便让我多睡一会儿，相当体贴。他还给我讲述了禾木村扬名的缘由。起初，一个像他这样的画家，流浪写生，偶然路过禾木村，晨曦之中，发现此处山河之美。时在初秋，层林尽染，于是画出绝世美景，形成轰动。摄影家闻讯，循迹而至，美图被广泛转载，以致这个闭塞的村落声名远播，吸引了更多的都市人前来寻访世外桃源。名声大噪后，政府出面统一建造了很多小木屋来接待游客，成为重要的旅游资源。

清晨六点，皓月当空。我俩匆匆起身，走在村路上。

往村后的高坡地铺设了木质栈道，游客已经聚合了好多，大家兴致很高，有人故意重重落脚，听木头嘎吱嘎吱的呻吟。天气很冷，我穿上秋衣，披了外套，犹有寒意，遂把行李背上，通过负重来御寒。在这次观景过程中，包括大吉在内的部分游客因受寒而生病，当然这是后话了。新疆山夜之凉，留给我们深刻印象，虽是盛夏季节，到了晚上就得好好盖被子。

晨曦未明，我背着行李，埋头踏阶而行，一边跟领队聊天，突然“轰”地一下，眼冒金星，负痛停步。原来是栈道中间有一棵白桦树，树干斜着60度生长，我虽然看到她的树根并让了过去，却不曾想被她的树干给热情地“亲”了一下。我抬头看树，手抚额头，痛得欲哭无泪。领队已经走远，其他游客还在跟进，我只好揉揉额头，继续负重前行。话说，保护树木固然值得赞成，但这里是不是少了一点人性的关怀？不知道会有多少睡意蒙胧的游客在未明的晨光中挨撞受伤。为此，我还提醒导游，适当时候可以向景区反映一下，省得更多打算看日出的人却撞头看“星星”。

山坡上已经聚集了众多游客。晨曦中，周围的人脸依稀可辨，大家的视野都在南边的坡下。禾木河从坡下流过，白亮亮的河水像条哈达挽系着两岸的冷杉，冷杉则围护着沉睡中静谧的村庄。几户早起的人家燃起炊烟，袅袅炊烟在村头渐渐消散。坡上氤氲着寒气，等待日出的游客聚拢了很多的人气。我四处溜达溜达，坡上有村民在出售热乎乎的玉米，生意不错；或出租军大衣，收入不菲；或牵着配鞍的马匹，却少有问津。还有村民围定一片草地，设置了几个箭靶，根本没人光顾。葱郁的层林拥抱着小河，御寒的帐篷瞭望着炊烟。这片坡地上，有抱团取暖的情侣、专业摄影的拍客、呆萌站立的马儿、嬉戏打闹的狗儿。狗们并不怕人，也不凶，有同行的游客喂它们吃东西，最后竟至于直接在人手中舔食，人狗相安无事，真是人狗和谐、其乐融融。

东边的太阳还没有爬上来，西边的峰峦已经被点亮。人们开始各就各位，长枪短炮的相机加各式手机，面向东方，等待初升的那一缕阳光。我跑动几步，选定地点，看到东山剪影有个凹陷处，太阳将从这里爬上来。一点刚萌，一线初升，一弧旋切，晕轮成形，弥漫扩大，终于放射万道金光。我美美地拍了整个过程，可惜不会做成动图，不过仅仅是赏玩图片，也是很愉快的。再向西朝下望去，晨光抚摸着远处的丘峦后，渐次漫过层林和房舍，阴阳交接的地方形成一条线，地理学上叫作“晨线”，慢慢挪移，拂过原野，最后阳光像海水一样淹没了所有的一切。人们的影子也在这个过程中，渐渐收短，不再绰约生姿。

晨曦就像女婴，柔嫩娇弱，让人怜爱；晨光就像少女，柔美娇羞，让人和悦。然而，走上山坡的太阳就像做了变性手术，瞬间便化身热情洋溢的男子，燎人肌肤、炫人眼球。大家纷纷快速走散，在散去的路上，我被群友“飞过丛林”拽住，给她拍了几张照片。我发现她选景很好，用她手机帮着拍了人物照后，赶紧掏出自己手机拍一张风光照。

这张照片我很喜欢：朝阳从东边穿过溪边的白桦，在林间折射出缤纷的绚烂光芒。

日出兮禾木林，忘归兮布尔津。

2017 年 8 月 11 日

于克拉玛依葡京大酒店

沙暴袭城

看罢日出，吃完早饭，继续赶路，赶往克拉玛依附近的魔鬼城。快到目的地时，我们已经感到鬼气森森、阴云沉沉。风刮沙飞，路边高大的杨树扭着秧歌，新修路基上插着的小彩旗展开身子弓着腰，就像航船满舵行驶时的风帆，旗帜在疾风中展卷不定，快速撕打，发出清脆的响声。地面时而卷起一阵轻沙，扬起一片朦胧的白色沙尘，仿佛山区的团雾。

晚上八点，赶到景区，导游刚去买门票，我们已经冲入景区——检票口居然没人看管，大家一阵兴奋的狂嚎。导游还没有来，我们忽然被一个赶来的员工止住脚步，他说景区已经关闭了。大家跟他解释：我们来自江苏，不远万里，好不容易到达此地，请给我们在这里拍照的机会就行。那人反复解释风沙大，我们反复解释来之不易。最后，他同意大家就地拍照。但是，人太多了，自然就散开了，我们几个脚步快的人走到景区纵深地带，带动大家一起往景区深处涌。风很大，沙很猛，扑面而来，鼻子呛了，帽子飞了，伞儿翻了。这时，一个漂亮的姑娘走出店面，招呼大家买头套防沙。她身材修长，长裙在风中抖摆，亭亭玉立，恰如一株白桦。

受到大风袭击，大家尖叫起来。女性游客们拉紧丝巾，各色丝巾在狂风中飞舞，竟有一种摇曳多姿的神采。这姿态，更激发了她们拍照的兴奋。管理人员急得够呛，反复说，风沙太大，即将刮来沙尘暴，到时候很可能连自己的车都找不到；又说，区间车已经全部被召回避风了。那些被迫中途折返的游客意犹未尽，都不肯离开，抓紧抢拍。猛地刮起一阵风，掀倒了一两个人，大家才生出一点害怕。不过游客们依然不肯离开，甚至还有向景区内扩散的趋势。那位员工抄起步话机，呼叫增援。很快来了四个人，都是壮硕的年轻汉子，他们队列整齐、步履沉稳，清一色戴黑帽、着制服。有人提着盾牌，上面印着“防暴”两字；有人握着警棍，棍长如身高，雄赳赳、气昂昂。人怕狠的，鬼怕恶的。四个黑金刚杀将过来，游客们顿时泄了气，虽然还有点恋恋不舍，却也只好纷纷解散。

由于时间仓促，沙尘遮蔽，我们未能深入景区，根本没有看到魔鬼城全貌，所以这次所拍的照片也不尽人意，聊胜于无。时间仓促的一个重要原因，就是新疆的限速。高速公路限速 80 公里，省道限速 60，更多地方限速 40，一个叫“大板”的地方，甚至限速 30！如果是山区或村镇，限速是应该的，但我们一路上公路平坦、车辆稀少，却不仅有定点限速牌，还有区间测速、流动测速。我们的司机老马直叹限速厉害，车没法开。

克拉玛依有大油田，魔鬼城附近就有很多磕头机，慢悠悠地低下头去，又缓缓拉伸起来，用自己的慢节奏推动着时代的快生活。不远处的岗坡上立着两台采油机，身影绰约，不停对磕着，仿佛正在对拜的新婚夫妇。

有失就有得，没看到景点，却省了门票钱，更多了点自由时间，可以用来洗衣服。夜宿克拉玛依，这里风速大、空气燥，被子盖在身上都要吸收人体水分呢。我赶紧搓洗衣服，挂在窗扇上，自然吹风，虽然是棉布质地，却也很快被吹干能穿了，感谢这里干燥的风。为了洗衣服，大家各显神通、发挥想象，张群主特备了速干衣，干得很快，有人在卫生间的排风口晾挂衣裳，有人在空调前悬吊，我那聪明的步苏华姐姐，用宾馆提供的大干毛巾夹裹着湿衣服，几次旋拧，让干毛巾充分吸湿，再找来吹风机烘干。旅行中的洗衣服问题的确是个问题。虽然星级酒店能提供洗衣烘干服务，但不可否认，更多的普通旅客是没有财力或者没有时间去消受的。全国性的旅行洗衣难题，市场那么大，却很少有人去思考解决。妻子事先给我备了好几双旧袜子，让我穿两天就扔一双，但这也只是一个权宜之计而已。

经过魔鬼城，怀着这些思考，就像魔鬼驻在心头，有点堵。

2017 年 8 月 11 日
于克拉玛依葡京大酒店

赛里木湖

今天，直奔赛里木湖。

赛里木湖古称“净海”，位于新疆维吾尔自治区博尔塔拉蒙古自治州博乐市境内的北天山山脉中，紧邻伊犁州霍城县。湖面海拔2071米，东西长约30公里，南北宽约25公里，周长约90公里，水域面积450多平方公里，呈椭圆形，最大水深92米，蓄水总量210亿立方米，是新疆海拔最高、面积最大的高山冷水湖泊，为国家级风景名胜区。

传说，赛里木湖是由一对为爱殉情的年轻的蒙古族恋人的泪水汇集而成的。很久很久以前，在还没有赛里木湖的时候，这里是一个鲜花盛开的美丽草原。草原上，一位叫切丹的姑娘与一位叫雪得克的蒙古族青年男子彼此深深相爱，可是凶恶的魔鬼贪恋姑娘的美色，将她抓入魔宫。切丹誓死不从，伺机逃出魔宫，在魔鬼的追赶下，她被迫跳进一个深潭。雪得克拼命赶来相救自己的爱人时，发现切丹已经死去，万分悲痛中，他也跳入潭中殉情而死。刹那间，平静的潭里涌出滚滚波涛，于是，这对恋人的真诚至爱和悲痛泪水化成了赛里木湖。

世界各地多有这类悲剧的殉情传说，击中人心的柔软处，催下人们同情的泪水。可见，爱情是人类永恒的话题，古今中外，概莫能外。

巨大的天山绵亘天边，往下延伸出高山草甸，再往低处便汇聚成湖。公路就修在湖岸或草甸上。我们赶到时，天公不作美，风急雨骤。这是我们新疆之旅唯一一次遭遇大雨。黑云覆压着远处的山峦，阴沉沉的，压在山头，也压在众人心头。下车之前，领队看到有两个小青年身着短袖，正拉开他们自驾车的车门，由此自信地判断：不冷。甫一下车，立刻哆嗦，原来小青年是扛不住冷，赶紧爬上汽车去了。

旅游之前，我备了点必须的物品，比如防晒衣；到了新疆后，临时添置了牛仔帽、雨伞。我特地选了一把明黄色的伞，亮而靓，天天背在身上。嗨，这次雨伞居然就用上了！

湖边围聚着不少游客，要么雨披，要么雨伞，要么雨伞加雨衣，要么任由风雨湿全身。从后来的经验看，雨衣比较方便，可以腾出双手拍照，缺点是雨披影响形体美；雨伞可以作为道具，花伞还能增添一份情致，缺点是可以享受被拍，而不利于帮拍。风雨之中，大家走散，我也就自拍两张。不久，遇见“飞过丛林”，她是句容实验小学的老师，一个才女，自从我在禾木村帮她拍过照后，她比较认可“印象”和我的所谓拍照“技术”。她请我用她的手机给她留下美丽的倩影。

阴阴的云、冷冷的风、飘飘的雨、茫茫的湖、清清的水，散漫的石子从岸边延伸到湖底，粒粒可数，这样的透明，这样的可见度，令人击节赞叹，心生羡慕。因为湖水太过透明，张方东居然一脚踩进湖水才知晓。他还说，湖水很凉，不甜，微咸。我当时只顾拍照片，忘了体验，掬这样一捧水入口，会是什么样的感受呢？

风雨并不是一直交加，也有稍歇的几分钟，游客们顿时来了精神，湖边刻着“赛里木湖”字样的石碑，被人不断占领着拍照。对于拍照，游客们的态度明显不同。领队认为出来旅游，要多看景，多用眼睛，而不是多用手机。“玉玲珑”，身材高挑、面容姣好，跟着老公一道来旅游。她反驳领队说，旅游就是为了开心快乐，游客因自拍而开心快乐，这就达到了旅游的目的。多看景还是多拍照的争辩，张方东用了一个形象的比喻来形容，说就像酒桌上吃饭，有的人上来就叉冷盘大嚼花生米，等到大餐上来已经吃不下了；有的人则是忍着，等到大菜上来才大快朵颐，遍尝美味。所以，有人刚到景点便拍照，大家就笑，连说“花生米，花生米”，这“花生米”俨然成为新疆此行的一个内部典故。

我很关心赛里木湖这么大的水体里有没有鱼，如果没鱼，岂不可惜？坐在我前排的魏总见多识广，他备课充分，所知很多，到了一处，先研究美食，拉着大吉去喝酒。坐车上，他要么睡觉养神，要么看一本《小说月报》，毫不关注窗外的风景，完全一副走罢万里路之后的淡然姿态。这次，他慢悠悠地回答了我，说这湖历史上本来没有鱼，20 世纪90年代，从俄罗斯引进冷水鱼试养，大获成功，如今已经成为重要的养鱼之所。我才抛去疑问，内心遂安。

国道两边多有绿植。在干旱的地段，这些高大的乔木如何能永葆绿色？我细心留意，发现有塑料水管隐没在苗木根部。趁一次下车休息之际，我近距离观察，发现树根处的水管上有个小接口，原来这就是滴管！这就是从以色列传来的赫赫有名的滴灌技术！用水很少，效果很好。以这些湖泊的巨大体量，加以先进技术，好好开发，大美新疆就会更美一点，就成了“太”美新疆啦！

风雨赛里木，绝壁果子沟。从赛里木湖转回正路，穿越隧道，很快到达果子沟。这个名称我最初是在碧野的《天山景物记》里学到的，文中说果子沟里累积了不少野生苹果，发酵出酒味。

因地势过于险要，果子沟也就成了咽喉要道，有着重要的战略地位，专门有支警队守卫。这里的大桥左盘右绕，绕峰而建、钻隧而行，高低旋转、层次难明，有点像巨龙盘踞，也像DNA螺旋。桥上禁止停车，导游请司机放慢速度，让我们往车外观望。其时风急雨大，车窗玻璃上雨水淋漓成线。只见几片低矮圆簇的绿草就像是贴在荒坡上的绿色膏药；冷杉呈线形延展，峭拔冷峻、气势凛然，宛如受阅军阵。也许是岩石之间的裂隙，风化出一点点土壤，千百年来，冷杉才能倔强挺立成长，巍然如士兵，挺拔如俊男。大自然鬼斧神工、令人惊叹，而伟大的国人建造的果子沟大桥，则巧夺天工、令人赞叹！

危乎哉，峰峦！伟乎哉，桥梁！

2017年8月12日

于伊宁丽多酒店

下午的目的地是喀拉峻草原东部的青布拉克牧场。大巴刚歇在停车场，大家的情绪已经被点燃，急不可耐。

换上区间车，去往牧场深处，要坐近一小时，车载屏幕播放着精美的视频，介绍这里的情况，前面乘客又看又听，比较专心；上坡马达吃劲，发出嗡嗡声，干扰到中部乘客，他们有看无听，眉头皱紧；最后面的乘客干脆大声喧哗，直接叫好窗外的美景。有游客开始拍照，被人批评又吃“花生米”。我就是吃花生米中的一个。我最钟情的一景出现了：澄碧如玉的蓝天上，徜徉着几朵巨大的白云，在灿烂的阳光下，投下几圈浓淡不均的影子。影子在绿色的草原上漫步，爬上山峦，蹩进坡底。云影的圆心就像台风眼，明亮突显，时而裸照山梁，时而圈住牛羊。放牧的汉子也多显慵懒，并没有我们期待中的纵马撒欢。碧野先生将这情景比喻为“在绿色地毯上绣上暗纹的花”，印象中的这个比喻形象而精美，如今现场来看，还有一份壮美没有表达出来。

浏览路线很长，中间布了几个站点，第一站就是五花台，意思是这里花儿丰富、五彩缤纷。车门一开，大家便汹涌而下，潮水般散布开去。我喜欢拍风景照，必须跑在别人前面才能拍到单纯的画面。这次一口气向东跑出 50 米，美美地收存了一张“艳照”：起伏绵延的天山与蓝天相接，蓝天白雪几多缠绵，却很少过渡的色彩，形成弯曲、鲜明的界线……我的拙笔根本无法描绘出景致的美丽。

就抢了一个镜头的功夫，再回身看，很多人已经向南边的一个小坡爬去了，路上铺着木板栈道。我一个冲锋，形成小跑，踩着栈道，脚下感觉很好。但不一会儿，已经气喘吁吁，而且还咳嗽不停，我不由得感叹自己久未锻炼，体质下降。后来遇见“小辫子”，一交流，发现他也因为跑步而咳嗽，再一查询，才知道，这里海拔两三千米，跑步是不适宜的。这咳嗽折磨了我一两天才好。圣洁之地，岂容撒野，如此狂欢，必将黯然。

观景台设置的地点往往是最美的取景点。木板栈道连接着圆形木板景台，登台纵目远眺，美景尽收眼底：蓝天、白云、高山、积雪、碧树、黄花、绿草、斑驳的草根、草根间匆忙又辛勤的昆虫。有了人气，就有商机。几个当地小学生牵着小羊，不时抱着羊脖嬉戏，亲热无间，来引逗小游客们合影。一匹矮种马深受青睐，为了招揽客人，小牧民亲自骑乘，做出示范动作，惹得小游客们耳红眼热，纷纷将乞求的眼神痴痴地投向父母。同行的小女孩，11 岁的小学生贝贝，在别处还显得矜持，但在小马、小羊面前，毫无抵抗力，骑乘上去，眼睛鼻子都是笑意。

据说，哈萨克人先会骑马后会走路，先会唱歌后会说话。不能不承认天赋的说法，天赋一旦进入基因，就会代代相传。一对哈萨克青年男女出现在视野中，男子徒步，女子骑马。女子骑马的姿势优雅潇洒，加上她容颜俊美、头裹纱巾、干净利落，简直就是一道流动的风景，让人赏心悦目。

据说，五花台的花儿在六七月份是最美的，我们八月中旬才来，草已渐枯，花也多谢。虽说牧场没有对我们作最美的呈现和表述，但我们也已很满足了。

2017 年 8 月 13 日
于特克斯县城皇嘉酒店

再到一站，就有了分叉，大峡谷、漂流河、猎鹰台，去往哪里呢？考虑时间因素，领队决定选择后者。领导决策，众人响应。接下来又是选择题，去往猎鹰台，可以租乘马匹，也可以栈道徒步。徒步？领队笑了，我们群就是户外徒步群，健步如飞，不亦快哉？徒步栈道两边夹峙钢轨，下面垫铺砖块，路面由很多统一规格的塑料块件铺就，彼此之间用铁丝绞合连缀，一路延伸，直抵猎鹰台。塑料块件呈方形，五六十厘米见方，质地坚硬、色泽墨绿，以与草原色彩融合，块件内部不是整体一块平面，而是分出好多小方块，中空，既增强度，也减成本。栈道两旁不时有我们习见的塑料垃圾桶，不过不是置于地面，而是埋在地下，只留盖子跟地面齐平，因为草原风大，方桶根本站不住。看景不走路，走路不看景，我目不旁视、心无旁骛、健步匆匆，和同行的陈律师闷头走到道路尽头才抬眼看景，顿时就嗨了。

那些痴迷自拍，只顾吃“花生米”的人，哪里知道这里还有那么美的视觉大餐？深深的峡谷将两边的地面切开，谷底旁边的两扇斜坡覆盖着郁郁的原始森林，把山坡染成墨绿，边际的几棵树木有点不走心，参差着开了小差，往上侵入绵绵不尽的草甸之中，部分草甸被收割过，就像山坡的肌肤上贴了一块伤湿解痛膏，略显苍白。再往上，就是直白生硬的岩石，岩石往前，就是尖尖的山峰，峰上是皑皑积雪，在阳光下明晃晃的有点刺眼。山峰上方是层层叠叠的白云，白云之上尽是浩渺深邃的蓝天。极目远望、心旷神怡，顿觉心胸开阔、天下唯我。收眼脚底，坡陡石多、嶙峋突兀，需要小心立足；几棵矮树顽强拼搏，挤上山坡，姿态婆娑，赶来迎接远方的客人。脚下的几株仙草从石缝里钻出，或正茂，或已枯，演绎着生命的轮回。

猎鹰台绝壁千仞，居高临下可以俯视偌大的山谷，曾经是猎人训练老鹰的绝佳地段，可惜如今几近废弃。牧民已弃猎鹰去，此地空余猎鹰台。如今，这里成了游客流连忘返的景点。陈律师一向颇为淡定，看到此景竟也抓耳挠腮、喜不自胜，请我给他拍照。我们互拍，感叹景色太美，遂坐下观赏。这时，忽又来一群游客，其中有个年轻的白衣女子显然有备而来，她展开长长的红色飘带，扬臂向上，双手捏着绸布前端，举过头顶。绸布迎着山风飞舞摇曳、熠熠生辉，宛如一团燃烧的火焰。红绸、白衣、黑发在深色山峦、绿色草甸的映衬下，简直是一副绝美的图画。我赶紧抢拍，留下美图一帧。喜之甚切，选为本书的封面。我为自己的抢拍而得意，更为祖国的河山而自豪。

徒步有徒步的矫健，骑马有骑马的轻快。为了安全，骑马的游客一般都有牧民同骑陪护。李章明王霞夫妇、“天涯芳草”、李德成姐夫，都由牧民陪骑；姐姐步苏华则独骑一马，由姐夫在前面的马背上牵着缰绳，画面更美。大家骑兴大发、乐不可支，嘴里不住“驾驾”，其实马儿认主，根本不听游客的，只要主人一抖缰绳、一磕马肚，无须“驾驾”，马儿便屁颠屁颠地小跑起来。这时，导游小吴独骑一马，跟着另一个骑手赶上前来，美女骑马，宛如木兰，英姿飒爽。我叫住她，拍下照片一张，不仅小吴笑得漂亮，而且这匹红马的颜值也很高。

晚上住在特克斯县城，著名的八卦城，我们只是晚饭后上街走走，没有多做游玩。

2017 年 8 月 13 日

于特克斯县城皇嘉酒店

新疆之大、地域之广、物产之丰、美景之多、风情之浓，那是绝对的。但我们有点不能理解旅行社在安排我们昨天观赏了喀拉峻的布拉克草场后，为什么今天又加了一个那拉提草原？大家都明显没有昨天的那般兴致，少数人甚至有点抱怨。既来之则安之，那就看看吧，毕竟门票也是真金白银买来的。

迎面看到一组雕塑。首先吸引我的是“搏击”雕塑，两匹马均前蹄腾空，后蹄踏地，马嘴张开，鬃毛尽立，前蹄收曲，踢向对方，马腹收紧，肌肉显形，马尾甩动，平衡身体。这尊表现两马撕咬的雕塑，彰显了本真和野性的力量。

另一尊名为“猎手”的雕塑也引起了我的兴趣。主角是个汉子，他端坐马背，马儿抬起左前蹄，似正欲前行，辔头被勒，马头马嘴后倾，马耳尖尖竖起，似乎是马儿欲奔，猎手驾驭控制不许的情景。猎手着厚衣、戴皮帽，正歪着脑袋向左侧远处眺望，也许正在观察猎物等待机会吧。猎手的右手托举着一只金雕，金雕张开双翅，是在保持平衡，还是跃跃欲飞？

这个景区有好几个真正的鹰手，他们托着金雕，招徕游客。金雕大多戴着眼罩，据说一旦拿开眼罩，鹰就会啄伤人眼，或者飞出去了。金雕的脚爪上系着绳子，飞不出猎人的控制半径。它蹲坐在猎人手上，因为鹰爪极其锋利，会伤及人手，所以猎人托举的时候，是戴着皮具护套的。皮具上开有小孔，不知道是为了透气，还是为了更利于金雕双脚着力。金雕出租给游客拍照，每人收费 10 元。家属“小辫子”戴着牛仔帽，很有气势和风度，举起金雕，请我们帮忙拍照。事后，他有点惋惜，因为我拍的照片中，没有金雕凌空的镜头，看起来一直没有脱离地平线，缺少了威武的气势。当然，他也用事实证明了自己的专业出身。他给我拍的照片中，金雕就有了双翅腾空、翱翔苍穹的味儿。我租的金雕外形较好，它不戴眼罩、双眼锐利、瞳仁清亮。金雕的主人很年轻，不停地顺捋羽毛爱抚着它，看得出，他们的感情很深。问及金雕不戴眼罩的原因，主人说，这金雕三岁了，从一点点小的时候就驯养着，养熟了就不会伤人，不过也丧失了猎取食物的本领，全靠人工喂食。本来我还为租到了裸眼金雕而得意，这下不觉有些生悲。这只金雕固然可爱，然而失去了生存能力，期间的驯养何尝不也是一种摧残？

这儿出租的除了金雕之外，还有大山羊，长胡须、曲犄角，它们背覆五彩锦布，腰间绳子上扣着铁棍，铁棍牵引着后面的四轮小平板车。可供租用的还有直升机，15 分钟 800 元，我们现场没有看到乘客。

租用最多的还是马，据说有 350 匹之多。牵马的多是利用暑假来挣钱的孩子。有一个管理员安排他们出场租马顺序，就像管理出租车一样，忙而不乱，乘客支付的租金先要汇总到管理员那儿。孩子们的皮肤没有成人那么黝黑，他们中有些人甚至还穿着校服，不同的校服显示他们来自不同学校。虽然有游客在旁，他们依然压抑不住少年的活泼调皮，互相小小打闹着，同时照管好自己的马匹，那是与他们心灵相通的好伙伴。

团队中，继续有人租马骑乘，张方东就是其中一个。他在内蒙古骑过马，说那儿都是独骑，十多匹马只有一个队长带着。队长渐渐骑快，马群跟着跑快；一旦慢慢控制速度，马群也就走起碎步。张兄这次没能如愿，因为新疆这边，每匹马都有骑手在马背上伴骑。女人租马的话，如果正好被分配给男骑手，骑手有时候会突然加速，吓得女人惊叫连连、花容失色，骑手然后会根据自己的载客经验，选择继续快跑或者放慢速度。骑手不仅仅是驾马，还要负责帮客人拍骑马照片，要拍得让客人满意。据说，有个女游客，骑一小段，就下来摆拍一次，再骑一截，又拉开背包，或换件外套，或扎个丝巾，再拍。别人都跑回程了，那个可怜的骑手还在步行牵马拍照的路上，女游客拍照的心愿得到了极大的满足。但是张东方骑马的心愿却大打折扣，他多次提出要让马儿奔跑起来，可是小骑手不肯，说他的这匹马今天已经载客三次了。言下之意就是马儿累了，他心疼，舍不得它跑。不过，张兄自有妙计，他是PS高手，在一张图上把自己P出三个骑马的身影，好过瘾的感觉。他还是一个幽默风趣的人，经常和大吉唱对台戏，无论内容，不管话题，为怼而怼，逗弄出很多笑话，那是让我们听众很开心的一档节目。看到一张他俩碰杯的照片：两人端着壶盖，盖里装着茶水，就着饼干，干杯！他们把笑意洒在车内，把快乐分给大伙。

笑意、快乐，这是生活的美味，也是旅游的精髓。

最后，我们展开“兰花草”的团队旗帜，请导游给拍了一张美美的大合影。大家把笑意挥洒成天上的朵朵白云，把快乐流淌成草原的九曲小溪。

让人快乐的不一定是美景，投宿的巴音酒店展现出别样风情。两只床头灯一只失踪——“人面不知何处去”；另一只倒挂金钟，摇摇欲坠，靠着电源线的拉力才不至于摔得身败名裂——“桃花依旧笑春风”。电源开关的塑料面板已开裂，色泽沧桑古朴，裂纹粗犷豪迈，插孔内里松动，虚席以待。电水壶没有盖子，我拿起来摇摇，里面还有些许剩水，觑着眼睛往里窥探，一个圆圆的、黑黑的小东西浮在水面上，像一只小乌龟在水面尽兴逍遥。仔细察之，原来乃瘦身后的壶盖也！这个惊人的发现，让我和小辫子仰天长笑、情绪大好：朗声大笑洗澡去，我辈岂是做作人?!

2017年8月14日

于巴音布拉克巴音酒店

火焰山下

上午九点钟，我们老早赶来火焰山，景区才开门，毕竟此时相当于北京时间七点钟而已。刚下空调大巴就感觉到了热浪，必须全副武装，太阳伞、遮阳帽、防晒衣、防晒霜。这个景点最富特色的标志就是高高直立的一根超大温度计，它形似金箍棒，上下两头是青铜色的金属圆箍，上饰云纹，中间一截白色立柱，从上到下有细长的空缺，空缺里面是LED灯柱，旁边对应着刻度，灯柱中有红色的线段指示着当前的气温刻度，形似气温计里红色水银柱。我们刚到的时候，显示50度，游览半个小时，已经53度。后来司机告诉我们，他上次送客人来的时候七八十度，晒化的柏油马路严重粘鞋，有女客穿着凉鞋，踩下去再拎起来的时候，已是光脚。有的客人下车后三分钟不到就上车，说热得吃不消了；还有人一下车就站在大巴阴影处，远远对着金箍棒拍一下照，又爬上车吹空调。

这个景观设计的灵感来自于《西游记》，既有墙壁贴塑，又有一组群雕：念经打坐的唐僧、登高瞭望的悟空、仰躺腆肚的二师兄、无所事事的沙和尚。

这么热的天，还有两男一女装扮成猴哥、八戒、女儿国王造型，陪客人合影。他们很敬业，行头道具都很齐整，捂得那么严实，应该是很热的。游客们更喜欢逗猪八戒玩，他自己也经常拍打自己的肚皮，“啪啪”直响。猪八戒为什么更讨人喜欢呢？除了憨态可掬、平易近人之外，或许也是因为他身上那些贪财、好色、爱偷懒的特性更符合凡夫俗子的人性吧。

到了火焰山，自然少不了牛魔王和铁扇公主，两尊铜像引人注目。壮硕的牛魔王本来是别人的坐骑，如今却也骑了麒麟，但毕竟道行不高，不能征服坐骑，坐骑显得不够驯服，迈步的姿势都写满倔强，实在是因为被绳子拴住鼻子而无法反抗。麒麟的鼻孔被游客摸得发亮，老远就能看到这个亮点。而不远处的铁扇公主铜像也有亮点，那就是她的左胸，在众多游客的抚摸下，亮晶晶地闪着光。想来铁扇公主是非常气愤的，但她虽然右手拿着宝剑却无法自卫，只好目不转睛，仰头问苍天。

火焰山年降水量 16 毫米，蒸发量 3000 多毫米，又是盆地，十分聚气，不热才怪。热，也是一种资源。这里还有卖熟鸡蛋的，不过根本不用水煮，而是就在地上挖个小坑，架放一个黑色圆盘装置，内置十来个鸡蛋，上罩玻璃，过上一段时间就熟了，这就是著名的沙窝煮鸡蛋。

此次新疆之行，主要在北疆，很少看到骆驼。火焰山景区就有可以骑乘的双峰骆驼。待客的几个骆驼耸着驼峰，趴在地上歇息，并不怕灼伤肚皮。驼峰之间铺设锦布坐垫，前峰上罩金属扶手，以供骑乘者抓扶。扶手绕过驼峰，快到人脖子的高度，使得乘客昂首挺胸。骆驼都是单骑，不像骑马那样需要骑手在后面拦腰保护。马儿虽然步履矫健，却远没有骆驼的从容，如果说马儿是士兵的话，骆驼就是贵族出身的将军。除了骆驼骑乘项目外，还有动力滑翔机、沙漠观光车等。天气酷热，仍有游客兴致十足地骑骆驼、驾飞机或开敞篷车，实在有勇气！

火焰山上真没火，坎儿井里却有水，能够降温的只有水，快点找水喝水。

那就快走吧，寻找坎儿井。

2017 年 8 月 17 日

于东归列车上

坎井文明

听导游说，真正拍摄电视剧《西游记》火焰山的地方，还要走十多公里，深入山中，部分团友心里有点不乐意，为啥不带我们去现场呢？然而，导游带我们去看坎儿井，依然不可能实地跑一趟。游客希望分散勘踏真迹求慰藉，旅行社希望组团观摩样品求效率。真正的坎儿井远在天山脚下，一路延伸，在广袤的土地上就像一串串省略号，诗意一点就是一串串珍珠。路途遥远不说，真正到了井口，根本看不出效果。市区模拟建造的这个坎儿井则可以让我们清晰了解坎儿井的原理和挖掘的艰辛。以目前的旅客流量，如果都去实地参观坎儿井，估计会给它们带去较大的破坏。很多老式坎儿井年久失修、坍塌弃用，更经不起折腾。

市区的坎儿井景点建有沙盘模型，非常直观。沙盘最前沿用白色灯光照着垄起的一带土壤，算是皑皑连绵的天山，终年的积雪融化后渗入地下，途经一系列的竖井标志，地下又有横井联通，终于在一定的地点，水源流出暗渠，成为水池，或者流动为明渠，灌溉两侧、滋润家园，发展出郁郁葱葱的葡萄园。

有一组雕塑表现了当地人的生活，一家三代五口，最小的是躺在摇篮里的娃娃，奶奶在跟娃娃逗笑，爷爷满额皱纹，顶着瓜皮帽，默然枯坐，妈妈手里不知忙着啥活计，爸爸右手搭着一张弓，锯拉左手里面揽抱着的马头琴。他们在优雅舒缓的曲子里，喝着一井清泉，享受着慢节奏的生活，把日子过得像葡萄一样甜美。

这一切的富足安康，全在于一个字：水。没有水就没有一切。然而，挖掘坎儿井是相当辛苦的体力活，暗井逼仄狭小，人员蹩进去，必须俯身甚至爬行，然后挥锹、挖土、疏浚，要想把坚实的原土或者淤泥清除出井，还需要有人在地面接应，架设辘轳，动用人力或者畜力，汉子肩上背纤，健牛四蹄得劲，负重前拉，把装满泥土的篮兜摇出竖井，泥土堆垒到井旁，年长日久，形成高出地面的土围，俯瞰之下，就像一个圆点，一个个圆点连贯成串，就像省略号一样。

挖掘坎儿井不仅要有勤劳的汗水，还要有卓绝的智慧。两孔竖井之间，相隔几十米，如何让下面的暗渠确保正好穿过前井而不偏移位置呢？有的一串竖井延伸出很多公里，又如何保证测绘方向准确呢？这次我总算搞明白了。在地表上，每个竖井眼上架设横杆，横杆两端拴上绳索，绳索自然下垂，悬落进竖井，直达井底作业人员。横杆下方一米多，有一根棍子，两端各自被缠绕在相应的绳索上，与横杆形成平行线，井下的绳索上也这样绑着棍子，这样就形成三线平行。下一个井口，如法炮制，然后开始调整准确方位，让井上的横杆瞄准另一个井上的横杆，两个横杆前后贯穿成虚拟的直线。这样一来，根据数学上的平行原理，尽管两个作业人员在黑暗的井底互相无法取得直接联系，但他们只管跟着井底木棍的指向，放心开挖而不会出错。劳动人民在实践中发挥出无穷的智慧，建立了伟大的功绩。千百年来，他们代代相传、辈辈勤奋，才造就了这一人间奇观。向先辈们致敬！

这个景点还设置了模拟的晾房，也就是用来自然风干葡萄的房子，这里不再赘述。

吐鲁番的泉水真清，吐鲁番的葡萄真甜，吐鲁番人的生活真美。

给我印象深刻的还有在吐鲁番上火车的事。

回程了，大家的行李明显多了，大包小包鼓鼓囊囊的，偏偏要上到二楼坐火车，而且没有电梯，检票又早，旅客又多，天气又热，大家排队等候，抱怨不已，那个遭罪的感觉真不舒服。好容易检票完毕后，还要下到一层去站台，费尽力气到了站台一看，我们的四号车厢还在老远处，大家又小跑着往前赶。要命的是，只开一个车门，站台又低，车厢门口放下来三四级台阶供人上车，女游客力量弱，举着箱子想送上去，却抵在车门无法动弹，车门口聚集着二三十个焦急的同伴，大呼小叫。我大叫一声："让我先上！"群友们闪开缝隙，我甫一上车，马上把自己的包裹丢到一旁，转身就到车厢门口，居高临下，接过同伴们的箱子或者大包后一个箭步将它们推进车厢里面，同伴们没有重负后，立马可以轻松上车，走进车厢，带走箱包，腾出地方。然后，我再接第二个人的行李，再一推。如此一来，大家上车速度明显加快，终于赶在发车的时间挤上来。几分钟，高强度，我累得气喘吁吁，浑身是汗，倚在过道处休息。等大家都安顿好了，我才找到自己的卧铺，坐下来喝茶休息，接受别人的好评和感谢。获得友谊的途径有很多，真诚帮助别人是其中一条。终点站是南京，下车之前，我们几个男士安排了一下，也是我先下车，然后递接同伴们的行李，这次速度很快，一则有秩序，二则车厢与地面相平，看来沿海和新疆的差距至少有这三四个台阶。

我给自己点个赞。

2017 年 8 月 17 日

于东归列车上

交河怀古

沙河二水自交流，天设危城水上头。
断壁悬崖多险要，荒台废址几春秋。
羌儿走马应辞苦，胡女逢人不解羞。
使节直从西域去，岸花堤草莫相留。

——（明）陈诚 《崖儿城》

“秦时明月汉时关，万里长征人未还。”边塞守关、军功封侯，曾是多少有志青年的火热梦想，班超投笔从戎，彪炳千秋，成为后世文人的偶像。2000多年后的一个夏日，阳光依旧灿烂，我披上防晒衣，手拿矿泉水，跟着“兰花草”团队，踏足交河故城，寻访班超的足迹。

之前，作为大海之滨的江苏人，我不曾听说过这个万里之外的“交河”，旅游计划中，也不曾列入，我们一直在看自然风景。旅行社为了填补我们空荡荡的旅行日程，临时加补了这个景点。没想到，这个具有人文内涵的景点让我大受震撼，我被交河撞了一下腰。起初，导游小吴念叨这个景点时，我还以为是听惯了的“古城”，到了现场才看到是“故城”，心里还有点奇怪来着。等我走进去，才豁然明白，故人西辞黄鹤楼，故城千年荡悠悠。城内没有绿树，没有青草，没有红花，没有蝉噪，没有虫鸣，只有纯色的黄土建筑的断壁残垣，只有荒凉的沧桑，只有沉默的穿越。明晃晃的阳光像一头野兽，舔舐着游人的汗渍；黄土质地的遗迹色彩单调，剐蹭游人的心灵，扰乱历史的重影，看不清丝绸之路上走来的驼队是汉服唐装还是胡服毡靴。

交河故城位于吐鲁番市以西约13公里的亚尔乡一座岛形台地上，因河水分流绕过城下，故称“交河”。始建于公元前二世纪，现存建筑遗迹长约1650米，两端窄，中间最宽处约300米。它是我国现存最完整的都市遗迹，也是世界上最大最古老、保存得最完好的生土建筑城市。所谓生土建筑，就是用未经焙烧的原土来营造建筑，是最早的建筑方式之一，也是人类进入文明社会的特征之一。大唐的西域最高军政机构——安西都护府最早就设在这儿。

交河故城有东、南两座城门。南门，是古代运送军需粮草、大军出入的主要通道，地势险要，有“一人守隘，万夫莫向”的山崖。东门，巍然屹立在峭壁上，主要是为城内居民汲引河水的门户。此城除了没有我们常见的砖砌城墙外，还有一个明显的特征，即采用“减地留墙”的方法，从高耸的台地表面向下挖出各类建筑物。寺院、官署、城门、民舍的墙体基本为生土墙，特别是街巷，狭长而幽深，像蜿蜒曲折的战壕。全城像一个层层设防的大堡垒，人行墙外，像处在深沟之中，无法窥知城垣内部情况，而在墙内，则可居高临下，控制内外动向。这是一个庞大的城市雕塑，工艺独特、世界罕见，体现出先民的卓绝智慧和伟大创造。

交河故城遗址能够保留千年，一是得益于吐鲁番干燥少雨的气候，二是土质。这里的高钙黏土遇水便成胶，干燥后非常坚硬。我们目测到了残垣表层的光洁和亮滑，队友说是今人特地涂了保护性的胶水。1961年，交河故城被列为国家重点文物保护单位；2014年，被列入《世界遗产名录》，更加受到国家的重视和保护。

为了保护故城，景区中装设了木质栈道，有很多工作人员监督、看管，防止游客践踏遗迹。

我一步一步踩着历史前行，希望能有一个脚步契合古人的足迹，穿越时空，去感受他们的情怀和脉搏，去和他们对话：我想当面责问平庸的李广利，身为贵族为何投降匈奴；我想告诉李陵，为了他，司马迁辱受宫刑；我想带上酒肉慰劳打败楼兰的赵破奴；我想给西域首任都护郑吉牵马坠镫；我想给班超披绶带、发勋章；我想静静地坐在寺庙的席子上，听玄奘法师传经布道、解释佛法；我想跟随岑参骑上战马驰骋天山，咏叹“忽如一夜春风来，千树万树梨花开”。大汉啊大唐，你们树立了赫赫声威，你们舞动猎猎的大旗，傲娇于世界的东方。

我走近了他们，他们躺在地上，杯盘狼藉，“葡萄美酒夜光杯”，征衣未解，“醉卧沙场君莫笑”；忽而失却了衣裳，消逝了血肉，在干涸的河道边，只剩下一堆堆朽骸，“青山处处埋忠骨”。

“可怜无定河边骨，犹是春闺梦里人。”声含幽怨，伴随叹息，应和着胡笳的节拍；“打起黄莺儿，莫教枝上啼”，吴侬软语里裹着无垠的慵懒，凝成露珠，垂落叶尖。

边塞的夜色浓郁而黏稠，天山的影子绵长而深邃，皎洁的月光撩拨着将士的心弦，把相思曲装进刁斗，泪滴沾湿征衣。寺庙的龛盒里，大小佛像，神态慈祥，悲悯地望着这群甲胄之士，安抚着他们飞扬的思绪。千里之外的长安城，渭河之畔，调皮的月光抚摸着伊人丰腴的臂膀，捣衣砧上拂还来。砧板片片，捣衣声声，几个少妇打趣撩水，把笑声搓碎，散入潺潺的流水；走过灞桥，折一枝杨柳入怀，依依不舍；然后又上层楼，可怜楼上月徘徊，玉户帘中卷不去，尽照离人妆镜台。大雁声声，声断衡阳，衡阳有梦，梦在他乡。夜色深沉，月华如水，静谧沉思，戍楼闺楼，望月同怀远，天涯共此时。将军白发征夫泪，泪流交河；思妇憔悴丫鬟懒，懒整鬓髻。

时光穿梭，泪水化珠，盘桓此处，今天的我们是何等幸福：先贤给我们开疆拓土，我们来此旅游再无张骞被扣十年之虞；发达的通讯和交通，再没有思念的苍白、奔波的劳苦；强大的军队为我们把守国门，我们可以尽享和平安宁；五星红旗迎风飘扬，引领我们朝着梦想起航。边靖则国安，邦盛则疆阔。如今，故城虽成遗迹，吐鲁番却一片葱郁，踩着“一带一路”的时代节点，必将再次葳蕤生光、倜傥昂扬。

汉唐勇士，魂兮归来！民族复兴，指日可待！

2017 年 8 月 17 日

于东归列车上

第3辑
亲情常在

续修《史氏宗谱》序

两年之前，我绝对没有想到我会主持修谱，也绝对不敢想象会由我来写序。然而，偶然之际，冥冥之中，这一使命，竟托付于我矣。

借到族叔史小羊先生家藏的老谱，于寂静的深夜，抚之，纸张黄旧，读之，心潮澎湃，每每感怀于先人之至诚，感佩于史氏之辉煌。仓颉造字，以记史实，官职为姓，肇始两周；秦汉播迁，杜陵辅宗，世袭侯爵，门第显耀；王莽篡权，嗣位乃绝；始祖崇公，辅佐光武，汉室中兴，史氏复盛，就封溧阳，千秋百世。南宋之季，世系卅四，名讳安礼，卜居史村，虽可另称始祖，却延溧阳世系。如此看来，史姓之由来，史村之建设，可谓渊远而流长也。

在制作世系表格的时候，发现好多先人都永远停留在同一历史时期，而后代锐减，出继入继频仍，甚至双祧情形屡现，兹可痛哉！据不完全统计，史村男性人数，继（字辈）141 茂 164 兴 100 嘉 57，甸岗村男性人数，德（字辈）116 继 67 茂 27。究其原因，同治年间，太平天国，兵燹之灾，影响甚巨！

“长毛”（太平军）之变，说明家族史离不开民族史。1932 年修谱的序文把家族和国族联系起来，号召大家奋发团结，共御外辱，抗击日寇，今日视之，令人嘘唏，情难自已。须知，其时，“九・一八事变”才过去几个月，全面抗战还是 5 年之后的事！多么了不起的预言，可谓高瞻远瞩！我遂坚定信念，立志承前启后，做一个恪守祖训的裔孙，做一件功德无量的盛事。

古代修谱，举全族之力，更有族长主事，成立机构，分工明确，各司其职，有条不紊，循序推进，经年累月，所费甚巨，而事终成。然由此上溯百年，正是中华巨变之百年，老皇历早已翻不得。“文革”浩劫“破四旧”，谱牒古籍毁于火，其后昭穆竟至难分，伯仲渐为途人。及至今日，现代公民社会、法治建设国家的理念之下，宗族失去其物质基础、文化基础、社会基础、组织基础，而渐渐淡化出社会生活。

得益于改革开放，国富民强，修谱之风，一时盛行。今天，我以为，企图通过修谱而重振宗族势力，无异于痴人说梦，逆历史潮流而动，而更多的意义在于文化研究层面。毕竟，史籍、方志、谱牒，是三大传统之宝。前者，国家为之；次者，地方为之；后者，民间自持。

续修家谱，自然必须登记人口信息。在入户调查中，遇到好多问题，我最感慨的，不是宗亲们的不理解，不理解可以解释嘛；不是宗亲们的居住分散，分散可以多跑几腿嘛；不是宗亲们信息记不全，记不全可以来个“生殁未详”嘛；而是这样的话语，“他家的事，你问他家”“他家的事，我不管”“不晓得”“不来往”。而我所探问的，往往都是嫡亲的兄弟关系呀！更有甚者，兄弟矛盾重重，视如仇人，不相往来！由此，我又研究他族、他乡，发现此弊端甚多。

悲夫！内和不继，外辱必至。今习总书记秉政，内治贪腐，外争海权，中华复兴之伟业，正蒸蒸而腾腾，可谓气象万千。如果，我们能改造国民文化，不自作散沙而强化团结；改造国民精神，不蝇营狗苟而志存高远，则我泱泱神州、堂堂中华，何愁不再独领风骚于世界之东方，执牛耳于科技之前沿？

团结和谐之思，是为其一也。我深望能借此修谱之机，大家能动议重修史氏祠堂，以凝聚宗亲之热心，弘扬史氏之荣光。毕竟，富丽之精神还需要依托物质形式来表达。其二之思，则是人丁之忧也。翻看世系表，查明尚可繁衍后代并保持史姓之宗亲，两村合起来，不过 70 余人耳。计划生育国策执行 40 多年，固然实现了“控制人口数量”的预期，却已造成全国性的人口萎缩，史氏之族自然也不能免。政府现已适时调整策略，幸之。

宇宙永恒，时间茫远，人类渺小而伟大，个人卑微而无二。如何度过短暂的一生，如何处理好人际关系，又如何应时而动、相机生变，响应国家政策，发展繁荣？匹夫也当多读书、多思考，爱家爱国。如果口袋满满而脑袋空空，则有违于“训子孙，教子弟”之祖宗遗训矣。

词不达意，恐有违于序文之常务，姑且聊以抒怀。

是为序。

2015 年 7 月

今日夏至，我在上班，父亲和母亲买肉剁馅包饺子。我们这儿的风俗是夏至吃饺子。我和妻子下班后，就可以直接享用美食，感受温情；再和父亲用饺子下啤酒，饺子啤酒，吃喝都有。所谓天伦之乐，尽在其中矣。

父亲年轻时，不大会做饭，遑论厨艺。如今，年届七旬，母亲多病，他除了陪母亲奔走医院，还花很多时间来练习做菜，虽然至今手艺仍然平平。当年他在一个小矿山开采硫铁矿，我们兄弟暑假被他接去，这么多人总不能都吃单位食堂吧。于是，他架起煤油炉子，花几毛钱买来一挂猪肺，加进豆腐，小锅清炖。但洗猪肺是个困难活，因为血水太多。他把猪肺上面的那个气管口套在水龙头上，用细绳扎紧吊挂，让细细的水流不断涌入，清水把猪肺撑得饱满发亮、体积膨胀。洗净血水，切块、煮炖，这可能是猪肺最省事的烹饪手法。肉，是很少购买的，因为贵。一个暑假吃下来，我对猪肺实在发腻了。如今，饭局上有时会有酸菜猪肺，别人以为美食，招呼享用，我就笑笑，停箸不动，脑海里自然翻腾起当初的画面：袅袅的热气、沉浮的豆腐、惨白的汤汁、乏味的肺片。

父亲带我们去单位过暑假，根本不是为了改善我们的伙食，而是为了学业。他生怕我们暑假会浪费时间，耽误学习。80年代中期，大学生还是象牙塔中的天之骄子，父亲非常艳羡，苦于自己没有机会念很多书，就把希望寄托在三个儿子身上。那时的我也就一个中学生，父亲多次向我灌输“两大一高”的理念，也就是我家三个男孩中，要有两个考上大学一个考上高中。如果说“一带一路”是当今的国家战略，那么“两大一高”就是他的家庭战略。如今来看，他深谋远虑、高瞻远瞩，后来我读了师专，修了族谱出了书；大弟东南大学毕业如今是一级建造师；小弟博士在读，这些成果超过了他当初的理想，他是欣慰的。村上他的同龄人表示羡慕他，可是他们在喝酒抽烟、打牌聊天的时候，可曾看到，炎炎酷夏，我父亲在下井挖矿之余，陪着我们做暑假作业，解决很多难题。一本暑假作业里都会有一些不一定要做的难题，事实上老师们也不会批改。可是，我的父亲，自己帮我们冥思苦想，还找人帮忙。矿山有分配来的大学生，父亲对他们毕恭毕敬，表现出对知识的强烈渴望和近乎卑微的尊敬。9 棵树栽 3 排，每排栽 4 棵，怎么栽？1 块饼切 3 刀分 8 块，怎么切？这些题目让父亲印象太深，至今还能记得。句容著名的少年大学生唐靖华是当时矿长唐良文的公子，文采斐然，屡有作品见报，在那个时代是非常荣光的事情。唐靖华给我指导过作文，我至今还记得他发表的一篇文章——《盘龙云雾中》。多年后，我也能写点豆腐块，这里面多少有他的影响。榜样的力量是巨大的，这个榜样，就是父亲给我找来的。

我高考失利，黯然落榜，是父亲安慰我，给我鼓励，让我重新奋起。这一段，前两年在文章《写在父亲节》里面有记述，这里不表。

我在茅山中学上班后，国家改制了，企业倒闭了，父亲失业了，生活更加艰难起来。他骑上自行车，挂上蛇皮袋，走村串户，高声吆喝，收来五谷杂粮，卖给收购大户，算是头道贩子。丘陵山区，坡多路陡，砂石参差，他驮着两百多斤的货物飞速冲刺下坡，以便借助惯性冲上前面的坡，一旦冲不上去，就要下车使劲推。左手扶车把掌握方向，右手弓曲，抓紧后座往前拉拽，双腿都是斜立后撑发力，非常不容易。上月我开车带他走过一次旧时的老路，我们都感慨那是怎样的一种危险冲刺，即便爆胎，也是极大的事故，然而还就从来没有爆过胎。有时候收得多了，父亲就寄放在我宿舍，由我去会计室借点钱做本金，他再去收购。他不规律地来我学校，也会吃我的剩饭菜，就能了解到我的生活状况。那时教师工资真低，我还要支持两个弟弟读书，日子过得很清苦，为了省钱，舍不得买肉。我曾经一斤白菜能过三天！一次回宿舍，看到桌上有 10 元钱，还有父亲留的纸条，嘱我买点肉补补。多年之后，我翻看旧时日记，这个温馨画面再次闪现，眼角再次泛起泪花。

父子情深，不一定轰轰烈烈，却可以点点滴滴。父爱，深沉博大，可以用心体会，不必当面表达。如今，我做了父亲，也把这种家风传递，和风细雨、润物无声。

父爱无边。

2017 年 6 月 21 日

岳父，三周年了

时间过得飞快，转眼已经三年。三年前的现在，雷雨睡下，金玉在殡仪馆守着你，我一个人在家，熬夜写文章。祭文，最悲情的一种文体。岳父，您把悲情留在世间，留给我们，一个人孤零零地去了天堂，您为什么走得那么匆忙，没有留下一句话？那天是一个寒冷的清晨，您没有吃一口热饭，去往天堂的路上，是不是又冷又饿啊？今天，雨雪霏霏，是不是您不舍我们的眼泪？

火化您的时候，我和丁明杰进到内场，含着悲恸陪您最后一程，应李洋的要求，我又拍照又摄影，想留点影像资料给他看看，来慰藉一下他这个军人的孝道情怀。工作人员劝说不要拍照，以后看到会更伤心。是的，如今，我再也没有勇气打开那个专用文件夹，也没有给李洋看看。不是我们不悲情，而是我们太悲情。您走后，我们这些亲人为您洒过好多泪，您知道吗？您看到吗？

时间可以锈蚀金银，时间可以苍老容颜，时间却抹不去我们对您的思念。这三年，国家在强盛，民族在复兴，我们几个子女的小家庭也在蒸蒸日上，您却不再坐在屋里含着笑容听我们的汇报。

您小时候吃了很多苦，因为政治成分不好。您的父亲，我们的爷爷，是去台的国民党老兵。您从此背上沉重的政治镣铐，无缘入党，无法参军，读书升学都受到限制。那个时代的您，能在句容县中读完初中，说明您才学过人。您英俊魁梧，体格健壮，个子高，力气大，能吃苦，肯奋斗，如果出身好，您肯定前途无量。等到20世纪80年代国民党老兵纷纷回国，您也见到了自己的父亲，一个中风几年坐着轮椅的风烛老人。命运对您不公，您却不抱怨、不堕落、不消沉，一脸笑眯眯地接受现实，静待苦难。爷爷的事情，我写到了自己的书里；我又把爷爷的事迹推荐出去，收录在句容政协编著的《句容人在台湾》这本书里，可以让更多人记住爷爷的名字。他的三份遗物，我都精心收藏着。这是我用自己特有的方式尽的一点孝心。

您参加过修建南京长江大桥，您做过生产队长，您耕田耩地，您垒墙盖瓦，您会好多门手艺，您是一个对社会很有贡献的好公民。您被我们这些子女苦苦思念，因为您还是家庭好男人。

您起早贪黑，省吃省喝，埋头苦干，任劳任怨，从不叫苦，也不服输，这是怎样的坚忍不拔！苦水中泡大的您，硬是将酸涩的苦难酿造成生活的甜蜜。我很少听您诉过什么苦，也很少听您炫耀过什么辉煌，更多的是您说要是年轻十岁我就如何如何，比如去学驾驶。您的话，我信，您是一个肯于学习和钻研的人。

您现在终于可以放下手头的活儿，来听我们的汇报了吧。您的孙子外孙，三个男孩子，都成年了，长到一米八以上了，一个在上大学，一个军校毕业，还有一个已经开始挣工资，您不要太操心哟。

您的女儿，我的妻子，我会继续对她好的。当年结婚，仪式简单，虽然您不曾牵住我俩的手，把她交给我，但您已经将女儿终身托付给了我，您放心好了。

您的妻子，我的岳母，对我恩重如山，我一定和妻子尽心尽力，履行自己的义务，尽到自己的孝心。

以前，没车，晚上留宿的机会就多一些，记忆最深的，是一次过年，我喝得脸红脖子粗，拉着您说话，来散发酒气，别人要拉开我，我搂住您的脖子喊“老帅哥”，把别人笑喷，您连说没事没事。她们母女谈心，我俩就纵论天下，谈朝鲜，说中东，议国家大事。我不想被您小看，要显得高明，就贩卖一些别人的观点和资料，在您面前嘚瑟一把，现在想来，何苦来哉？后来有了车，我俩谈天机会就少多了，有了手机，QQ，微信，我俩就很少再论国事了。这是技术的进步，还是亲情的淡化，还是做子女的自私？呜呼，我一下子说不上来。

岳父，您在那边还好吗？千万不要太节省啦，现在我们的日子过得更好了，如果钱不够花，您就托梦给金玉，自家的女儿，没啥不好意思的。冬至，我在楼下烧纸钱，分作两堆，其中之一画了圆圈，写着“丁”字，您看到了吧，拿走了吧？

有空的时候，您给岳母，给您的子女们，给您的孙辈们，托点梦吧，他们好想好想您哟！今天，我们齐聚在这里看望您，您一定还是那么笑意盈盈吧？

我一定像您一样，做一个有情有义，对社会对家庭都有贡献的人。上次那篇祭文，经过岳母批准，收在我的第一本书里；这篇祭文，也将收进我的书里，让后人知道，这世界上曾经来过一个堂堂男子汉，他叫丁文明。

天阴雨雪，旷野风寒，您已经在提醒我们注意身体，那么我们就走了，下次再来看您。再悄悄告诉您一声，我们好想吃您腌的豇豆，酸得开胃；好想吃您炸的锅巴，嚼得酥脆。

再见，爸爸，我们走了。

2018 年 1 月 4 日凌晨

注：

本祭文当日由作者在岳父坟前跪读。

6月底，句容大剧院，上海越剧院带来两场大戏——《铜雀台》《碧玉簪》，大牌云集、盛况空前，让观众大饱眼福，大呼过瘾。尤其是《碧玉簪》，传统名剧，如雷贯耳，上座率非常之高。散场之时，好多老头老太，有的甚至耄耋之年，步履蹒跚，搀扶而出。出口处，分别有青年男女赶上来迎接，满脸热情微笑，一边喊着“爷爷、奶奶”，一边问这戏还好看吗？老人们都非常开心，说好看好看呢。听到开心满意的回答，家人脸上的笑意更浓了。

我就是其中一员，带着爸爸妈妈连看了两场。他们在北京住了八年，如今回到句容，感觉句容变化真大，设施完善，而且交通秩序抓得比北京还紧，感叹说这是好事。

记得一位朋友说过，对待年老的父母，做儿女的就要尽量满足他们，顺着他们，这才是孝顺。有人给家住农村的父母买来高档的智能型电饭锅，可延时、可定时、可遥控，按理说很方便。可是，文盲的老人们却为难了，认不得，记不住，难操作，很痛苦。那位朋友说，老人喜欢烧大灶就让他们去烧，顺着他们，让他们轻松随心才对。这话，我深以为然，并且重拟了一句话：投其所好，就是尽孝。

母亲有一个很大的爱好，就是看戏。由于地理文化的原因，本地人喜欢三个剧种：越剧、锡剧、黄梅戏，母亲也不例外。模糊记得母亲喜欢唱的几句戏词：“阿林肉，秀英肉，手心手背都是肉”，这“肉”念成“略”的声调，我感觉很好听，有着吴侬软语的韵味。前几年我到苏州去玩，一批学生接待我，他们白天上班没空，就把我送到虎丘公园，傍晚来接。我一个人悠闲地徜徉其间，饱览美景，后来发现此地作为5A景区，居然提供免费导游，而且都是漂亮女子，我就跟着听解说。导游们颜值不错，音色不错，一口标准的普通话，不过我总觉得少了一点什么。后来跟到导游站，在她们办完交接后，我听到她们用吴方言来交流，立时如听仙乐耳暂明，身心舒爽，妙不可言。虽然听不懂内容，但我觉得就是好听。我作无事等人状，脸朝别处，凝神静听她们的自然交流，感叹这次游玩最大的享受竟是听姑娘们用吴侬软语闲谈。

扯远了，拉回来。母亲唱过的那句戏文，竟然就是《碧玉簪》里面的台词！她坐在我旁边，有时甚至悄悄且得意地向我剧透。令我惊奇的是，她居然知道今晚的演员昨晚演的是哪个角色，我翻查宣传册，居然无误。我问缘由，她自信满满，说听演员的唱腔，看他们的台步就行。这个老太，我服了你。父亲也证实了母亲的这一强大的能力。可惜的是母亲不识字，不过不识字也没影响她爱听戏。

她说自己年轻时候很爱追戏。那时乡下经常放露天电影，其中就有电影版的戏剧。母亲告诉我，上次她看《碧玉簪》还是在我5岁的时候，把其时2岁的我弟弟锁在家里。弟弟一个人在家，就哭，一会儿声大，一会儿声小，声音隔着板门的缝隙委屈地传出来。隔壁邻居老太太舍不得，就掌着煤油灯隔着门缝哄我弟弟，陪他说话，哄他说妈妈就要回来了，等到他安静下来，让他自己爬上床睡觉。我母亲看戏回来，老太太对她好一通尅，批评她心够狠。母亲吐吐舌头，扮个鬼脸，以示讨饶。不过呢，下次在看戏之前，母亲就会给老太太留着门，麻烦照应。那时的人际关系多么淳朴啊！我记得某次在本村看越剧《红楼梦》，需要跑片，也就是先看其他片子，等到别村放完，电影队再赶来放映正片，足足等到11点才开始放映《红楼梦》。我听着听着，就倒在了母亲的怀里，小孩子家哪里喜欢这个慢腾腾的戏剧？母亲的戏瘾就是这么大呢！

不知从什么时候起，我也开始爱看戏了。不知是到了年龄，还是母亲对我的影响开始显露？句容大剧院真的是一个民生工程，满足了群众的文化需求，体现着祖国在物质文明和精神文明建设方面的伟大成果。宏大的建筑、宽敞的舞台、良好的音效、整洁的座椅、炫丽的灯光、新潮别致的布景，以及热情文明的观众，都是这个盛世的缩影。

看戏时，手机有震动，原来是我姨侄发来的微信视频。他刚刚在国防科技大学毕业，还在校等待分配去处，军衔已经是少尉。视频显示军车冒雨行进在黑夜中。他告诉我，地方防汛抗洪，他们紧急出动。我说你们不是毕业了吗？他说，毕业不是转业，军人永远冲在第一线。我的心悸动起来，回复他“祝顺利，多保重”；他没有再回复我。我的脑海中不时闪现风雨、手电、雨披、铁锹、口袋、泥水……手机屏上又跳出新闻，显示习总书记检阅驻港部队的消息。我长吁一口气，我陪母亲看戏，来享受这盛世的繁华；民族复兴的宏伟大厦，有着多少人在警惕地守卫，多少人在为之添砖加瓦！我享受着陪伴母亲的幸福，侄儿却无法陪伴他的妈妈。

回程途中，母亲和父亲愉快地交流着看戏感受，我的心却还沉浸在侄儿发来的视频中。

不是岁月静好，而是有人替我们负重前行！

陪伴的幸福，不是人人都有机会享受，请享受者珍惜。

2017 年 6 月 30 日

看个病，真难！

妻子眼睛感觉不适，红肿、痒痛。我带她去了句容市人民医院。挂号就很辛苦，每个窗口都排了一列长队。写着“军人优先”的窗口，也排着长长的平民队伍。除了人工挂号窗口外，医院设置了一溜四台自助挂号机，也被人群围成半个圆，挤成一群蠕动的蝌蚪。窗口排队的每张脸上，都写满焦虑，眼睛里似乎要伸出手来，帮收费员敲击键盘、翻叠纸张，心里念叨“快点、快点”。我和妻子分开站在两个队伍里，谁先到，就由谁挂号，来个双保险。忽然，我的窗口前多出来两个人，老头和老太，他们刚挤到窗口，却被排队的人用后背抵住，后面的人问他们怎么插队？老人手里捏着一张纸片说，挂错号了，来换一个。有人嚷嚷起来，就算换号也要排队！我无语，理解老人的无奈和辛苦，也理解排队人的焦灼和痛苦。哎，只能无言相望，无法评判。

拿到号，匆匆爬楼去眼科门诊，依旧很多人！看看手中的号码，34号，叫号的屏幕上显示才4号！那就站着等吧！站得累了，就盯着靠墙的椅子，一旦有人起身了，我就赶紧过去斜签着坐下，然后招呼妻子，小心地把座位顺利转让给她，自己站到一旁继续张望。

时间是有弹性的，等待的时候，时间最坚韧，怎么也不走。每听到一次电脑叫号声，心里就一抖，不自觉地抬头去看屏幕，其实距离自己的号码还很远。有时候，两个号码前后被叫，心里马上升腾起一阵轻松和欢快。有时候，半天没动静，焦虑就弥漫起来。如果有人抱怨说，半天了怎么还没有动动嘛？立马会有人应声附和，是的是的，真慢真慢。

掏出手机发朋友圈，把抱怨和焦虑的情绪散发出去，接受朋友的问候和关切，时间上可打发一些空闲，心理上可得到一些安抚。看看手机新闻，听听电脑叫号；听听电脑叫号，瞅瞅八卦新闻，因为今天的新闻已经看成了旧闻。

还有五个、三个、两个，小心脏跳得快起来，全身有点发热，注意力有点分散。最后一个！收拾好东西，站起来，徘徊、转圈，等到叫号声刚起，我们已经进了诊室。医生很忙，问话都是直奔主题，边问边写，偶尔抬头看看。今天这个医生职业素养不错，不仅分析了几种不同致病情况，让我们知道近期如何去做，几天后如何安排，而且告诉我们还可以去南京皮防所筛查过敏源。这让我们心里很舒坦。

我想起了另外一次看病的经历。某年在北京，母亲上公交车，由于年老力衰，动作不够利索，后面排队上车的人等不及母亲的磨蹭，在后面推搡，母亲一脚踩空，跌了下去，可是找不到人负责。母亲的膝盖本来就不利索，这下，只好用了拐杖！

我和父亲、母亲商议后，一大早就赶往积水潭医院。积水潭医院是骨科特色医院，名动全国，历来人满为患、“牛”满为患。什么牛？黄牛！一下公交车，往医院去的路上，好多“热心人”、好多疑似病友拦住我们，说挂号难，说是老乡，说认识内部医生，说有另外一个老医生医术高超，竟然搞得我们连路都走不通。我忙着回答他们的搭讪，而母亲用眼神制止了我，她不说话，只是拄着拐杖一直往前走。后来，到了没人处，她说，那些都是黄牛，你不理他们，他们就懂了，不再纠缠。多年在北京，母亲比我精！

挂号绝对是个体力活。父亲随身携带着折叠凳子，在人缝里找个靠墙的所在，让母亲坐等。我到处看墙上的各类须知、指南和专家介绍，都是赫赫有名的，甚至还有院士。我的敬佩之情像滔滔长江水，一发不可收，背上都有点痒痒的，汗毛都崇拜得根根竖起。

看到父亲排队到了窗口，我也站到离他一米多远的地方，让排队的人能看到却不好抗议。工作人员问挂什么科？父亲着了慌，忙说膝盖痛。对方又问，挂神经内科，还是神经外科？父亲望着我，等我拿主意；我看着父亲，也是一脸茫然。后面的人一个劲催促，快点快点！不懂就问，我和父亲赶紧问挂号人员，这两种有什么区别？对方回答说，要是长期磨损造成的，看内科；要是创伤造成的，看外科。我和父亲又着了慌、为了难。这个世上，有时候最难的题目就是无尽的选择题。母亲年轻时太辛苦，膝盖磨损严重，走路都有响声，应该是内科；可是前几天磕伤后说更痛了，应该是外科！后面的人已经来火了，只叫“快点、快点！”父亲来不及多想，说，那就内科吧。对方又问，普通号还是专家号？这次父亲没有任何犹豫，肯定地说，专家号！

看病的人真是多啊！全国各地的骨科病人，操着不同的方言，穿着不同的服饰，汇聚而来。轮椅，在人群里艰难推行；手杖，在人流里摸索探路。这个时候，人们往往有个共识，不搞计划生育还得了?!

医生开始上班了。上班就要去诊室呀，可是他们根本进不了，到处都是人！来了五六个保安，他们排成阵型，一起发力往前挤，以锥形攻势前进，把医生夹护在中间，送进诊室。每个诊室门口留一个保安看门。诊室一入深似海，进到里面出不来。所以，医生们就尽量少说话、少喝水，否则出去如厕还要增调保安来开道。

等啊等，终于等到叫号，我们特地挂的专家号。专家只问了几句话，就写出单子来，叫去拍片检查，然后叫“下一个”！我们问什么，他都不答。我们怀了悻悻和惴惴，又去排队交费，再去排队拍片，前后折腾几个小时，幸好赶在饭点之前，再回到诊室，医生看看片子，手一挥，开出处方，叫去拿药。问他什么，他依旧惜字如金，稍作回复，并不多说。

好在拿药窗口不是很忙，我们且吃点零食喝点水，饭点上充充饥。“饭”后，我们从容多了，反正已经看过医生，也不着急，就慢慢地过去再排队再交费，凭着单据又是排队拿药。给药护士伶牙俐齿，当当当，几句流利的关照，算是医嘱。其实我们根本都来不及听，没搞明白。三个人，忙了一天，买回家一堆药。什么情况？怎么回事？啥也不知道！后来一大半药还是被扔掉！

老婆一拉我，说好去拿药了，我才回过神来。拿药，拿药！还是小医院好！

人们常常神往大城市，其实，还是小城市的节奏适宜人居。无论交通，还是看病。虽然没有大城市的一流设施，却有浓浓的人情味。

句容，我的家乡，环境温馨，人情和美，真好。

2016 年 8 月 31 日

写在瓷婚纪念日

老婆，请允许我用这个称呼，无论是于你，还是于读我这篇文章的人。师叔何春申道长曾批评我说，应该称夫人，你毕竟是教书先生，要斯文一些。可是，我还是觉得称呼“老婆”舒畅，俗是俗了点，不过，咱就是个俗人呗。

老婆啊，今年4月，我俩结婚20周年。20年，是五分之一世纪，是最有价值的人生长度的一半。结婚第二十年，西方称为瓷婚。所谓瓷婚中的“瓷”，并不是我们中国人眼中一贯认为的一跌就破、不牢固的概念。在西方传统看法中，瓷器是相当珍贵的东西，哪怕摔碎了还会捡起碎片来镶在首饰上。所以，瓷婚就像金婚、银婚一样值得纪念，它的象征宝石是绿幽灵，可以送给爱人瓷质或白金制品，如瓷雕、餐具等，当然这是西方的习俗。现在，在这瓷婚纪念日，我想送老婆一份礼物，也就是这篇文章。

还记得你第一次上我家门，你和你姐一道，由我领路。我爸爸妈妈虽有三个儿子，但我是长子，他们没有接待经验。第一个儿媳妇上门，他们感到贵宾莅临，请来我单身的堂妹、恋爱中的表姐、抱儿子的姨妈，靠这三个外援女人来搞接待。她们都窝在厨房，在借来的煤气灶上煮鸡蛋、炖红枣、做菜肴。那是收稻之后，堂屋前垛着一层层口袋，装着金灿灿的稻谷，把简易的四方桌挤在角落。墙壁上粉着黄泥，泥墙上稍微刷了些石灰水。北墙也没有布置什么中堂香案，只有毛主席、周总理的画像，守护着我们家。东墙上是元帅们的画像，有些撕裂卷曲的画纸白边上插着几根针，针眼里穿着或长或短的白线、黑线，那是我妈做针线时顺便插在那儿的。西墙上整整齐齐地贴着清一色的奖状，小弟的最多，妈妈一张也没有。当时，我们家可以向你介绍的，就是这面墙了；拿得出手的，就是那些奖状了。后来，你说自己偶然去厨房，看到那么多人，摆出那么大阵仗，把你吓一跳，却也体验到被重视的感觉。那次，你拿到的几百元红包见面礼，还是我预先替父母准备的。那时，家里相当艰苦，没钱！

没钱归没钱，婚还是要结的。为了拍婚纱照，我俩吵了一架，准确说，是打了冷战。你不理我，直到我答应你，准备了两千元，陪你去南京找影楼。你看看价格表，最终选择了最低档的 880 元，我当时松了一口气，心里默默升起一丝感激。你还喜欢听歌、唱歌，坚持要花 1700 元买了一套 CD 音响，没几年，要淘汰了，又请人加 VCD 光驱，后来也就报废了。回头看这两项花费，前者是值得的。如今，大幅的婚照还挂在床头，年轻的夫妻，面带微笑，天天陪伴着我们，送我们出去谋生，迎我们下班进门。

刚结婚，我就去南京本科函授学习一周，在草场门的江苏教育学院。我突然牙疼，写信告诉你。你收信后，马上调班，赶去南京找我。我课间出来休息，看到你，当时就怔住了，因为实在没有想到你会来。你这是第二次到南京，第一次还是岳母把你生在南京某医院的时候！我问你怎么找到的，你说是一路问来的。你还记得吗？那晚你是和另一个函授女生、我的高中同学张庆一起睡的。大家都住集体宿舍，我也舍不得花钱让你住宾馆，没钱总是气短。对别人的帮助，我们要一直记得。

函授同学中，我结交了两个好友，李道新和殷叶东，他们都是金湖人，爽气、仗义，他俩让我带你去夫子庙玩玩。丢下教材和笔记，我俩径直去了夫子庙。春天晌午，气温已高，走得又热，还有点饿，我俩商量着就走进了麦当劳。那是我平生第一次走进麦当劳，你说自己也是头一回。明显的，我感到底气不足，长期的贫困滋生出浓浓的自卑来，让我觉得腿脚比心还要虚，连刘姥姥都不如。我去点餐，可是我不会点，根本没见识过里面的任何食品，赶紧看看招牌，居然有套餐！省得费神，“来个将军桶”！我到现在还能记得自己当时的尴尬和窘迫，而你却淡然得多，很自然地啃食着，一边和我说着话。我一边和你说着话，一边偷窥四周，看看别人都在做什么，有没有人注意到我。真的没有哦，我轻轻舒了一口气。气温又高，暖气又足，走路又热，食物又烫，心底又虚，弄得我冬衣背上汗津津的、痒痒的，还不好意思去挠挠。

提到李道新、殷叶东，我们后面的交情不能不说。1998 年函授结束，我们各自回县，那几年再无见面。2000 年，我买房资金有缺口，打了电话给李哥，他马上给我寄来 4000 元，是我购买那套房总价的十分之一，也是诸多外债中最大的一笔。一个电话，汇来四千，没有欠条，只有信义。我们仅仅是函授同学，每年在一起才两周时间而已，居然就有了这种过硬的交情。2015 年暑假，我和你去金湖，两位同学热情接待、全程陪同，龙虾、长鱼让我们吃得终生难忘。我无以回报，只能借这个角落对他们说，此生遇见你们，真好。

1998 年春夏之交，你怀孕了，挺着大肚子跟我住在行香中学。你特别喜欢吃西瓜。有人说孕妇不能吃西瓜，因为孩子会烂眼皮。我很担心，带你去看医生，医生说无妨，我俩才放心。你的肚子鼓得像西瓜，上面搁着切开的半个西瓜，你左手扶抱着瓜皮，右手握调羹，挖、吃、吐籽，再挖，再吃，再吐籽。你吃得甜美，我看得心醉。周末，回句容，买一斤肉，喊来刚就业的二弟，算是兄弟相聚，改善伙食。

日子就这样一天一天过去。然后，你生了儿子，坐了月子，抱起孩子继续随我住在学校里。生完儿子两月后，你才告诉我，自己留着一笔私房钱，5000 元，说是本来为生儿子备用的，如今儿子顺产，可以由我拿去偿还结婚债务了。我去了一趟茅山镇，还掉最后的债务，乘客车返校时，一身轻松，眼角盈泪，也不擦拭，任其垂落，只在座椅上努力挺了挺腰杆。

从此，生活翻开新的篇章。

大胖儿子，吃饱了睡，睡醒了哭，哭累了吃。借来一个旧的婴儿床，每天给儿子摇啊摇，还经常跟他说话，逗他，可是他理都不理我。某次，学校组织学生拍证件照，我请摄影师给儿子拍一张。以今天的眼光来看，那人拍照的技术真是不敢恭维，一个婴儿被拍得肥硕不堪。后来，我俩都戏谑儿子的照片，说是“活脱脱的土匪”。这张照片，至今犹在。某一天，我俩正闲坐着，忽然听到一下笑声，互相莫名地望望，彼此确定不是我俩的声音后，马上想到这是儿子的笑声，就一起扑过去看他，这时儿子又“咯咯”一笑，我俩痛痛快快地大笑起来，“儿子会笑了”！印象中，这是我至今笑得最开心的一次，这是做父亲最美妙的感觉！时间都去哪儿了？孩子哭了又笑了，哭哭笑笑中长大了。

儿子上幼儿园了，我也调进城里教书，我们借住在车站附近的平房。那时，傍晚放学时间长达一个小时，我可以骑自行车赶回家吃饭，再赶回学校值晚班看自习。时间很规律，你准时把饭菜端上桌。进入巷子，我就一路摇着车铃，弄出清脆的声响。儿子笑着叫道：“爸爸回来咯！”奔出来迎接。你把车接过去，儿子已经像小鸟张开翅膀一样斜伸双臂，要求抱抱，我常常绕到他身后，打开手掌，挟住他的双腋，一个托举，将他举过我的头顶，再让他岔开小腿，骑坐在我的脖子上，嘻嘻哈哈地走进门，享受着浓浓的父子亲情。你走在旁边，也是笑意盈盈。那时，晚自习值班三四个小时，全程坐在班上，报酬 15 元，相当于一般临时工的一天工资。我曾经在十天之内值班七次，为了挣钱，累得要吐。可是，儿子骑着我的脖子，晃一晃、抖一抖，就能把我的疲惫抖去很多。

教师职业，最让人艳羡的是长长的暑假。晚饭后，一家三口推着一辆自行车出去溜达。凉风习习，街灯暖黄，建设路边上的大排档用几根棍子支起防水塑料布，围成帐篷模样，中间放几张桌子，旁边胡乱摆着简易塑料凳子。食客坐着，就着啤酒，啃着鸡翅，还有吮吸螺蛳特有的“哧溜”声，菜肴上的热气袅袅升腾，在灯泡处渐渐散尽，飘逸在夜色中，演绎着俗世的快乐。汽车不多，骑车很溜，逛得累了，儿子灵活地爬上前杠，你待我跨上坐垫后，一个斜靠，已经坐在后座上。一辆单车，三口之家，乘兴而出，尽兴而返。幸福，就是如此简单。

幸福，是一种生活状态，而生活不全是幸福。前年，你的爸爸，我的岳父，在一个冬天的清晨，骑着摩托，突遭车祸，当场过世。噩耗传来，你是何等的悲痛，却又努力不表现出来，因为你怕刺激到岳母，压抑情绪是很需要理性和意志的，我真的很佩服你。到了殡仪馆，你才完全释放自己的悲痛，瘫坐地上，号啕大哭，捶胸顿足，痛不欲生，当时我们根本无法拉起你。一连三四天，你水米不进，憔悴迟钝，后来还因为受凉劳累而陡生鼻炎。你羡慕我父母双全，告诫我好好孝顺父母。几天后，儿子见到你，都不敢相认，悲戚地说：“妈妈，你都不像十八岁了”，引得你又一阵哭泣。你身材保持得好，面容年轻，白发也很少，常常以十八岁自诩。这场灾变之后，你的白发猛然增多。

你不想要白头发，就找来一个小镊子，经常坐我面前，让我给你镊住白发，用力拔出，放你手心验看，一根一根计数。我俩把这活儿叫作“拔毛”，经常有这样的对话：“拔毛?”“拔毛!”你做业务工作，每天陪客户办手续跑进跑出，看房子爬上爬下，累得腰酸背痛，回家后往往躺沙发上歇歇。我会给你捶捶腿，揉揉背，让你用电脚盆泡脚解乏，有时给你剪剪趾甲。你的大趾甲容易嵌入肉中，走路就疼，需要经常修剪，自己动手又不是很方便，这事自然就交给我了。看你幸福的样子，我也很快乐。海子说，从明天开始，喂马，劈柴，周游世界。可是，为什么要从明天开始呢？去年，房价上涨厉害，你也跟着奔忙，没空拔毛。某一日闲下来时，镊子找不到了，你也因为操心劳碌而长了太多的白发，已经拔不胜拔。岁月呀，就这样伤害了你，我的老婆。

青春的容颜可以不再，俗世的生活更加恩爱。儿子去上大学了，你我早上出门各忙各的，晚上才能相聚，我炒两个菜，你吃得很香，说比饭店的还好吃。我的空闲多一些，逐渐学会了做菜，也能够独立包饺子，甚至还向文友米正英老师学习，做别样的、好吃的面疙瘩。看你和儿子吃得砸吧砸吧那个香，我心里滋滋的那个美，现在最拿手的就是糖醋包菜和炒土豆丝了。其实，家里的菜做得很简单，可是这简单中，正寄寓着温馨，把幸福作为调料，怎么不好吃呢?

家里遇到困难或者麻烦，你总是首先一个电话打给我。什么钥匙忘家里了，太阳能热水器忘记关了，自行车胎漏气后扔在哪个路边上了，然后由我屁颠颠地去处理。我损你几句，说看你有什么用？你总是振振有词：“嫁汉嫁汉，穿衣吃饭。找你，才对；找别人，你愿意?”也许，对女人来说，一个可靠的肩膀胜过浮华的虚名吧。男儿无能，洗锅抹盆，常有人因此看低我，我就自嘲笑笑，做不了大男人，就安心过好小日子。我对你好，你也支持我、配合我，让我出了一本自己的书《归去来兮》，修了一套家族的谱《史氏宗谱》。这两件事，于我而言，是很有意义的，很有成就感。谢谢你的深明大义。还有，我前后两次轻度骨折，也是你服侍、照顾我的。

我的很多学生，你都认识，或者听说过。那年，学生赵正波、熊文辉过年来我家喝酒，葡萄酒喝多了，赵正波醉卧我们床上，把被子吐得红红的，把你吓一跳，还以为是血，其实是葡萄酒。你没有抱怨，只是自己去清理了一下而已。你还跟着我住过学生刘池俊家。谭月明把喝得烂醉如泥的我送回来，你把我搀上楼扶回家。暑假中，曹永静、王世俊、吕欢三个女生都带来孩子在咱家玩一天。孙培培领来荷兰老公及一对混血子女玩一天。张敏敏更是跟你密聊半天。还有赵江、陈娇、黄自强、王振元、严国风、张国强、丁文东、戴吉、成帅、笪红琴、张琴、陈钰琪……学生太多了，限于篇幅，就此打住，请其他同学不要多想哈，将来把你们都写一写。

我俩也有后悔和遗憾的事。2008 年，那年的雪好大，甚至岭南也下着雪，你意外怀孕了，这应该是上天赐给我们的礼物。你一心想生下来，可是有个朋友警告我，违反政策是要丢饭碗的。为了这个饭碗，你忍着眼泪，服从了我的意见。你在踏进手术室房门的时候，又转过头来，幽幽地说："这次不要，以后就再没有机会了!" 看你当时的眼神，多么的无助，多么希望我临时冲动一把，把你拉走。再后来，看到年龄相当的孩子，我俩就会说，要是那个孩子还在，该多大多大了。如今，政策放开了，而我俩也过了适孕年龄。某次，那个朋友跟我说，其实那时还是有办法的，就是假离婚！受传统文化影响，离婚，那是多大、多丢人的事情呀！可是如今，为了逃债可以离婚，为了买房可以离婚，为了裸官可以离婚，我俩真呆呀！然而，这个"呆"里面，不就是一份痴心的相守么？这世界上，如果说还有比物质享受更享受的东西，那就是真情。

晚风中，你在公园跳广场舞，我绕着葛仙湖徒步，然后在大门处汇合，看着星星的眼睛，踩着自己的身影，走上回家的路。今晚，我在安静中写着这篇稿，你在热闹中打着团团转（一种牌类游戏），你有你的乐趣，我有我的寄托。

生活是琐事的积累，婚姻是个性的磨合，有的能磨圆润，有的终究长存。你老是抱怨我起早刷牙后不把牙膏、牙刷归放到杯子里，起先我还争辩，说你起得迟还不是要倒出来么？后来，我也不争辩，也不改正，就是要你去收拾。你在收拾中、抱怨里，不正感觉到我的存在？哪一天，我的牙膏、牙刷都不动了，你会习惯么？

文字是琐碎的，日子是静好的，已经携手走过了20年，老婆，让我俩一起在徜徉中慢慢变老。若干年后，我俩迎着夕阳，移着慢步，踩着枯叶，互相搀扶，看白发飘飘，听秋风萧萧。

2017年4月

写在前面：儿子的生日，就在8月，今年18周岁。从此，儿子将对自己的言行负责，可以独立进行所有的民事活动，而且都是合法的、被允许的，比如学车，比如买房，再不需要来个监护人签字。

儿子啊，作为父亲，我祝贺你，从此你可以独自走四方，也将用自己的努力经营一片属于自己的天空。当我们把你往空中放飞的时候，追求自由天地的你，也就必须要能经受风雨雷电的洗礼。

写在儿子十八岁

一、　一只烤鸭

那还是前年暑假的事情了。儿子揣着几百元钱，只身去北京看望他的爷爷奶奶；待了几天后，乘火车返回到句容西站。下午，我开车带着他妈妈去接站。我们已经预先在句容南门附近的某个餐馆订了桌，并通知儿子的两个表兄弟晚上来聚餐，以欢迎儿子的归来。几天不见，儿子一上车就跟妈妈说这说那，还让她猜猜包里的礼物是什么。母子其乐融融，我嘴角带着微笑，静静地开车。她笑着猜了几次，儿子都说不是。然后她不肯再猜，儿子就掏出礼物给她看看，说返程之前，随爷爷奶奶上街逛逛，坚持用自己剩下的那点钱买了一只北京烤鸭，打算带回家孝敬妈妈。

妻子很高兴，说，你外婆就在葛村，我们送给她去吃吧。儿子顿时有点不乐意，说我是买给你吃的。妻子说，你的心意我领了。儿子还是不肯。很快，汽车到了岔路口，要么绕道去葛村，要么直接回句容，必须统一好意见。我停了车，说：“孩子，你懂得孝顺妈妈，很好。可是你想过没有，你妈妈也有自己的妈妈，她也想像你一样去孝顺她的妈妈，也就是你的外婆呀！”最后，儿子勉强同意了我的折中方案，绕道过去，剁下半只烤鸭给外公外婆吃。

鸭子搁在桌上，出现了新的问题，调料就一份而已！他外婆说，还是你们自己带回家吃吧；而妻子则坚持把鸭子留下来；儿子只答应留半个。

我想了一下，说：“要不这样，鸭子就不分了，送给两个老人，这是孝顺长辈；然后我们开车把老人带去城里，一起吃晚饭，这是家人团聚；老人把鸭子拿出来和小的分吃，这是疼爱晚辈。”大家都说行。岳母起初说不必麻烦了，省得晚上还要摸黑开车再送他们下乡。但在我的坚持下，两个老人也就同意跟车进城吃晚饭。

餐馆老板帮忙切分了那只北京烤鸭。鸭皮，金黄、嫩脆；老酱，乌黑、甜绵；葱段，青白、幽香。两个老的轮流夹给三个小的；三个小的抢着夹给两个老的；我们夫妻俩在一旁微笑着。

就是那只烤鸭，蘸上佐料更爽口了；还是那只烤鸭，沾上情商更爽心了。

今年某个晚上，嘴馋的儿子在回家路上啃了份鸡腿，又带回一只。他刚进门，看到他外婆来我家，就说：“婆婆呀，这是我买给你吃的。”他外婆非常开心，夸他孝顺。我心里直嘀咕，他怎么知道外婆正好来我家的呢？事后，我们问他，他淡淡地说，我哪里知道外婆刚好来呢？不过是把带给妈妈吃的鸡腿，临时改送给外婆了。我笑了，他妈妈也笑了！鸡腿还是那个鸡腿，话语改变了，情感丰富了，儿子长大了。

这个北京烤鸭的故事，被我牢牢记住。作为教育工作者，应该善于发掘教育资源，作为家长，也应努力丰富教育内涵。

感谢那只烤鸭！

二、 两副扑克

某同事跟我关系很铁，有一日相约晚上来我家打牌，几个朋友玩掼蛋。该同事先到，我拉开桌椅，翻出某某房产公司作为礼品发送的扑克，纸质软、手感涩、光泽暗，便打算重买两副新扑克。

妻子在洗碗，我要陪客人，儿子自然就成了我指派的对象。儿子问："去哪里买？"我说，某处有小店。儿子提醒："那段几家商店都拆迁了。"妻子说："附近南工路有个小超市。"儿子说："不晓得哪是南工路。"妻子说："南工路都搞不清，你还是句容人啊？天天去上学，上的个什么东西？"

正要穿鞋出门的儿子顿时火了，说："我天天骑车直接去上学，哪里管他什么什么路？"我大声提醒："都少说两句，都少说两句！"同事很尴尬，就说："算了算了，不买了，就用广告扑克吧。"我轻声对儿子说："去买去买。"

儿子撑着劲，趿拉着鞋，刚出了门，妻子的数落又起来了："做老子的一点家规都没有，做儿子的鸟用没有，两副牌都买不家来！"

门外的儿子暴怒起来，拽开虚掩的门，就冲进来，说："我就没用！我就不买！怎么的了？"然后把门重重地一带，"砰"，门关上了。儿子一屁股端坐在沙发上，呼哧呼哧，像个发怒的小公牛。

火气很大，硝烟很浓。妻子不停地抱怨，儿子的怒火腾腾而起，我绷直了脸，咬紧牙齿，鼓起腮帮，眼睛微闭，拳头半握，随时就要爆发！

一副悲愁悔恨的脸突然闪现在我的脑海，那是我舅舅！30 多年前，正月里的某一天，舅舅家有客人吃饭，人多兴致高，喝的酒也就多了，眼看着大家酒兴正浓，而酒瓶即将空空。舅舅把他的唯一的儿子，我的大表哥，悄悄叫到门外，给他一个玻璃酒瓶和几角钱，让他骑车赶去一公里外的春城集镇打酒。那时条件还一般，句容自己生产的酒，装在大酒坛子里，被送到供销社的各个商店。店里有一种酒勺子，毛竹做的，作为量筒来装酒，大的一勺是一斤，小的是半斤。店员右手把勺子探入酒坛，"扑通"一声，没进液面，稍等，竖着提拉出来，多余的酒液顺着筒壁，淋漓着滴回坛里。左手拎起圆锥形漏斗插入瓶中，右手把那一筒句容白酒倾入漏斗，然后"咕咚、咕咚"漏进瓶中，完毕之后，把瓶塞按回瓶口。

大表哥把那瓶酒装在车篓中往家赶。那时候的公路不是柏油路、水泥路，而是砂石路。在一个下坡处，单车被一块突兀的砂石颠了一下，人跌倒了，瓶砸碎了，酒洒没了。他只好跑到距离很近的一个本家，借钱找瓶，重新打好酒，赶回家去。这么一折腾，时间就长了。客人们早就弃了酒杯，吃饭的吃饭，喝茶的喝茶。舅舅感觉丢了面子，黑着脸，走过去，抡圆了胳膊，就是一个大嘴巴。大表哥趔趄倒地，摸着腮帮，委屈不语。亲戚们赶上来劝阻，而舅舅态度越发凶狠。再后来，表哥脑部得了病，经常头晕，最后也因此而溺亡。虽然不能确定脑病与那个耳光是否有直接的因果关系，但可以肯定的是，舅舅因此终生生活在悔恨和自责之中，并且随着自已的老去而愈发耿耿于怀。面子是什么？挣了面子又如何？

这一闪念之下，我呼出一口长气，一边开门，一边拿鞋，一边对儿子说："还是我去买吧。"不等我穿好鞋子，儿子已经过来，说："还是我去吧。"如此，我也就由他出门而去。妻子还在唠叨："你就这样教育儿子的？一点家规都没有！"

儿子买牌回来，其他同事也都到了，大家打牌，似乎什么事情都没有发生。

过了两天，我和儿子两人在家，我对儿子说："儿子啊，那天，我给了你面子，你晓得吧？"儿子点点头，说："晓得的。"好，点到为止。这件事就这样过去了。

后来，我多次琢磨这个教育案例，也联想到我们有时候处理学生问题的方式。由于传统文化的影响，我们往往不分情由，一味强调老师、家长的尊严不可挑战，说什么"长辈天生三分理"。孩子一旦不服，就用长辈的地位和权威来压服；压服不了，就用武力来打服！最后，往往搞得双方剑拔弩张、两败俱伤。一旦孩子做出什么过激举动，就会酿成悲剧，徒留无尽的伤痛。

做家长的、做老师的，应该想到，孩子青春年少、血气方刚，往往容易激动、冲动。这个时候，我们不妨放下身段，冷处理一下，等到时过境迁，再耐心教育，岂不甚好？千万不要为了自己所谓的面子，而不顾孩子的脸面。孩子正在成长中，需要经过很多修炼之后，才能思考理性、思维健全！

故事有关两副牌，让我牢牢记在怀！

三、 打架

儿子在句容二中读初二的那年，有次，回家闷闷不乐。妻子是个细心人，所谓母子连心，稍加盘问，便知端详。原来儿子与一个女生闹矛盾，恼怒于对方老是喊自己的外号，还无视自己的再三警告，就冲过去照对方的小腿踢了一脚。女生向来娇气，受辱受痛，倍感委屈，眼泪婆娑，跑出去给家长打了一个电话。

中午放学时，家长守在门边，待到我儿放学经过，经他女儿指认，他叫住这个小毛孩，语气凶横地警告训斥了他。我儿情绪低落，还带点惶恐，不知所措，悻悻而返。我第一反应就问他，班主任得到汇报没？他说，老班还不知道这事呢。妻子说，下午她就去学校要那个家长的号码，为什么恐吓我的儿子？我当场否决了妻子的提议。我教育儿子，动手打人是不对的，更何况对方是女生，还是本班同学，我要求他下午当老师的面向女生道歉，至于对方是否道歉，就看她的风格吧。我又打电话把情况汇报给了班主任田明兰老师，建议孩子间的事，在班主任层面加以处理，家长尽量不要卷入，不要扩大。

田老师是个优秀的老师，深孚众望，威信很高，对我的建议，她深以为然，下午就处理结束。儿子说，田老师把两个人各自批评了一顿。我笑而不语。仅仅过了两天，两个孩子的同学友谊就恢复了。如果家长不息事，卷入进去，把事情搞大了，反而复杂起来，影响同学友谊，影响班级建设，甚至会影响孩子的心理发展。感谢田老师的正确教育。

进入高二，学科分班，儿子选择了物理化学科目组，在班上遇到了一个小学时候的同班同学。好久不见，甚是亲切。交往自然就多起来。其实，人和人之间，保持适当的距离，才是最好的。有的女生之间，发展成闺蜜之后，反而连普通朋友都做不成了。刺猬之间保持一点距离，既可以互相取暖，又不会互相伤害。儿子和这个同学就是这样，亲近过多，反而发生了冲突，打了一架。对方把我儿的一件衬衣都给撕破了，纽扣也崩掉两颗。回家后，就这副窘相杵在我跟前。

其实，还在学校的时候，儿子就很有把握地对同学说，我爸爸肯定不会多为难我！所谓知子莫如父，其实，一样的道理，知父莫如子。

果然，我看到他这个样子，只是挥挥手，让他换一件衣服。我对他妈妈说，我很高兴，儿子终于敢打一架了。平时的教育，我们都是灌输忍耐、退让、避人锋芒、甘于示弱，所以儿子向来缺少打架的勇气和魄力。除了初中那次偶尔踢了女生一脚，他向来都是个省油的灯。今天能雄性喷发一次，而且只是练练拳脚，所以我很高兴，表扬了他。从我这个男教师的角度看，作为男生，偶尔闹闹矛盾、打打小架，再来个不打不相识，也未必是坏事。我们当初还是孩子的时候，谁没有拔过小拳头？

孩子的打架，只要不是校园霸凌，也就不过如同小猫小狗之间练练爪子和撕咬。须知，这也是成长的一部分。当然，对于那些好打架的脾气暴躁的男生，则应该加以教育和压制。这就是所谓因材施教的原则。

在成长中打架，在打架中成长！

四、 丢而不失

2008 年，我们一家三口去苏州游玩，我的爱将刘池俊开车接我们，还把自己住的套房让出来给我们住，自己携怀孕的妻子住娘家。小伙子起步很早，工作也顺利，居然已经买房买车。插说一下，那时我家还没有用过全自动洗衣机，没有使用经验，看到他的洗衣机面板上那么多按钮，也不会操作，摁了半天，也没反应，又不好意思打电话麻烦他。妻子还是手工搓洗，然后用电扇对着吹晾。一早，池俊开车送我们去同里玩，他再自己去上班，傍晚来接，安排晚饭款待，很是周到热情。次日又去周庄。两天下来，我们很是过意不去，赶紧告辞，奔向苏州儿童乐园，打算转一转就乘班车回句容。

在乐园玩了两个项目，已是下午两点，需要赶紧去乘固定的班车。儿子玩兴正浓，还想去隔壁的水上乐园。走，还是不走，这是一个问题。妻子为儿子说情，建议干脆再玩玩，住一晚，次日上午玩水上乐园，再从容地坐车回去。放在今天，我一点都不会犹豫，但是那时的我却经过了艰难的选择。说白了，那时还太穷，必须考虑开支。架不住母子两人的哀哀相求，我答应了，他们马上喜出望外，情绪飞涨。写到这儿，我想说，活着的意义是什么，那就是追求生活的幸福，现在的我认为自己当初的犹豫真是莫名其妙。

苏州儿童乐园现在的情况怎样了，我不清楚，但我当时感觉很无奈，很无聊。排队的人很多，玩一个项目要等几十分钟，甚至一个多小时，孩子坐上去后，几分钟就结束了！记忆中，一直在排队、排队！越是排队，越是烦躁，人的脾气也越大，动不动就会因为拥挤而引发争执。天上的太阳火气大，排队的人们火气更大。

儿子要玩，我很不耐烦，就让他妈妈陪着排队。她吃不住太阳晒，不久也撤出来，让儿子一个人排队，我们在旁边看着。时间久了，我们也松懈了，随他去排吧，我们就在附近溜达溜达，结果越走越远，等再转回来，已经找不到儿子了。参与了这个“太空大战”的项目后，不晓得他被太空人裹挟到哪里去了。我们分头找，大声叫，一时无果。那时，手机还是贵重货，不可能给孩子脖子上挂一个的。

人海茫茫，乐园阔大，设施又多，遮蔽视线。我俩开始互相责备，然终究于事无补。妻子建议，就在这个太空舱旁边，派一个人守候，另外一人外围去找，希冀孩子能老马识途，而知归路。最后，妻子的策略成功，儿子自己又找回来了！思路和他妈妈一样，果然母子连心！

这时，太阳西斜，游客外流，排队的人明显减少，我们反正不着急回去，干脆把每个项目都玩一遍，其中一个坐着导轨轮滑的什么项目，儿子一连玩了三遍，在我们的劝说下，才放弃了玩第四遍的打算，再奔向下一个目标！孩子的快乐就是家长的幸福。我们紧紧跟在后面，生怕再次丢失他。

室外，容易丢失孩子；室内，有时也会丢。

儿子小时候就特别喜欢看书。我和妻子去逛超市，说要带他去买点什么吃的，他不想去。后来说，超市有书看，小屁孩就乐颠乐颠地跟着走了。去的比较多的是中街的苏果超市，那儿有一个少儿图书区。他每次都是直奔那边，找个喜欢的图文并茂的读物，或蹲或坐，津津有味地看起来，顶多关照我们买某种薯片，或者什么零食。等我们逛一圈回来，要带他走，他还恋恋不舍，说，还没看完。于是，我们要么再转转等一会，要么就让他下次来，实在舍不下，我们就把书买下。某次，我们再找来，人已不见，分头去寻，也无踪影，便有点着慌。好在句容治安还好，偷孩子的事儿还不曾听说过，遑论抢孩子。妻子有点焦虑起来，嘴里念念叨叨，这个小家伙死到哪边去了呢？这个小家伙死到哪边去了呢？作为男人，我要表现出镇定来安慰她，同时考虑对策。

这时，超市广播呼叫妻子的名字，让到服务台去一下。有点慌神的妻子还没在意到，我已经牵起她的手就往服务台奔去！儿子果然在这里，眼泪汪汪的，一脸委屈，见到妈妈，委屈的脸夸张得有点变形，撅着小嘴，张开双臂，像走路不稳的小鸟跌跌撞撞、歪歪倒倒地向他妈妈怀里扑来，他妈妈也前伸双臂快速迎过去，一哈腰，就把儿子提溜在怀，一边喊着儿子的小名，一边把个嘴唇往儿子脸上乱戳。儿子一边避让着一边喊妈妈一边笑起来，一点泪花在灯光下闪烁。

我淡定地站在一旁，对广播员表示感谢；妻子意识到自己有点失礼，也歪过头来对工作人员表示感谢。工作人员说是在商场内看到孩子的，好在孩子能报出妈妈的名字来。

事后，儿子说，他在看书，被看店的阿姨叫停了，自己便到处找我们，找不到就哭了。这件事之后，儿子失去了在那边看书的兴趣，我们也不再把他单独留下来看书。今天看来，甚是可惜。

丢而不失，两次都是！

五、 游戏啊游戏

儿子，今天下午，我打电话给你，问你在哪里、在干吗，是不是在游戏机室打游戏？你匆匆接了电话，语气颇不耐烦。

儿子，我跟你说，我当时心里很不舒服。今天，你看到我推送的公众号文章，可能还觉得无所谓，不以为意；但是 20 年后，你再次看到此文时，估计你会羞愧，如果那时的你还能有责任感的话；40 年后，如果再次读到此文，你可能满面是泪，仰视着墙上我微笑着的照片。

因为，只有你自己做了父亲，去承担起生活责任，去忍受，去忍耐，去忍心，才能明白我现在的情怀。家务事最磨人，水管滴漏、灯泡烧坏、门锁失灵、电视黑屏，等等，都要去忙，去修。今天下午，我骑了山地车去装饰城，好容易在一家店里找到 8 块实木地板，跟家里地板相仿，打算买回来请师傅修理更新已经起鼓的那几片。装修时，家里经济条件差，买的地板质量也差，五年下来，已经斑驳不堪，最糟糕的是中间起鼓，宛如一条鲫鱼背，为防止踢脚跌跤，在“鱼背”上架上三只凉拖，使之醒目，提示安全。我把8片地板绑在山地车的龙头和坐垫上，一路推着往家走。下午的阳光很烈，步行两三公里的路途，也有点远。电动车被你骑去玩了，我就这么流着油汗，扶着单车，往家里赶。在一处树阴里，我停下休息，掏出手机给你打电话，问你晚上想吃啥，我好给你们做。接到我的电话，你明显地不耐烦！

因为，你在忙着打游戏！

你还很小的时候，经常在你妈妈的店里玩，那时的你很喜欢读书。隔壁店里有个浙江孩子经常去打游戏，他父母也不多管，只是放养，毕竟浙江很多商人对于孩子关心的不是能不能考上大学，而是能不能做生意。你怀了羡慕之心，常常跟在他后面，像个跟屁虫，亦步亦趋。他侃侃而谈，你津津有味。某次，你关照妈妈：“我出去玩一会儿，你不要找我。”重要的事情说三遍，你那次真的说了三遍！你妈妈起了疑心，让我到就近的网吧去找你。果然，你正玩得一头的劲。我站在你的身后，不说话，看着你继续玩。你忽然察觉到了，又慌又怕，站起来，掉转身，面对我，低下头，一如霜打过的茄子，蔫了。我什么也没说，咳了一声，转头离开，你也赶紧跟着我离开，回店里。那时，在你心里，父亲就是一座巍峨的高山，你不敢违拗。

后来你多次自嘲那时真呆。是的，你长大了，不再呆了，还教会了堂弟去玩4399的小游戏，让他从此对游戏开始了追逐，这其中也许就有你的“功劳”吧。

你和小伙伴一道，跟着我们这些家长去巴厘岛餐厅吃饭。你俩匆匆吃完，饭碗一丢，就冲了出去，不久就打闹了起来，搞得动静很大。见到家长，你俩都号啕大哭，可着劲儿向自己的家长控诉对方的不是。店里一共设有两台公共电脑，以吸引顾客。饭前，你用B电脑，他用A电脑。饭后，A电脑出现故障，他趁你去上厕所，占着B电脑再不肯让。你说，电脑是你的，他说是店里的。那次，我单独教育了你，要懂得公私之分，要懂得友谊忍让，终于止住了你的哭声，荡平了你俩的争执。但是，有一个隐忧的阴影，潜入我的心底，让我不悦，而我一直不曾对你说过的，那就是，你的游戏瘾在膨胀！

中考后的暑假，你用电脑游戏把自己搞得更加近视。今年，你高考结束，享受长长的假期，也把游戏玩得淋漓尽致、昏天黑地。每天不思进取，要么电脑，要么手机，你还嫌家里和店里网速慢，无法让你过瘾，因而跑去网吧，每小时花四五元。儿子，你知道吗？你父亲周末在校给学生补课，每节课也就18元！

青春年少，时光美好，这美好的时光，怎一个游戏了得？将来你用什么来装修你的房子，关爱你的妻子，养育你的孩子，甚至赡养你的长辈？就凭游戏？

我也实在赶不上时代，也理解不了那么多高智商的人为什么要孜孜不倦针对青少年开发出那么多的电脑游戏，让他们沉湎其中，不再热衷人际交往，不再能够静心读书，而是虚拟搏杀，一边嘴里控制不住地骂脏话！是我太老了，还是你们太新了？居然开发出电竞产业，听说还要加入奥运比赛项目？

人类在进步中，无意开发出的一些副产品，竟能顽固不衰，甚至明知是自戕而不能自拔，比如为了开发药品而出现的毒品，泛滥成灾。为了开发电脑软件，也就有了精神毒品，网络游戏！

暑假，你说之前功课多、备考忙、强度大、压力重，需要休息和缓解。这是可以的呀，于是，我允许了你。可是，你需要休息到什么时候呢？你的游戏需要忙到什么时候呢？你的日记每次写不长还常常忘，之前说好的练字也没有看见你静坐握笔写两行，你就在手机和电脑之间奔忙，奔忙。

你大了，过了18周岁，就要承担起社会责任。你，即将奔赴大学，去一个全新的所在，没有家长唠叨你，没有老师看管你，你还能自觉放下游戏，去投入功课，去争取考研？

儿子，我为你担心，但不能代替你，又不能镇压你。毕竟，我咳一声你就赶紧跟着走的时代过去了！你的年龄在增长，脾气也在增长。

我去年已经出版了一本著作，修了一套家谱，现在又用公众号来促使自己不断进取努力。请问，儿子，你在忙什么？比如，现在已是夜间12点了，我怀着忧郁，在写这篇文章。你呢，葛优躺，抱着三千多元买来的手机，塞着耳麦，非常惬意。你的父亲，狠狠心，才给自己买了一两千元的手机，因为他知道，你可以张嘴向正处于壮年的父母要钱，而他却要为自己年老的父母和年少的儿子存钱。

放下父亲的身份，拾起教师的眼镜，抬眼望去，儿子，儿子的同学，以及很多青年人，你们又在忙什么？人过留名，雁过留声。正因为很多人留下了这样那样的遗产，人类社会才积聚下物质的和精神的巨额财富，脱颖而出，从动物界的普通一员而跃升为世界的主宰。人生短暂，来到世上，匆匆而过，总该留下点什么，如同流星，虽不璀璨，却多少能划出自己的轨迹。

儿子，以及众多像儿子一样的孩子们，希望你们记得：人生可以游戏，但不能总在游戏，不在游戏后觉醒奋进，就在游戏中沉沦自弃。

现在看着你，我的笑容很忧郁；希望那一天，我在墙上笑得很亲切。

六、 请你莫忘父母爱

还记得你在行香幼儿园上学的事情，三岁的上半年。你胆子向来很小，我和你妈妈决定送你去上小小班，也就是幼儿园的学前班，来练练胆。

你妈妈抱着你，到幼儿园玩，花花绿绿的装饰，吵吵闹闹的小孩，你的眼睛好像不够用，你的小脑袋从妈妈的这个肩头换到那个肩头，扫描这新鲜的一切。可是，你妈妈一旦把你放下，你就赶紧踮起脚尖，向上一蹿，扑进妈妈怀里，搂住她的脖子，再贴着她的肩头，感觉那里才是你的安乐窝、避风港、根据地。

你妈妈带你去过几次，你终于敢下地了，小脚软软踩着地，小手牢牢牵着她，小眼睛四处扫荡。幼儿园副园长是我们学校笪文老师的妻子。你接触的第一个老师，就是她。她和蔼可亲地蹲在你的面前。我们让你喊老师，你小嘴瘪了瘪，我们等着，然后又教你喊老师，终于你喊了一声：“干妈!”把我们仨笑喷。从此，你就与干妈开始了交往。你妈妈先陪在左右，后来站到屋子角落，再后来立在窗外，总之，只要你一声啼哭、一声“妈妈”，妈妈就能快速出现在你的旁边。起初，你很警觉，时时用眼睛扫视，看到妈妈，才能继续安心玩耍。经过三天，你在干妈的亲切呵护下，终于能够丢下亲妈，独自玩耍。

每次放学后，你都不肯走，拉着妈妈跑到沙坑玩沙子。坑里是细滑的江沙。几个小朋友交还了学校的玩具，由家长领着，拎了自备的小铲子、小漏勺、小转轮，去沙坑玩，看铲进漏勺的江沙汩汩流出，带着轮子转动，乐此不疲、乐不思归。沙坑中间的沙很洁净，边上就有了些杂草，再边上是江沙黄土交汇处，就板实多了，有时候，还有几个小洞穴什么的。有次，你用右手进去乱掏，回拉出来，往上一扬，哇，手里居然是一只癞蛤蟆！蛤蟆的一条后腿被你捏住，正在拼命挣扎。大人让你赶紧丢下，你却得意扬扬地要送给妈妈玩。后来，你妈吓得在前面跑，你提着蛤蟆在后面笑着追。

沙坑，是你的最爱。最爱，有时会带来伤害。

某次，我去丹阳听课，傍晚回行香中学。看看天色还早，我就顺路去幼儿园看望玩耍中的你们母子俩。刚到沙坑旁边，我亲眼看到你对面有个玩沙子的孩子手一扬，手铲里的江沙呈一条抛物线飞出去，最前面的少量沙子正好飞到你的脸上，跌进眼睛里。你顿时就哭了，手里的铲子也扔到一旁。

我来不及跟你们母子打招呼，也根本没有考虑找那个孩子的家长，一个箭步冲过去，双手叉住你的小腰，往怀里一带，已经调转身子，跑向校门。你妈妈抓了玩具，跟在后面跑。那年，我 30 岁，身体比猴子还灵活，比斑马还能跑，一步不停，奔向行香医院。一进门就嚷嚷："医生！医生！"医生已经下班。小医院有小医院的好处，医生们就住在大院里，一百多米的距离，一个电话打过去，马上就能赶到。在等医生的当儿，你不停地哭，说很难受。我感觉到自己的头发根儿淅淅沥沥流下来的汗水，背上湿漉漉的，衣服贴在身上，很是不爽。你妈妈也气喘吁吁地赶来了。等医生的那几分钟，我感觉时间过得好慢，着急上火，语气也呛。医生一到，我心里一宽，如释重负。医生很淡定，很专业，简单问明情况，就翻开你的眼皮，用棉签蘸着什么溶液，清理沙子。看着沙子越来越少，我心里的沙子也越来越少。儿子，你知道吗？那沙子撒在你的眼里，就是撒在我的心里，撒成了撒哈拉大沙漠！

你妈妈后来多次说到，我在前面抱着你飞奔，她在后面紧撵着那道晃动着父爱的背影。孩子，还有一次，也是一道背影，希望你能记住。

在你读高一的那个冬天，天气凄冷、彤云密布。那几天，你感冒发烧，请假在家休息，忽然想吃肯德基，嘱我给你带一份。这种天气去上班，出门就要开车。开车上下班，要么是开车时集中注意力而忘记去买，要么是一时无处就近停车而放弃。如此过了两天，你都没有能吃到。第三天，我傍晚回家，你看着两手空空的我，眼神里分明是失望。你妈妈替我解释，雨雪太大。我说，我跑一趟吧。你妈妈责怪我："什么都答应他，他还要上天呢!"冬雨冷湿、北风呼啸，我也开始犹豫，自己平时未免太惯着你，抬眼看看你因两天不思饮食而倍显憔悴的脸庞，我心一软，想到了鲁迅的诗句，"无情未必真豪杰，怜子如何不丈夫"。

现在的折叠伞，虽然造型好看，携带方便，但是却也过于柔弱，必须用劲顶着北风，不能偏侧，否则就会被风吹翻，皮骨分离。从华阳大桥附近步行到便民超市旁边的肯德基，约1．6公里，来回3．2公里。去时向北走，右手握紧伞柄，左手抵住伞骨，伞面遮住了很大的视野，眼睛只能看到脚前方一两米的地方，好在雨天路上还比较空旷，自己还能照顾到脚面，尽量少沾水。糟糕的是回程。南归，伞面架在背后，靠肩膀得劲，所以不能后伸得太远。右手力气大一点，紧紧握着伞柄的那个头子，向后发力，左手将塑料拎袋的提手挂在伞柄头上，帮着右手把握雨伞。步行的时候，袋子不断撞向胸口，然后向前荡出去一点，又回来再袭胸。

和去的时候不同，由于背风而归，伞面遮不住下半身，本来还想遮遮掩掩，后来干脆一任风雨湿半身。到家后，皮鞋里面倒出不少水来，小腿被湿漉漉的裤筒紧紧贴着。我换着湿透的衣服，看着被雨水泡白的脚趾，看着你狼吞虎咽的馋劲儿，心里非常满足——没有白跑一趟。我当时就提醒你：儿子，你要记得我为你跑的这趟路，将来，如果你的孩子也有类似需要，希望你也能表现出父爱的博大和坚忍。你马上点点头，嘴里斜插了根脆黄的鸡翅，下巴挂着一滴金黄的油。

岁月的长河，淹没了很多的记忆，这两件事，你我现在都还记得。今天我写下来，作为体现父母之爱的具体事例。你的爷爷曾经细心周到地呵护了我，我也这样对待你，希望你能把这个家风传承下去。

人间因为有真情而美好，家庭因为有挚爱而幸福。且行且珍惜，希望你莫忘我们的爱!

七、 请你牢记恩师情

三年前，你考进江苏省句容市高级中学（简称“省句中”），统招，比录取分数线高出十多分，你妈妈很高兴，在朋友面前有说有笑，我也很高兴，因为时隔 27 年你和我成了校友。

30 年前，你爷爷送我去当时的句容县中学报到，他也是情绪高涨，骑着自行车，驮了一袋米，送到食堂过磅，换取饭票。一位头发有点自然卷的小伙子一边称重，一边笑着对你爷爷说，又送来一位大学生。你爷爷激动起来，说，那就托你的福啦！

你进了校门，和妈妈一道在展示牌上找你的分班的名字，我在回忆当初自己报到时的场景，心里默默念叨，今天，又送来一位大学生！然而，后来，你的状态无法让我满意。

在省句中，你得到过王波、傅立华两位老师的大力帮助。王老师帮你整理宿舍、清扫卫生、清洗地面。某次，你的被子被风掀到下层的阳台里，他又去找来钥匙抱回被子。傅老师更是跑前跑后，从高一办理入学手续，到历次考试成绩，到高三拿毕业证书，都是他全程关注。孩子，现在，你还小，没有回报的本领和本钱，但一定要感恩在心，记住他们的名字和善举，用他们的爱心，化成自己前行的动力。

最后一个学期，于你于我，都是一种煎熬。因为你的成绩每况愈下，让我揪心。高三上学期的期末，你以继续下滑的分数，稳稳地被甩出了二本的阵营。成绩出来的那天，雨夹雪，阴沉而湿漉，办公室的空调无法温暖我透骨的寒冷。我告诉你傅立华叔叔，决定让你到句容三中借读！这是一个艰难的决定，必然会负载上很多意见迥异的议论。向来都是三中学生去省句中借读，而我却反其道而行之，实在是无奈呀！从此，我们父子就承受着更大的压力。

三中校长刘德海管理务实，紧盯高考，对学生求学之事向来支持。他马上批准了我的请求，并要求张春主任加以落实。张春主任根据蒋龙贵副校长的具体意见，把你安排在李海明老师的班上。后来，我又用手机短信向刘校长请求，弄一间空宿舍让我给你做饭，最后一个学期辛苦忙碌消耗大，营养要跟上。校长深夜给总务主任汪敏发短信，第二天上午，汪主任就给了我宿舍钥匙。你个子高，相应地显得桌子矮，坐在凳子上，窝得慌。我去找后勤师傅王祖龙，他即刻找来一个木凳子，开动电锯，锯短四条腿，刀片处火星飞溅，木屑烟尘迅速弥漫了整个屋子，呛得他连连咳嗽。儿子，当你坐在那只凳子上开始听课的时候，你可知道，已经有很多人为你付出了辛劳？

班主任李海明老师年轻帅气、和蔼朝气、个子高挑，身材好、心地好，欣然接受了你，很快就给你把准脉，定点分析出你的薄弱所在，再专项训练你的立体几何部分，从而把你历来直接放弃的那四分牢牢抓在手心。记得你第一天早晨到校，有点习惯性迟到；第二天，你让我提前五分钟喊你；第三天让我再提前十分钟。这与你的一向懒散很不吻合。问你原因，你说，哎，老班都到了，我总不能每次比他还迟吧？从此，你开启了早起模式，再不需要我像从前那样三番五次地喊，你还嫌我烦。后期的中午，你每次匆匆吃完饭，就往办公室赶，说李老师在那儿利用饭后的十几分钟给学生答疑。因为再也无法挤出其他时间了，所以他珍惜，保证到场；你珍惜，赶紧去问。没有物质的回报，只有师生的情愫！你的数学成绩曾经一度迅速攀升。

语文老师方应香，还是我们的老乡嘞。她小巧秀丽，眉眼含情，开口见笑，就是骂人也是笑骂，减弱了不少气势，增加了许多喜剧，课上也多是欢声笑语。她语速快，吐字清，声音脆，咯嘣咯嘣的，像是炒黄豆，清脆跳跃，穿透力强，音色也好听。可是，她为你的作文伤脑筋。现在的高考作文命题，生怕联系时事而被学生逮到审“丑”的机会，不能发挥正能量，因而所附材料远离现实，鼓励玄想，似乎要将学生拉入哲思的深潭，或者堕入空门的虚幻。方老师每次都当面给你分析作文走题的原因。试卷的前半部分，在她教你后，你能做得越来越好，几次拿到班级最高分。这让方老师为你又喜又急，巴望你的作文不要再走题，从而能让语文斩获一个满意的分数。可惜高考中，你抱憾而归，再次在马背上打了掌子，作文还是走题（蹄）了。

英语老师徐娟是五科老师中最年轻的，也是最有干劲的。别的老师刚下课，她就站在教室后门等待，然后宣读学生名单到办公室补习一会儿，哪怕五分钟也不放过。高考体检时，学生们在医院排队等待 X 光检查。陪行的徐娟老师竟然从口袋摸出袖珍英语词典，当场找几个单词薄弱的学生来提问巩固。你叙述这事给我听，差点把我惊呆。她事先还会根据各个同学的成绩设置目标，达标了，她就自费买零食奖励学生，学生得到的不仅是食物，更是荣誉，是真挚的师生情谊。有次，你考了71．5分，离及格差了0．5分，及格是老师给你的目标。你有点沮丧，又有点侥幸，至于后来你有没有吃到徐老师的零食，我就没有追问了。不过，我倒记得还有个零食的故事。某次，因为徐老师课上磨学生学英语，某生不耐烦，当堂顶撞，把她气哭了。你中午回来吃饭，说了这事，提议把妈妈给你准备的一只芒果悄悄塞给徐老师。我们立马赞同，夸奖了你。你还匿名写了几句安慰老师的话。过了两天，你说徐老师让课代表转给你一份资料和零食，只说你懂的。你纳闷，老师怎么知道是你送的？我笑笑，你的那个字，就像癞蛤蟆！高考中，你最烂的英语居然考了86分，是学习英语十年以来考得最好的一次！徐老师，个子不高，功劳不小。

物理老师周凯是徐州人，脸上还挂着几颗青春痘的印痕，讲话一激动，就满脸涨红，似乎语言不足以表达，胳膊也跟着挥舞起来，以加强气势，偶或两粒吐沫星子加入激情飞扬的行列。周老师很有徐州人的那种爽直和自信。“我的话要听”“这点，你听我的，保证没问题！”有次我去看他，他正在批改一份讲义，顺手拎出你的作业给我看，告诉我有关各项小题做的情况，只有把脉准确，才能说得清晰呀！同学中还流传着周老师暴虐学生的传闻，你向我求证，我含混地笑笑，不置可否。后来，你有点失落地说，周老师没有传说中的那么凶。

最“凶”的老师其实是化学老师陈资萍，办公室副主任。她年近50，依旧精心备课，每份讲义，密密加注，工工整整，让年轻教师自惭形秽，敬佩不已。她要求严格，看不得懒散懈怠的学生，有时候态度非常严厉，学生们都很怕她。其实，她也有柔和慈祥的一面，特别喜欢好学的孩子。有次，我去你们老师的办公室，看见你手里抓着讲义正站在李海明老师旁边听讲。陈主任过去给你吃洗净的车厘子，见你腾不出手来，就捏起一颗喂进你的嘴里，然后再喂一颗。我刚好进门看到这个场景。儿子，当时，你感觉到幸福没有？一个老师给你水果食物，一个老师给你精神食粮，那里流淌的，都是满满的爱护呀！后期，包圣福老师提醒你，两门选科，一定要拿到双B等级，而化学是你的弱项，为此，你找陈主任，请求她的帮助。她不是班主任，但每天都和班主任一样早早到校。根据她的安排，你自己加写化学讲义，对照答案批改，做错的地方划出来，然后由她利用早读课时间来给你分析原因、找到问题、指出方法。经过努力，你终于以 B + 收尾，这让陈主任颇为满意，也让我们长吁一口气。

此外，体育老师丁小敏在操场给你们领跑，张昊老师特地为你新增考试号，左凯主任为你找过作文资料，邱浩主任提前发给你《招生考试报》，吴良平老师对你的高考志愿做过指导，以及更多人的关心……现在我提醒你，你统统都不能忘掉。

得人帮助，克服困难，常怀感恩，内心温暖。山高路远，继续登攀，他年有志，回报为盼。这，就是我对你的嘱咐和告诫。

值此教师节来临之际，你和我共同祝愿：诲人不倦的恩师们，节日快乐！

2016 年 9 月

第 4 辑
生活感慨

句容老井已不多

掘土为井，井深有水，水多恒温而清澈甘甜；淘米洗菜，煮茶涤衣，滋润生活，养育了一代代先人。老井，历史久，故事多，承载了很多人童年的记忆，渐渐成为乡愁的记忆符号而深深烙在记忆的硬盘中。

随着大规模的城市化，老井，渐渐消失在城市的角落。利用周末，我去寻访句容所剩不多的几口老井。老句容影剧院东边，就在北大街的路边，有口不大的老井，加了铁盖子，可以锁。井口很小，旁边有桶，桶中装满井水，也许是就近的店家为了用水方便，不过，也给路人提供了亲近井水的机会。夏日经过，撩一点清凉，沁人肌肤。可惜，现在人们已不敢喝它了。

义台街社区就在华联商场的西侧，市民阅读中心的院子里。这里旧时有个狭窄的巷子可以通到中山路，只容一人通过，如果两人相遇，必须各自侧身靠墙避让。巷中有口古井，井巷由此得名，铭牌还在墙上，巷子已成历史。经过周边市民呼吁，施工改造之时，特地保留一隅，古井终于得以继续滋润市民。我去探访时，一个老汉正在洗涤衣物，身材比较清癯，头顶有圈亮光，动作很麻利，“扑通”，吊桶一个反扣，栽下去，“咕咚”，已经装满，正欲下沉，已被吊绳拉起，出了井口，桶边溢出些水滴，洒落井口，弄湿地面。如此娴熟的打水动作，已经表明他就是附近的老居民。说到老井的历史，他指点我看井口的麻石，也就是井栏，原本平整的石面已经有了五六厘米的高差，能把石头磨损到这种程度，实在是沧桑了岁月。井中的蕨类植物从砖缝间斜伸出身子，很是嫩绿。

新华南巷，一个老妇正在拎水洗衣，很快又来一个乡邻，二人说着话，给我一些线索指引。据介绍，此井曾经坍塌，后请人用红砖修补过，原来都是青砖砌成的。青黑色的皮肤上有块红色瘢痕，颇不和谐。此井的特点是口大、很浅、水清见底，井底睡着一截塌下去的圆柱形麻石。虽然不深，却从未干涸。井里，青苔肥厚，默然不语。井旁有块青石，表面光亮，中有凹痕，深约两指，形如正楷的“一”字。据说，那青石原是句容中大街上铺过的残石，“一”字便是旧时独轮车“吱吱呀呀”长年累月，碾压而成的车辙。

转弯不远处，就是第二小学所在的巷子，毗邻巷子又有一井，井口石栏呈六边形，上面抠有几个圆孔，不知何用。周边地面潮湿，可见刚有人打过水。青石井栏的内沿磨出一条条光滑的豁口。青蛙坐井观天，笔者井底看云，一朵白云正在井中悠闲漫步呢。

茅山村 10 号楼前面有个红砖围挡，稍不留意，根本不会注意到这里还有口老井。井栏本用水泥抹平，却又斑驳脱落。一缕阳光入井，圈出一圆，仿佛炮膛的出口。

华阳南路，观井街的路口又有一井，围绕此井，圈有一片地方，汉白玉护栏围砌，一看就不同凡响，井边还立有石碑，碑刻文字，注明文物。据说，这是葛洪曾经的炼丹井，井水入杯，清冽而挂壁，杯口盈而不溢。道光年间，再修井栏，栏上镌文“靈雨仙泉”。莫非那个时候，“僊”字已经简化成“仙”了么？这口井，因为已成文物，受到的保护最多，看起来最气派。井口下方一米多处还横架了铁栅栏，井中还有 PVC 管探入，看来是抽水用的。可惜，井里扔了好多塑料饮料瓶，浮在上面，看不到一点水的痕迹，已然不是炼丹井，而是垃圾坑！

忽然想到一句话，除去杂草最好的方法，是种庄稼。因而，我觉得，最好的古井保护办法，是让人们继续享受它的滋润和福泽。

2016 年 9 月 27 日

义台街上施工忙

晚饭后，顺着南大街散步，听得机器轰隆，循声前往，一探究竟。

这是一个工地，大型机械正把大量的泥土扒上来，用车运走。

冷静想想，这些饱受诟病的大型渣土车，功不可没。小时候，看过父辈在生产队为集体挖挑塘泥。两只竹子做的挑箕，箕上绑绳，绳头结扣，套住扁担，队员沿着现铲出来的踏步（形似台阶）走到河底，在挑箕里撒些草灰，防止黏稠的塘泥粘住挑箕的底部，然后用平口铁锹切挖几块半凝固的黑色淤泥，装入挑箕，右肩挑起，右手抓前绳，左手抓后绳，沿着台阶一步一步向塘埂上爬，坡陡泥重，前行吃劲，便双手发力，前箕上抬，后箕下拽，颤巍巍、慢腾腾，呼哧呼哧地爬上岸。有的人还打起号子，“哎哟嗨，哎哟嗨”，脖子上的青筋暴起。塘泥或堆垒发酵，或挑入麦田，效率极低，一人一天，也就挖个凼子，都不够这机械的一爪子！

这是哪里？这是将来的义台街，也就是现在的南大街。恢复历史名称，打造明清风情一条街，广告牌上巨大的标语——“一街看千年”。

说到南大街，我觉得句容的地名很奇怪。南大街、北大街，居然不在一条直线上，南北不通，需要横着走一段人民路才能连接起来，看来只有通过人民才能走通南北。崇明东路向东走到头，就断了，需向北走一百多米的东昌路，再向东，又是崇明东路，同名的一条路，还不在一条线上。还有，河滨南北路，夹着河紧邻着，正常，可是河滨西路跑到句容城的东北方去了。而且，句容的丁字路口特别多，装不装红绿灯，通行效率都很低。南大街改名“义台街”，以后的外来人员，也许就没有南北大街走不通的困惑了吧？

望着那些头戴安全帽的工人，心里油然而生敬意。我在1990年，高中毕业那年的暑假，曾经随叔叔史广顺给工头做小工，也是戴着安全帽，在春城中学拆除危房。小工工资是每天5元，因为我没有工作经验，降为4元。我记得自己扛过很多当桁条用的毛竹，时间久了，毛竹容易蛀蚀而撑不住房顶的青瓦，所以需要更换。灰尘蒙蒙，落满头身；汗水滚滚，流满脸庞。我不时用手背去揩擦，往往弄得脸上一点灰，洇湿成一片。只做了两天，那位本家工头给我开了每天5元的工资，让我心生感激。

又几年后的暑假，我跟着父亲去丹阳市界牌镇卖自家种的西瓜，晚上借宿在一处楼房工地。房子还没有封顶，工人们都睡在一楼的水泥地上。我老表找了一个临时回家的工友的空地铺，不是床铺，因为根本就没有床！他把自己的铺，让给我睡。

那是怎样的一个铺呀！蚊帐是必须有的，歪斜着站立不到一米的高度，往中间落洼着，帐顶就离铺面更近了。蚊帐已是灰黑色，在昏黄的灯泡下，更显得黑魆魆的。帐子的正面是开口的，复合处用木夹子钳着。我捏开木夹，掀开帐门，脑袋便抵到了帐顶，把个并不稳定的帐子顶得摇摇欲瘫。在老表的提示下，我只能匍匐着爬进去，再翻身仰面朝上，回过身来从里面夹好蚊帐。仰面再看，帐顶也就在一尺多高的地方跟我对望着。手一摸，感觉到地上垫有草席，一米来宽，长期汗水浸渍，黏黏的，好在我自己带进去一条湿毛巾，垫在后背。扁放两块红砖，再罩上些烂衣服，就是枕头啦。虽然极其简陋，但经过一天的奔波劳累，现在躺下来，感觉放松而舒服。可是熏人的味道深深蜇入鼻腔，汗水的馊味、小便的骚味、浓重的湿气，简直让人窒息。昆虫在灯旁飞动，影影绰绰；蚊子在帐外空袭，哼哼唧唧。楼旁就是工地，还有加夜班的少数工人，不时传来或清脆或混沌的金属碰响。实在是累，就在这样的环境中，我睡了两晚，受到大家称赞：一个中学老师能在这样的工地睡着！

写到这里，我又想流泪了，不是怜悯自己，而是感慨生活的不易。当城市居民住套房、吹空调、吃冷饮、看电视、打游戏的时候，可曾想过还有那么多民工在挥洒汗水，在呼吸臭气？好在，现在的生活条件提高了，民工的居住环境也改善了不少，集中住上板房，甚至还有了空调。

伟大的时代，需要伟大的付出，我向这些忙碌的劳动者致敬！让我们静心期待，义台街的魅力风采！

2016 年 8 月 16 日

宝塔路口鲜鱼巷

过去句容城的所谓商业圈范围很小，从现在的元丰商场开始向南，到建设路口，分为两段，北边的叫小宝塔巷，南边的叫鲜鱼巷。这两个地方都有一个神话传说，都与一个叫张邋遢的道人有关。

据说，道人张邋遢长得丑，穿得脏，一身破布烂棉花，头发积垢黏在一块儿，脸上总是黑灰，整天赤着脚。尤其是身上长满疥疮，不时脱落几块癣片，露出一点红艳艳，让人恶心。但是，江湖上有很多他的传说，神奇无比，甚至有人怀疑他就是张三丰。他家就住在鲜鱼巷口。

历史上，句容有两座宝塔，大圣塔是大的，还有一个小的，就是所谓的小宝塔。据说，句容以前没有宝塔，是张邋遢连夜从外地背来的。宝塔沉重，他就哈着腰，背上一个大宝塔，怀里也没空着，搂着一个小的。这个小的，就被他撂在自家附近。这个巷子因而得名小宝塔巷，如今简化为宝塔巷，有路牌为证。由于老城改造，拆旧建新，已经看不出什么遗迹，只有一家店面，还念念不忘写上“小宝塔”来怀旧。

鲜鱼巷也有张邋遢的传说。旧时打鱼，都是装在竹篓里面，鱼篓盛不住水，新打的鱼便容易死，鱼死就容易臭，卖不出好价钱。张邋遢跟着哥嫂生活，哥哥经常出去打鱼，嫂嫂经常为臭鱼发愁。有次，他让嫂嫂把臭鱼放到盆里，倒上水，他从身上揭下两片癣皮扔到盆里，用手在盆里顺时针方向搅动两圈，又反向搅动两圈，忽然，啪啦啪啦的，鱼儿都活了！嫂嫂从此便卖活鱼了，此后，这个巷子也就叫作鲜鱼巷了。

鲜鱼巷，还保存着特色。在巷口，每天下午到傍晚都有钓鱼的拎着渔获来摆地摊，自发形成了一个临时鱼市场。不锈钢盆、塑料盆排成队，盆中装水，水里养鱼，鲫鱼为主，也有杂鱼，大小不等，买卖一般不以斤两，而以份数，一小盆鱼为一份，一份十元，交易方便，无须找零。钓鱼的人，年纪偏大，他们喜欢聚在这儿，蹲在路边，一边卖鱼，一边交流钓鱼心得，算是以鱼会友。老有所乐，钓鱼怡情，结交钓友，顺便换点小钱花花，也是很有滋味的。

人多嘈杂，盆多杂乱，偶有竞争，就会吵架，影响治安秩序，加之鱼肠腥气，影响周边卫生，因而城管来此整顿过多次，踢翻鱼盆，现场看守，能够维持几天清爽，一旦城管松懈撤离，这里照旧鲜鱼盆盆。这就是传统的力量。

可是，为了钱，也有人电鱼来卖，这个就应该受到谴责，电鱼图的是私利，钓鱼图的是乐趣，两者不在一个层次上。还有鱼贩子把养殖的鱼拿来卖，终究悻悻而归，毕竟这里都是行家，想冒充野生的鱼虾出售，门都没有。

如今，小宝塔已是传说，鲜鱼巷还在传承。正所谓：宝塔路上无宝塔，鲜鱼巷口有鲜鱼。

2016 年 10 月 31 日

鲜鱼巷口馄饨香

提起夜宵，人们马上会想到喝啤酒、吃烧烤，但在我的记忆中，却是鲜鱼巷口馄饨香。

华灯初上，潜伏了一天的摊贩从城市的各个缝隙里冒出来，挑来担子，歇在路灯下。那个时代的路灯，低矮、昏黄，贫血一样，无精打采的。担子的一头，主体是炉子，另一头是水桶，此外，还挂着其他物件。有时，摊主的妻子也会到场助阵，挑着碗筷桌凳。桌凳都是长条形，凳面宽度只有一拳，勉强坐人。东西比较多，需要挑几趟的。

炉子烧的是煤，要想加大炉子的火力，就要拉动风箱来助燃，这时，红红的火舌舔着锅底，偶有几粒火星冲出去，然后黯淡在风中，煤烟也会跟着大起来，有点熏人，所以炉子和桌凳的摆放方位会有所考虑，桌凳大多置于上风口。客人只说“来一碗”就行，因为摊位上只卖馄饨，没有其他。

馄饨是中国传统吃食。这里作为夜宵的馄饨，也有人称为小馄饨，以区别于元宝状的大馄饨。摊主事先擀好面皮，薄而软；剁好肉酱，稀而烂；和入佐料，搅拌充分，备用。大馄饨，是包；小馄饨，是捏。左手掌拾起一张面皮，展开翻转，半窝在手心，右手握着一片小竹板，在肉酱上一捋，挂上一点星末，往面皮中央一刮，立即退出，左手握起，顺势一挤，捏成扁平状，或者收拢成近乎团状，再一松手，捏好的小馄饨自然落到小匾子里。摊主都是熟练工，手法很快。客人叫一碗馄饨，摊主不到一分钟就捏好了，毕竟也就一二十个而已，可谓立等可取。

摊主抓一把馄饨扔到滚开的水中，摁上锅盖，转眼就把盖子架到锅旁，锅里热腾腾的水蒸气像头压抑了的猛兽一样迅速蹿到空中，氤氲一番，消散在空气中。这边，食客已经咽了一下口水。

摊主趁着烧水的当儿，拉过一只比较大的空碗，搁点味精，撒点虾米，撂进几根榨菜丝，拈几粒芫荽、小葱之类的绿色碎末，从滚沸的锅里舀出一勺汤水，像瀑布一样倾斜注入碗中，以便化开味精增鲜，烫熟绿末起香，转瞬，已经大半碗汤汁在碗。然后，用漏勺伸进锅里打捞熟软的馄饨，稍一滗水，一个潇洒的反扣，把馄饨覆进汤碗之中，丢下漏勺，腾出双手，张开合成圆圈状，箍紧碗口外沿，稳稳当当地端到食客面前。食客面前放着几只玻璃瓶，分装着陈醋、酱油、辣椒酱，里面各自插进一只小调羹，食客们可根据个人口味而酌量自取。

毕竟太烫，食客要么闲等一会儿，凉一凉再吃，要么就觑着眼睛，歪着头，去吹开汤面上的热气，还可以把脸凑到热气之上，享受一下蒸气浴的舒爽和温暖，尤其是冬天，热脸热手，都是不错的选择。在等待的过程中，也有食客会跟摊主拉呱，感受一下外地方言的新鲜和趣味，偶或模仿说一两个词语，把自己和摊主都逗得轻轻一笑。摊主也不恼，热情、殷勤，自报籍贯，说是来贵地讨生活。

用筷子小心夹起一只绵软软的馄饨，对着灯光细看，能感觉到半透明的程度，望碗里看，面皮甚白，中间涂有肉末的地方略鼓，透显出一点红色，晶莹中，白里透红。

然后，就是慢慢吃，夏天晚上吃了出汗，冬天晚上吃了身暖，味蕾满足，腹中充实，打起饱嗝，伸个懒腰，那是满满的幸福。别急，还没有结束，再喝两口汤，透鲜，然后用筷子翻搅碗底，找出一条条的虾米，送进嘴里，咬咬，口齿生香，再搛起那三两根榨菜丝，嚼嚼，咸味润嗓，总觉得没有吃饱，就把沾在碗边的绿叶也扫进嘴里，牙尖嗑嗑，最后，一扬脖子，把剩下的汤汤水水，倒入喉管，之后，往往连咳几声，那是呛了沉淀在碗底的一点辣椒酱。

付钱五角，作为结账，这个价格，维持了好多年，一碗馄饨暖人生。

如今，随着城市大发展、生活大进步，那些馄饨摊渐次消失在历史的角落，当年夜宵中的生动美景，尘封在脑髓的暗格。

馄饨小摊已失踪，很多记忆留心中。鲜鱼巷口路还在，魅惑闪烁唯霓虹。

2016 年 12 月 31 日

元宵记忆

新年才过去几天，今晚得空逛逛超市，冰柜里层层叠叠都是汤圆，恍然之间，不由感慨，元宵节又要来了。旧时元宵节风俗甚多，花灯是一时盛事。不过，民以食为天，这里我还是想说说元宵。

元宵，是一种黏食。或有馅，或实心。前者略大，如乒乓球；后者则较小，做法也最简单，一个字，搓：抓把糯米粉，用热水和匀，挤软，拽一小坨，弓圆双手掌心，用力揉搓，使之密实滚圆，置于碗中，备用。

如果要在元宵中加入馅儿，工序就复杂多了，当然，口味就完全上了一个档次。

材料需要两个部分：糯米粉、馅儿。

糯米粉，顾名思义，就是糯米碾碎后的粉末。在农业社会，一切劳作全靠手工，这糯米粉，以前是做得很辛苦的。备好糯米，洗净、晒干，酌量放入臼中。所谓臼，就是取一块半米来高的柱状青石，从面板上向下掏空一截，呈倒立的圆锥状，形成坑凼的效果，上大下小，触面要毛糙，以增大摩擦力。臼底，堆着刚才倒入的适量糯米。适量，很重要。多了，钉不开；少了，不得劲，而且浪费时间和力气。怎么钉呢？还需要一个工具，就是杵，和臼合起来，这套工具便叫作杵臼。杵，是一段粗细比较合手的圆木，底端套上锥形铁器。劳作者抓起杵木，悬空，从上往下使劲，借助重力和惯性，用铁锥的尖头往糯米上砸，使之粉碎，这就叫作钉米粉。小时候，看人做事不吃力，喜欢“让我来”，后来才知道，这是个力气活，还带有技术性，也就是要有巧劲，光靠蛮力，非累死不可。目标要准，只钉糯米，如果空砸石壁，震得虎口疼，还不出效益；节奏要稳，不能快三慢四，否则事倍功半，或事与愿违。砸碎后的糯米粉倒出来，就会发现颗粒不均，有大有小，大的会碜牙，需要提取出来再次粉碎。这样，又一个工具登场，它叫作筛箩。筛箩，用竹篾编成脸盆大小的空心圆柱，下底蒙上纱布，纱眼细密，可滤细粉。钉出来的米粉倒入筛箩，双手簸动，沙沙沙，声音很好听，把细粉滤到桌上或者适当的容器里，滤不下的粗粒倒回臼中，回炉，重钉。农家饭桌往往就是操作案板，桌子粗陋，板间多缝，常因渗入米粉而呈灰白色。如此往复，才能得到搓元宵所需要的细细的糯米粉！一场劳作下来，腰酸背痛，那是少不了的。古语，米饭好吃磨难捱！

糯米越纯，元宵越黏。也有人家会在糯米中掺杂些粳米来降低黏度，毕竟黏食难消化，弄不好，还会拔下老太太的假牙。

搞好米粉，再做馅儿。最多的，就是把芝麻炒熟，喷香，再用杵臼大致钉钉。钉过头，会成饼状，而不是粉状了。掏出来，和上红砂糖，搅拌均匀，备用。

然后，就是二合一，将搓好的粉团捏扁成饼，舀上一小勺芝麻馅儿，堆在饼心，再提拽粉饼边沿，往上合拢，包入馅儿，然后把一圈饼边捏合，封口，再次加搓，团成球状。元宵，告成！

架锅、注水、烧沸，倒入元宵，合盖，再烧，再沸，掀盖，水汽氤氲中，一群元宵欢快地在水面浮游，白白胖胖的，这就表明：熟啦！盛碗。开吃？别，悠着点儿，太烫了！耐着性子等会儿，撅起小嘴吹一吹！

好啦好啦，吃吧吃吧！看看，你的哈喇子都挂到碗里了！

2017 年 2 月 7 日

买鸡是个技术活

作为一个男人，我，既然做不了大事业，那就过点小日子，玩些小乐趣。过小日子，就离不开厨房。下厨，就需要买菜，买菜是个力气活，更是一个技术活。

鸡鸭鹅猪牛羊，蔬菜豆类和水产，这些大概就是我们老百姓家庭最常购买的菜系了。

我就说说买鸡这件小事。

买鸡，是个技术活。鸡有土洋之别，有公母之分，有蛋肉之辨。人人都知道，家养的土鸡肉香好吃，土鸡、洋鸡价格当然也就不一样。于是，总有我这类人，收入不是很高却也不会饿着，时常怀着一份侥幸心理，想吃几回土鸡。卖土鸡的摊子，常常拦截在禽类市场前面。我就会走过去看看，这些卖土鸡的大多是老奶奶，一副慈祥的表情，要么篮子装几个，要么三轮车拖几个，信誓旦旦地说，这都是自家养的，有的还自称是丁庄葡萄园的。我买过几次，请人宰杀，穿着橡胶护衣、手拿杀鸡尖刀的师傅就会笑笑说，哪里是土鸡噻？还不是在里面拿的洋鸡去糊弄你？她们为此一天挣不少钱的来。

乳白色橡胶手套已经抠出了鸡肫，捏着，送到我的眼前，说看看，多小？脸上带着鄙夷、不屑、嘲讽的神情！我的小心脏有点受伤，心情也愤愤然。一脸严肃，再去找摊主老奶奶。

老奶奶说，哦哟喂，小伙子哎，你不晓得哎，里面的人是故意这样说的哎，我们卖了一个，他们就会少卖一个。你看看，这鸡毛，多鲜崭，这鸡脚，多板扎。

我一听，好有道理呀！又不能把那个师傅拉来对质，便怀了狐疑，悻悻然回家去，内心祈祷这就是土鸡，这就是土鸡，肉香好吃！

亲，这不是土鸡，真的不是土鸡！妻子如是说。

我长了经验，下次，再仔细看看老奶奶用称是否熟练，熟练的肯定假，又装作无意拉呱，看看她的土鸡论有无漏洞，再查看垫篮子的稻草，是否新鲜。屡试屡败！期间，倒是学了不少知识，什么看屁股，看肚皮，看毛色，看脚趾，看鸡肫，呵呵，纸上得来终觉浅，买来买去是洋鸡！

妻子说，你就不要折腾了，就一老本色买鸡场的洋鸡算了！呜呼，我还有什么话可说呢?

后来，倒是有过两次转机。一次，遇到一位卖鸡的是隔壁班级的家长，聊熟了，她希望我能在班主任面前为她儿子打打招呼，热情地有些巴结地给我买了土鸡，脸上一片春光。转眼来年，孩子上了大学，我怀了熟人真诚之情，依旧去买鸡。几次之后，发现端倪，也就是块头小一点的洋鸡而已！

家长不可靠，再把人头找！某次，聊起来，摊主是个教徒，似乎很虔诚，于是我用神的名义跟她聊聊。她断然保证，卖给我的这鸡，就是土鸡！人家用人格担保，她用神格担保，我就信了。最后的最后，我还是不再去她那儿买鸡了，你懂的。

儿子喜欢吃鸡，所以我才屡次想买土鸡。渐渐地，我也麻木了，心无旁骛，目不旁顾，气死你们，让你们空嚷嚷，自己直接奔向禽类市场，坦然买回蛋鸡洋鸡，开吃！

说到儿子，最近有一件事想说说。他今年高中毕业，说自己长大了，便独自赴京探望他的爷爷奶奶。他揣着爆棚的善良和 300 元现金，花了四五个小时，见到了爷爷奶奶，第一件事就是委屈懊恼地说，路上被人骗去 300 元。骗子是两人，演得真像有那么一回事，说是钱丢了，回不去了，借点路费，神情哀婉、话语真诚。儿子经此一骗，有人感叹说，是好事，交了学费，孩子更成熟了而不再容易受骗；而我，却悲哀地想，孩子内心本来很柔软的那一处，现在已经变硬了，粗粝了。

社会上总有一些人，透支了我们的真诚和善良，让我们成熟，不再上当，可是，我们民族的诚信不就是在这些点点滴滴中丧失的么？

为什么就买不到真的土鸡了呢？因为，我们很多人已经不再有良心，良心钻到钱眼里去了！这是我们要实现民族复兴的一个文化孽障。

2016 年 8 月 20 日

又到农历七月半

农历七月半，在我们这边是鬼节。既然是鬼节，那么这一天就是鬼神当道。中国人尊敬长辈、崇奉先人，先人的灵魂一般是鬼，佼佼者，也可以晋级为神，比如岳飞，比如关羽。

祭祖隆重、神秘、讲忌讳，有着严格的程序要求。我没有考证过这一风俗的来历，也没有研究过各地的异同。这里，单单介绍我们这边的做法。

祭祖之前，先取一方桌置于厅堂，桌子的板缝要求呈南北向，这是鬼神专座方向（称为“鬼席”），以区别于平时的东西向（称为“人席”）。桌上供菜所用盆碟要求是单数，五盆七碟的，水果零食也可装盆，排列成两条，方形，区别于“人席”的圆形摆放。一般有公鸡、猪肉、鳊鱼或者鲫鱼，还可以用微微煎黄的豆腐，一般不用炒菜。猪肉可以做熟，也可以用一大块肉，微微清水煮煮，半生不熟，覆于盆中。鱼，也是可半生可全熟，鱼头指向上席。桌子北边置一椅，属上座，是最高辈分的祖先坐的。东西各有两椅。桌子南边空着，地上有草垫蒲团之类，供跪拜祖先之用。对应着椅子的桌沿，共摆放有五双筷子、五只酒杯、五个饭碗。左杯、中碗、右筷，方便取食。酒倒小半杯，饭盛小半碗。盛饭的时候，双手合碗，颠簸饭块，使之成为半圆球状。

桌子的南边不放碗筷，而放烛台，燃一炷香，两边点两支红蜡烛，青烟袅袅，是人神之间的交流渠道，算是热线电话，可以把人们祈祷的内容传递给祖先知晓。接着，要按长幼、尊卑、男女的顺序给祖先磕头、祷告。然后，在门边事先备好的火盆里，或者直接在地上堆放折叠好的锞子，金黄纸钱象征黄金，锡箔做的纸钱象征白银。锞子形状有别，主要取决于各人的手工不同。折锞子很费事，所以现在有现成的出售。

磕头完毕，就要烧纸。燃烧纸钱，动作要轻，不能搅碎了整钱。如果灰烬能借势旋转起来，上下漫飞，家人会很开心地说，看看，老祖宗把钱拿走了。快要烧完的时候，把香烛取下投入火灰中继续燃烧，再收拾桌上的酒杯，把酒水洒圆圈状，也洒入火灰。然后，分别摇动椅子，口中念叨，请鬼神拿钱上路回去使用，不要再待在这里了。最后，收拾桌子，将供品统统端到灶上。所有的菜一律要翻动之后，活人才能食用。供饭一律喂鸡。还要记得把桌缝调整回来。

补充一点，有的人家为了驱邪，平时挂有钟馗像。祭祖这一天，一定要先收起来，否则，祖先的亡灵进不来，因为钟馗会打鬼！

祭祖期间，不可妄语，不能戏说。有的村妇，平日虐待公婆，等到公婆死了，她祭祖的时候也会恭恭敬敬，不敢再有之前的飞扬跋扈。

“文革”中，我还小，但有件事记得很清楚。那时严禁搞封建迷信活动，“祭祖”也在被禁之列。村有某妇，七月半偷偷祭祖。那时条件艰苦，有一道常用的供品，茄子饼，即把茄子切成丝，混合面糊，在锅里加热煎成圆饼。邻居举报，干部闯门，民兵营长拿人，反手捆上游街，绕村而行，一边敲锣喊人们出来观看被批判者的窘样。可能是孩子嘴馋，我对她脖子上串着茄子饼的铁圈印象特别深。她耷拉着脑袋，似乎在朝诱人的茄子饼努力够过去。

祭祖是纪念先人的方式之一，这一传统习俗正慢慢复兴，城市中，亦不少见，有小区楼下的那些灰烬为证。

亲爱的朋友，你家还祭祖吗？

2016 年 8 月

出礼与随礼

中国人向来以人情味浓而著称，儿女心重，朋友情浓，来往中就是互动。空手不好意思，出礼颇费心思。

夏季的谢师宴、节假日的婚庆宴，一般都较为密集。

有的人家，国庆节期间需要去好几家赴宴，忙不过来，就全家分头行动。宴请之际，出礼是个无法回避的话题。人们望着红色请柬，对办公室同事说，哎，红色罚款单，这个月的工资都白搭。语多无奈。

的确，大家都很无奈。首先是请酒者很无奈，家有喜事，宴请、庆贺，情理之中。可是请客名单颇费思量，所谓宁毛一村，不毛一个，惹恼了哪怕一个亲友，都会影响彼此心情。被请者也无奈，请帖到手，不得不走，硬着头皮也要去，赶紧装红包吧！

装多少呢？家人往往要统一一下意见，尤其是夫妻，两边亲友如有厚薄，必生龃龉；再和其他受邀者统一一下标准，生怕比别人少了，背后被骂小气。

死要面子活受罪，想挣面子多掏钱。谁都想做人，问题是要有资本。

人们都说，谈钱伤感情。此话不错。可是，请客者要先算算账：刨去预留的座席，折算到每个座位摊多少钱，再根据客人名单，估计一个数量，看看能收到多少礼金，大概富余多少或者倒贴多少。这个时候，就要考虑自己的经济实力了。不差钱的主，吩咐饭店把档次调高，现在有的婚宴已经达到菜金四千多元一桌，酒水香烟自带。自带，就要带撑得起面子且能与菜金相配的酒水，毕竟好马要配好鞍。宴会结束，请酒者拖着疲惫的身体开始结账。除了过硬的弟兄姊妹、玩命的好友出了较可观的数额之外，算算也没啥结余。被请者回家后，泡上一桶方便面，说都没有吃饱，宴席饭菜实在不好吃，花了好几百，还要回家吃方便面，真没意思。

还有一种吃饭方式。我们骑行队活动，每次人员不固定，所以都是AA 制。起先，我觉得很别扭，感觉这多难为情呀！后来觉得，这法子真好，谁也不欠谁。毕竟，欠钱、欠人情都是一种心理负担，得惦记着啥时候回请，一时请不到，还十分着急。而我们骑行的队伍往往有一二十人，如果由一个人来付费，的确也吃不消。所以，AA 制受到大家一致认可。

但是，AA 制过于平均，有时也不适合国情，所以又有一招，叫随礼！也就是彼此出的礼金都说得过去，相当于聚餐。请客者不必专门用本子记下来，谁谁谁某日为某事来我家出礼多少，下次为某事回礼多少。受邀者，也不必记着要回请，琢磨回礼妥当与否，有没有随着物价上涨而上涨。

末了，告诉大家一声，今年我儿高考成绩一般，录取的学校比较尴尬，本二的分数，本三的收费。如果请客，大家是来说恭喜呢，还是来安慰我说好歹有个本二学校上上呢？为了方便大家，请酒之事，就免了。写下此文，算是给各位打个招呼，不是我没有人情味，而是不要搞得彼此都太累。大家该干嘛就干嘛，祝你们生活幸福！

2016 年 9 月

第5辑
别样情怀

为了中华之崛起

丁酉新春，二月之初，句容政协副主席倪定胜组织我们这些无党派人士联谊会理事前往淮安，参观周恩来纪念馆，缅怀这位伟大的无产阶级革命家，本人忝列其中。此次活动，我深受感动，情不能自已，写下这些文字。

感叹于总理的丰功伟绩。他在法国领导成立共产主义小组，甚至做了朱德的入党介绍人；在上海领导地下红色特工，在白色恐怖中播下革命火种，机敏睿智，虽屡遭破坏，却愈挫愈勇；领导南昌起义，创建红色武装，将革命推向新阶段；创建根据地，五次反围剿，星火燎原，轰轰烈烈；悲壮长征，北上抗日，扭转乾坤，开创一片新天地；审时度势，和平解决“西安事变”，运筹帷幄，建立抗日统一战线；坐镇重庆，多方协调，争取到诸多抗战资源，热血青年，百川归海，涌向延安，一时蔚为壮观；力促国共会晤，确保主席安全，签订“双十协定”，赢得战略时间；三年内战，三大战役，协助中央，把控全局，渡江南下，平定匪患，全面统筹，建立政权；列举名单，亲自落实，荟萃精英，相聚北京，召开政协会议，形成《共同纲领》，作为临时宪法，明确建国事宜；开国大典，阅兵游行，城楼之上，笑意盈盈；抗美援朝，班师凯旋，庆功纵酒，一醉方休。26年总理生涯，足迹遍布全国。万隆会议、不结盟运动、和平共处五项原则、乒乓外交、恢复常任理事国的地位……囿于见识，限于篇幅，此文不能尽数总理之伟绩丰功。人生苦短，上述种种，即使做到一二，也足以彪炳史册、名垂千秋，何况总理之声名赫赫、功勋卓著！大象无形，大道无言，对于总理这样的伟人，颂歌永远单调，赞语总是苍白！

感念于总理的高风亮节。建功不炫功，居高不倨傲。心怀黎民，起居朴素，饮食简单，俭以养德。怀孝悌之义，尊长爱幼；报抚育之恩，颐养乳母。可贵的是，家乡来了亲友，都是自费开销，抚养烈士遗孤，还常自掏腰包。家风正，品德高，列下家规共十条。为了不扰民，他克制故土之思，没有再回去看一眼他儿时的书桌，喝一口院子里甘洌的井泉，只是在一次飞经淮安上空时，让机组人员绕飞两圈，由他默默俯视故乡的山山水水，抚慰一下游子的乡愁绵绵，回京后，还个人补交多用的燃油费。这是何等的原则，何等的情怀?！日理万机，殚精竭虑，累了不能歇，病了没空治，最后一次接见外宾的照片，让所有参观的人员热泪盈眶：曾经的美男子，堂堂七尺须眉，已经形销骨立，枯瘦如柴，体重只有30．5公斤，30．5公斤！我心里默默念叨，岁月呀，你不要伤害他，疾病呀，你不要折磨他！眼泪顺着鼻翼滑落，又滑落，滑落在春风里，滑落在这片多情的土地。哀乐声里，十里长街送总理，恸哭声声干云霄，泪光点点痛人心。什么叫民心民意？这就是！爱人者，人恒爱之。导游指着图片说，邓颖超亲自捧着骨灰，因为他们没有留下子女。顿时，好多人再也闸不住汹涌的泪水，摘下眼镜，一边流一边擦，一边擦一边流。

我写这段文字的此刻，正流着眼泪、翕动鼻翼。泪水，是最真情的告白。青山巍巍，绿水迢迢，总理的骨灰与山河同在，周恩来的精神与日月共存！

总理啊，四十年后，如你所愿，中华已经崛起，民族正在复兴，全国人民在党的领导下，撸起袖子加油干，意气风发、高歌猛进。作为一名教师，我将努力用你的抱负去教育学生，让他们继承你的事业，传承你的情怀。

斯人已去兮，何日君再来？总理啊，请舒展你的眉头，笑看我们美好的未来。

2017年3月2日

为了多情的李公子

——观赏黄梅戏《女驸马》有感

初雪的冬夜，句容大剧院演出了一场经典的黄梅戏《女驸马》，观众如潮、掌声如雷，一扫冬夜的清寒。

观众群体的年龄偏大，以中老年人为主，年轻人较少。每个年龄段都有其相应的心理特点，也就有不同的艺术欣赏倾向。年轻人喜欢热闹、刺激，老年人已经阅尽沧桑，故而追求简单、平淡。戏曲这种综合艺术，老年人能够淡定从容地静坐欣赏其中的大智慧。

女驸马就很有智慧。能逃婚，能说动公主，能在故事中讲故事，将皇帝和奸猾相爷拉进圈套，以皇帝的话来封皇帝的口，进而圆满解决问题，化险为夷，皆大欢喜。喜剧结尾，符合观众心理的预期，毕竟，“善有善报，恶有恶报”是古代人的价值判断和取向。女驸马的光彩不仅仅在情节中，还在演员精彩的演绎中，那种顾盼神飞的生动的面部表情，那些举手投足的潇洒的肢体语言，配合精美的服装、绚丽的灯光、精致的布景、仿真的投影，再结合铿锵的念白、优美的伴奏，把冯素珍这个形象塑造得光彩照人、栩栩如生。最美的桥段是做了状元公，那身炫美的装束（谢幕时也是这个行头），那张灿烂的笑脸，那个眼睛的神韵，那个腰环的晃动，把人生得意、踌躇满志、憧憬未来的喜悦之情演得出神入化。绝美，观众掌声不断！演员韩再芬老师不愧是国家一级演员，当家红人。

温婉娇美的公主也给人深刻印象。她深明大义，天生具有女性的善良，用现在的语言评论，就是具有人文主义、悲悯情怀。在情节上，有句台词堪称名句：“杀又杀不得，留又留不得，哎!”道尽一个少女的忧虑和为难。在表演上，尤其是对父皇的撒娇，声音嗲、动作柔，身体再一颤一颤的，不消说父皇喜欢她，就是观众心里也十分受用。而她损刘相爷的几句抢白，也让观众觉得解气。

刘相爷是个圆滑的人。朝廷就是江湖，是非起落本寻常，而他却能在京几十年，做到皇帝的宠臣，实在不是一般人的功夫。善于揣测皇上心思，察言观色，迎合圣意，主动做媒，求得皇上恩宠和奖赏，进一步巩固自己的地位。皇上怎么讲，他跟着怎么说，保持一致，皇上定性他跟进。皇上说“这不像话”，他马上接茬“这太不像话”。身为皇帝的宠臣，他的智商和情商不是一般的高。为了皇家体面，他先是想把李兆廷直接弄到京城来成亲，瞒天过海，不为外人知。公主反对后，他又是费尽心机，冥思苦索，灵机一动，再荐驸马，最终一切妥帖，大家满意。不得不说，这位相爷能见风使舵、顺水推舟，而且忍辱负重，皇帝指责而不愠，公主讥讽而不恼，表现出优秀的宰相素养，肚子里跑得船。为皇帝排忧解难的，只能是他；屹立多年不倒的，必然是他。此形象可谓刻画得入木三分，演绎得惟妙惟肖。

《女驸马》不同于一般的才子佳人戏，其他戏中的女主角或是被抛弃，或是不放弃，大多是依附男性，而“女驸马”冯素珍却以卓越才华挑战命运，拯救丈夫，即使面临危险，也不顾及自己，只求释放丈夫李兆廷。她在众多的女性艺术形象中鹤立鸡群、卓然而立。

爱情是人类永不衰落的话题。舞台上诠释的爱情，光彩照人、熠熠生辉，不愧是大受群众喜爱的经典之作。舞台下的观众也演绎着经典的爱情。天冷了，戏提前到七点开演，观众早就坐定。一对老夫妻还是七点半才来，老头带着老太在昏暗的剧场里，觑着眼，拿着票慢慢找座位。有人提示他们随便找位置坐一下得了。他们转了两圈，没有找到，就又一次按图索骥，终于找到座位，请别人腾让。我明白了，这个老头不想把老伴单独放在别处，而是拉在自己身边。看戏过程中，右后方经常有嘀嘀咕咕的声音，我循声望去，也是一对老夫妻。我一张望，老头就不说话了，我心说你还有点自觉嘛。后来，我倾耳细听，原来是老头对着老太的耳朵轻轻念着台词！我一下子想起我的父亲在家看电视，也是经常念台词给妈妈听，妈妈不识字，是个文盲！我再也不觉得这个老头讨厌了。老夫妻，不再轰轰烈烈谈情说爱，但这种相濡以沫、静心厮守，不也是一种久经岁月洗礼、用生活的磨难酿造出来的深沉醇厚的爱情？

谢幕了，演员列队致意，观众簇拥不散，这是热情的交流，这是文明的宣扬。高大上的舞台，繁荣的是艺术，发展的是经济，复兴的是民族。句容大剧院，是这个伟大时代的一个缩影。

感谢这个时代，感谢政府的民生工程，让传统文化大放异彩。

2016 年 11 月 24 日深夜

孝顺父母胜礼佛

——由观剧《夜明珠》说开去

丁酉年正月，为了丰富市民精神生活，句容大剧院好戏连台。初五由苏州市戏剧团演出了《夜明珠》，上座率非常高，老人偏多，也有妇女儿童，当然还包括我这个中年男子。文艺感染人，围绕剧情，我想说几句。

先介绍一下主要剧情。太湖之滨，年近古稀的赵氏有两个儿子和一个养女。长子赵继福不顾长媳之劝善，极力推脱赡养母亲的义务；次子赵继禄是个读书人，谋得守城门之职，虽天良还未尽灭，但架不住河东狮子吼，同样把母亲往外推；养女碧玉被两个哥哥卖与赌徒，日子贫寒栖惶。碧玉不舍母亲，想接回家中奉养，两位哥哥顺水推舟。路上，赵氏偶遇书生李云龙进京赶考，捡到其所丢失的一百两纹银，拾金不昧，被李奉为恩母。赌徒休书一封，把母女赶出草屋。兄弟听说老母有家传的价值连城的夜明珠，马上和颜悦色，极力孝敬，搜查无果，很快就露出狰狞的真面目，将老母赶出去。母女漂泊两年，再次回家试探，以为兄弟会回心转意，谁知竟遭百般羞辱。老母祭告祖宗，将夜明珠传与碧玉，却被两子抢去。母女拦路向巡按大人告状，差点按规矩被打四十大板。巡按大人却是李云龙，为报母恩，他发出皇榜，以官袍和金银，诱来两兄弟。两人元宝在手，官袍加身，以为美梦成真。赵氏出庭，举证拿回夜明珠，抛投太湖，说碧玉才是无价之宝。兄弟丑态毕露，等待发落，故事结束。几句台词“金钱是杆秤，衡量人品行，花美靠色人美凭心，仁义值千金”，主旨给人启示：比金钱更有价值的是高尚的道德。

诚然，本剧对观众进行了很好的道德教育。然而，道德有时是需要力量去支撑的。从我国传统来说，养儿防老，我养你小，你养我老。可是，不孝之子总是有，跟他讲道德，就必须借助外力。古代宗法制度下，长辈上门训导，族长家法伺候，宗族唾沫飞溅，不孝之子断然不敢猖狂，因为他面对的是体制，是文化，是社会，即使心里万分不情愿，却也只能乖乖服从，否则一旦被家族削谱除名，名誉、财产、地位全无，从同族变成公敌，那是不得不掂量掂量的。甚至舅舅主持分家，娘家侄儿发话，都是有一定分量的。如今，深孚众望的乡绅无有，矜持威严的族长消失。城市化后，熟人社会变成了生人社会，唾沫飞不出自家防盗门。大家听到一些亏待甚至虐待老人之事，只能摇摇头，叹息一声，聊表同情，其他什么也做不了。

道德压服不了，那就要动用更强势的力量。在古代，就是族人将其扭送官府，或者老人自己去衙门告状；现代则是司法调解、法院诉讼。老百姓打官司非常之难，剧中所谓“拦路告状，先打四十大板”，就是告状成本。古代，还要花钱请人写状纸，步行奔赴衙门，要是小脚体弱的老太，路途再远，估计就直接丧命途中了。现在呢，漫长的立案申诉期之后，可能是二审；然后是更为漫长的执行。耗时耗力，耗着耗着，老人估计就耗完了生命的灯油，而陪葬的或许只有那纸盖着官印的胜诉的法律文书。

在赡养老人的问题上，财产是一个绕不过去的坎。这光靠道德的教化是解决不了芸芸众生普遍存在的问题的。有了夜明珠，母慈子孝、其乐融融；没有了夜明珠，老人就有被赶出门的危险。不得不承认，利益的存在方式具有相当大的调节作用。善用之，则促进善；误用之，则激发恶。再说个早年英国开发澳大利亚的例子。从英伦三岛运送囚徒去开发澳洲，就需要轮船，船有大小，不便统一付费标准，就按照上船人数计费，装得越多越来钱。超载就成为必然。路远船慢，成年累月才能到达，中途死亡的囚徒被直接扔进大海，所以真正到达澳洲的囚徒并不多。本来还有几个良心船长，不肯超载而囚徒存活率高，但架不住收益的对比，心理失衡，也纷纷超载。这便是利益把善人也变成了恶人。后来，运送囚徒改在澳洲付费，来一个活的给一个钱。船长们马上正常装载，对囚徒们细心照料，注意营养和医疗。这是利益把恶人也变成了善人。

人性中本就有贪婪的一面，这是不争的事实。所以，老人们就要永远手握“夜明珠”。有人发现，城市里虐待老人的现象明显少于农村。因为城里老人多有退休金，养老无虞，部分老人还积累了不少财产，房主就是自己。在农村，政府近年来不断推进农保，体现着社会进步。老人们也获得了每年少则几百元，多则一两千元的保障金。但是，老人只有经济能力大于儿女的赡养成本，才能真正实现经济独立，老年生活质量才能真正得到保障。现代社会，“养儿防老”的观念得改改了。衷心相告：儿孙自有儿孙福，老人且留一颗夜明珠。

从现实的另一个层面来看，我们为人父母者也要努力不成为儿女的累赘。毕竟，社会竞争越来越激烈，生活节奏越来越快，活动空间越来越广，儿孙自有儿孙的忙碌。不要指望着儿女们请事假、扣工资、跑远路常回家看看，在我们还能行动时，不妨到儿女家住住，给他们做两顿饭；平时过好自己的生活，老有所乐。另外，我们的观念还要更新。家庭养老，最终必须转化为社会化养老。我们自己要主动走进养老院，社会要宣传引导，并做好社会养老的软硬件设施，不要让舆论戳子女的脊梁骨。这样，年轻人可以安心投入自己的工作，为国家多做贡献，为家庭、为自己多积累财富，为自己的将来多备一颗夜明珠。

有人不计代价养宠物，有人毕恭毕敬奉神佛，有人四处撒钱去放生，可能他家老人就哭在茅草棚。茅山上有个石碑，其上有副对联：在家不孝父母亲，何必来此见天尊。其精髓，也就是《夜明珠》里面的一句台词：孝顺父母胜礼佛。

感谢句容大剧院，给大家带来欢笑，给我带来思考。

2017 年 2 月

情义无价真汉子

幸福的家庭没故事，有故事的家庭不幸福。

机缘偶然，今天陪同句容热线网的工作人员王秋去葛村采访，社区副书记李龙平和办事员戴梦（我的学生）做了向导，领着我们去往下葛村，看望一个特殊的家庭。

七拐八扭，到得门口。门前一片菜地，长得茂盛，郁郁青青，雨后显得特别翠绿。菜地后方是一座 1980 年代的红砖瓦房，三开间。如果诗意描述，那真是美呀，瓦青砖红，茄紫豆萌，小溪潺潺，桃树萋萋，井水清洌，曲径通幽，如果能够再添上鸡狗，来个“狗吠深巷中，鸡鸣桑树颠”，那绝对是隐士的世界，陶公的最爱。

近看，砖墙的前沿洇湿着流淌过的水渍。红砖都是站着砌的，有农村生活经验的人知道，这样砌墙省料省钱，当然肯定不够牢固。跨过门槛，一股湿漉漉的衰朽气息直入鼻翼，袭上心头。地面用红砖铺砌，还算平整，时间久远，暗淡了砖块的亮红，染绿了苔藓的影踪。苔藓锁定砖缝，砖块围圈石础，石础撑顶木柱，木柱支棱房梁，房梁架托屋顶，这便是所谓“人字梁”的老式建筑，如今的农村已不多见。屋内物件陈旧、摆设凌乱，捡来的破麻将桌上搁块木板就是饭桌，桌子倚墙，因而未倒，桌上散乱着各种药品。东间南角还有一个大灶，贴着白色瓷砖，倒也抹得干净。北角昏暗，支着一张床，蒙着蚊帐，显得更暗。这床，长期闲置，没人回来住。多次提议离婚的妻子长期在外帮佣而不肯归，二十多岁的儿子因为自卑而不愿回，更不要说带来什么女朋友。东侧隔墙上立着两块木板，板上写着两列粉笔字，字体工整，字块较大，笔迹遒劲，“长风破浪会有时，直挂……”后面却是空缺，读起来气息未尽，让人感觉憋着什么。是因为当时被唤去做事而没有写完，还是压抑着自卑奋笔疾书正憧憬未来，可转念之间被现实所困故而中途泄气辍笔，竟而永远憋屈在这块木板上？粉笔字旁边的挂历还比较新，表明这个家庭也在过着2017年的生活。

新挂历对着西边的隔墙。这堵墙上刷的石灰水，因为岁月沧桑而变得灰黄，附着尘埃。墙上贴着不少奖状，但早已没有新鲜模样，有的残缺边角，有的耷拉半挂，依稀诉说着主人曾经的荣光。奖状属于男主人的女儿，如今的一个幼儿老师，已经嫁作他人妇。西间有门，里间两张床，靠里那张是男主人所用，便于照料养母。门边横着一张床，一位84岁的老太太卧睡着，没有意识，没有言语，只穿着上衣，下身盖着毯子，方便男主人料理失禁的大小便。床边是小简易桌，桌上是药品，床头挂着塑料袋，内装尿不湿。年过五旬，身高五尺的堂堂汉子，独自守护照料着这位养母，自己的伯母，照应赡养了几十年。之前还好一些，老人能说话，能走动，两年前的一次摔跤，让老人不会言语，失去意识，长期卧床。每日三餐，都要喂食。老人凭着生存本能，每次能吃上一碗。虽然卧床，气色却也不错。书记介绍说，这完全是因为照料得好，否则几个月人就殁了。下葛村村民都竖起大拇指赞叹这位汉子的情义。这位王姓汉子，无法出门打工，还要花钱买药，买尿不湿，买纱布药膏，防止老人生褥疮，只好在家用笼子放点黄鳝补贴家用。但是，实在是杯水车薪，艰难的生活让他愁眉不展。跟我们交流的时候，他不时叹气，闷头抽烟。妻儿在外，一个大老爷们儿照顾一位长期卧床的病人，想想都艰难。同行的两个小姑娘听着他的倾诉，一脸同情，忘了手中还有一支记录的笔。我问有没有办低保，李书记说已经给老人申请了二级残疾，残疾补助标准比低保高一些。

采访过程中，老王却夸奖起李书记来，说他也是一个有情有义的大丈夫。在我们的追问下，李书记用“人财两空”做了概述，说是自己妻子才过世不久。没想到这位亲善和蔼的基层干部，生活过得同样艰难心酸。妻子在30多岁的时候就得了尿毒症，前后延续15年，花掉几十万，欠下很多债。他没有到处叫苦求助，而是默默承受、坚持，和妻子患难相守。他曾经是厂里的优秀党员，年轻的后备干部，但是为了长期照应妻子，只好放弃一切，回乡陪妻。医院血透很忙，需要排队，某年正好轮到大年三十，天寒地冻、风雪交加、交通受阻，车子无法进村，只好请人帮忙把妻子抬到大路再上车。血透四个小时后，已是傍晚时分，人们家家团聚过年，而他却浊泪两行，着急于找不到回家的车辆。医生都很同情他，向领导汇报申请，给他和妻子一个免费的病房，熬到天亮再回家，其时还是风雪中前行，凄凄惨惨戚戚。

两个旁听记录的姑娘，眼眶湿润起来。是呀，这艰难的生活，何尝不是人生的课堂、人格的考卷？没心没肺固然自己快活，有情有义才令人尊敬。老王孝敬养母，李书记关爱病妻，诠释着中华民族的传统美德，社会主义的优秀家风。他俩的事迹不是个案，而是我们共同的操守。

情义无价，真爱无边。

2017 年 7 月 3 日

注：

后来，笔者在句容热线网上发出相关图文，并走访句容市慈善总会。热心市民闻讯，加入行动，郭庄镇慈善站站长笪鸿鸣，爱心人士牛萍、曹本顺、赵立等人，在热线网的见证下，和我一道，二访这位孝子，给予他一些资助。他非常感谢，表示一定继续孝养下去。笔者为此文能激发善举而自豪。

红绿紫色茅山游

江苏省句容市的东南部有起伏的山峦，山不高，而有名，是为茅山，有道是：踏访茅山看三色，红、绿、紫。

茅山是全国六大山地抗日根据地之一，是句容重要的红色旅游资源，主要景点是茅山新四军纪念馆和苏南抗战胜利纪念碑。纪念馆占地16000多平方米，展厅3500多平方米，分五个部分展出珍贵文物和历史资料，用声、光、电等多媒体手段再现了陈毅等老一辈革命家的光辉业绩和崇高形象，再现了当年新四军与苏南人民浴血奋战的悲壮场面。我印象最深的是一组蜡像和一块木板。蜡像刻画的场景是，句容籍抗日烈士巫恒通在狱中大义凛然地驳斥自己的老师、句容伪县长。巫恒通拒医绝食，七天而殁，终葬故乡山峦。那块木板是所谓糕点模子。旧时农村蒸米糕、打寿桃，需要用事先和了水的米粉来填实刻有凹槽的木质模板，再倒出来，上锅去蒸。此板的凹槽是人形，上面刻有名字“汉奸汪精卫”。这效果，跟用油条来贬秦桧，是一样一样的，一个炸一个蒸！

纪念碑端坐小丘之巅，巍峨高耸，俨然胜利之剑，直指蓝天。碑下有组雕塑：两个骑马的小号兵，手握军号，雄姿英发。纪念碑处有个奇观，“山上放鞭炮，碑前响军号”，而且是进军号，令听者犹如重沐烽火岁月。号声诠释了中华民族的铮铮铁骨。现在，这一奇观已入选上海吉尼斯世界纪录。当年，导演冯小刚慕名而来，在纪念碑前举行了电影《集结号》的首映式。

茅山的绿色在于她那纯天然、原生态的自然景观。虬枝杂密、阔叶婆娑，劲竹成荫、小鸟啁啾，涧泉潺潺、卵石圆润，溪边菖蒲、绿意盈盈。嫩笋雨后匆匆拔节，金蝉露中悠悠唱歌，枫叶霜下悄悄醉红，白雪岭上满满盖被。纤云朵朵，仙雾沉沉，朝迎旭日，夕铺流岚，银河落月能睹星，山风吹松可听涛。远远望去，众多起伏的山冈丘峦，敷抹绿色，恰如一块块碧玉翡翠陈列天地之间，又如凝固的绿色海浪，浪浪相陈。有块山坡上植有常绿乔木，冬天其他树木叶子落尽，惟这片绿色凸显，山坡上则呈现“东进”二字，这是仿陈毅元帅手迹，挖凼培土育松，终于连绵成字，成为一景。茅山脚下就有东进林场，命名由此而来。

仰望茅山顶峰，围墙掩住错落的宫观，山门巍峨，紫气东来。两千年的道教传承，在茅山留下众多文化遗迹与历史传说。秦时李明真人挖井取水炼丹，丹井犹在；东汉三茅真君建庵施药，祠祀至今；萧梁陶弘景批氅挥毫《答诏问》，“山中何所有，岭上多白云。只可自怡悦，不堪持赠君”；有清笪重光秉烛编书《茅山志》，躬身研墨写下皇皇巨著，亲自踏勘绘成长长地图。积金峰腰的露天老子坐像号称天下第一，青铜材质，闪耀光泽，神像慈眉善目，既有谦谦君子之仪范，又有飘飘仙家之遗风。坐像南麓有仙人洞，为江南溶洞，秀气柔美，凝固的石瀑、无锅的丹灶、探身的松鼠、打坐的童子，形态各异，在彩灯的投射下，熠熠生辉。如果有幸，可能会路遇仙子，绰约婀娜、明眸善睐、顾盼神飞，炎夏赏你一头清凉，寒冬送你半身温暖。

游览茅山，此三色不可忘也。回程路上，我神思遐游，不妨再加点调色效果。可以在石泉溪畔建设一座菖蒲园，培育茅山特有物种石菖蒲，洇化道家仙气，做成盆栽，供游客带回家案头摩挲；选定山麓，仿东进林，培育道气氤氲的福寿林，乔木之间铺设蹊径，客人可以漫步福寿之道；昔日有名的“茅山叫叫”也可以与军号整合，开发小号工艺品；引进东方蝾螈，在山涧静水池沼里恢复昔日的天池神龙；在林间圈地，满足群众的抗日心理，让他们做一回新四军，用激光枪演习瞄准打落日军装束的移动靶，优胜者发放民族奖章。

三色斑斓茅山奇，三色调和未来香。

景多笔拙，不能尽到，敷衍几段，且当游记是也。

2016 年 12 月 18 日

探访宝华玉兰行

句容市地处南京紫金山余脉和宁镇丘陵带之间，名山众多、文化深厚。东南的茅山作为道教上清派祖庭而名扬海内外，西北的宝华山则以律宗第一名山而受佛教尊崇。两山虽相距不过几十公里，然而植被大不相同。宝华山被评为国家森林公园，溪谷清幽、毛竹青翠、乔木高耸，灌木发育较弱，不像茅山山林那样枝枝蔓蔓。

宝华山高大的乔木中，有一种玉兰，因为是植物界所特有，故命名为“宝华玉兰”，数量稀少，仅存18株，濒危程度已达绝种的边缘。此树先开花后长叶，花形优雅，花蕾上部白色，背面中部以下淡紫红色，芳香艳丽，为园林观赏树种之上品，因而被定为国家一级保护植物。宝华山之所以能获得国家森林公园的美誉，这玉兰功不可没。现在，经过抢救性培育，宝华玉兰在句容县城街头、宝华茶叶地里已多有栽培。然而，人工培育的东西，就像黄鳝、甲鱼和肉鸡，一经养殖，产量陡增，品质顿减，少了味道。茶叶地里的宝华玉兰，花更茂，色更白，然而终究缺少山野之味。

今日，周末，春阳和煦、微风徐徐，很适合郊游。“兰花草”户外群安排了宝华山访花之旅，去探访山野中的宝华玉兰。事先只在群里发了公告，谁知竟然来了55个人，十几辆小车排着队，打着双闪，浩浩荡荡，沿着西部干线前往。

一行人顺利到达宝华山下。进得山中，毕竟是早春，虽有常绿植物，但数量很少，所以透视效果很好，老远就看到一段斜着身子横在路上的树干，离地不足两米，树身缠满粗壮的藤蔓，藤蔓下坠到地上，贴着地面爬行了半米后，胳臂一抬，又爬上树身往前拱。这样一来，树干与藤蔓便形成一道门，游客都喜欢从门里钻过去。要是树干再抬高一米，就是呱呱叫的天然绿色秋千啦。如果男为树女作藤，这个藤女子不是小鸟依人，而是特别缠人，还特别任性，简直令人窒息。当然，作为风景，还是受追捧的，站在门框里跟她合影的人很多。后来，我还看到一根藤蔓，在地上匍匐一米多后，突然跃起，笔直向上，直扑天空，竟如乔木一般，若不是她的梢尖裹住大树枝，暴露了真相，我们还真的会被她骗了呢。

上午在山路间穿行，还见到了乌龙洞一景。宝华山洞穴发育并不好，所以这里勉强搞出一个景点。其实就是一处泄水槽，长年背阴潮湿，各类苔藓蕨类倒是生长得青青绿绿、油光滋润。

下午，我们顺着一条路去探访野生的宝华玉兰。哪里有路？世上本没有路，来的人多了，就有了路。没路也要砍出一条路！陈年落叶铺地，白亮、干脆、层层叠叠，踩上去沙沙作响。碍事的灌木被利刃砍断，只留十几厘米高的残根，切面上的年轮就像眼睛，流出无辜的责问：本是同山生，为何切我根？哎，你是贱民，挡住了朝圣，滚！穷在闹市无人问，富在深山有远亲。这不，我们，还有其他大队的人马，都是这名花的远亲。

跟着指路牌，我们找到了传说中的明星树。玉兰树根周围被清理干净，围上栅栏，不锈钢材质的栅栏。栏内种有绿草。树身粗壮，距地面一米处的树皮上漆写了数字，也就是它的身份证号码，有了身份证，意味着相当有身份啦！树身高大，站在树下，需要脱帽仰视。绿叶未萌，视野清楚，天际间散开着这特有的玉兰，可惜稀稀拉拉，一副营养不良的样子。高贵，往往隐藏着寂寞；盛名，常常掩饰着辛酸。这里，我就不对这花朵进行太多的程式化的描述了，只提一个小插曲。有旅友在地上捡拾到一小枝，枝头一朵绽开的花，还有一个花骨朵。她很开心，给它拍照，逢人炫耀。不意，那花骨朵竟然很快绽放了，这花真是善解人意。这位朋友开心地说要把它带回家，插在花瓶里，她是多么爱花呀！花儿一听，不高兴了，小嘴一撅，收拾收拾自己，蔫了，把一脸惊讶和失望涂抹在那人脸上。这山，浸染千年佛音，是有灵性的；这花，汲取天地精华，是有性情的。

宝华玉兰，一如古代深闺女子，远离红尘，仙袂飘飘，可遇不可求，可亲不可亵。你来了，她不驱；你走了，她不留。

玉兰，玉兰，明天就是植树节了，这也是你们的节日。我且祝你们节日快乐。

再见，我们明年再见。

2018 年 3 月 11 日

又到一年开学季

又到开学季节，一个忙碌的时段。

低年级的儿子拎着小塑料桶，带一块抹布、一把小铲子，晃晃悠悠去学校，在老师的指点安排下打扫卫生，擦黑板、抹桌椅、铲除地上的结垢。晚上带回来几本书，在妈妈的教导和带领下，用专用的包书纸折呀叠呀，一边说着话，一边打闹着。我就看看、笑笑，不说话。儿子说，小桶拎水，洒得裤子都湿了，还有几个小朋友，躲在厕所不出来，偷懒。

我说，孩子，关于这个问题，你听我的。有些家长，在开学的时候，会对孩子说："去那么早干嘛？还不是打扫卫生？等他们搞好了，再过去。"我是很反对这种家庭教育的，因为这样培养出来的孩子心里只有自己，骨子里只有算计。

我的儿子、侄儿，甚至朋友家的孩子，在上学之前，我都会教育他们开学那天早点去班级，带块抹布，不要等到班主任指派，自己见眼生情，掸尘抹灰。只要不受伤，累一点无妨。毕竟，就算名牌大学毕业后，去任何单位上班，都应该做个勤快的年轻人。热爱劳动是一种优秀的品质。

且不说遥远的我的初中时代，就说我师专毕业当班主任的时候，最辛苦的就是秋学期的学生报到。

茅山中学坐落在望母山的西麓，院墙是用大片（大块的岩石加以破碎后的成品）垒砌而成的，大片之间用水泥嵌缝，像一条条展开的创可贴。顺着围墙，是疯长了一个暑假的杂草，而且是茅草。土层浅薄、土壤贫瘠，茅草虽然蹿得很高，却也细瘦，边缘锋利而伤手，叶梢尖锐而戳人，绿意不足，白色镶边。茅草之中，夹着蒲公英，顶着一簇簇的白毛，还没有到兄弟分家、各奔天涯的时候。再往操场方向走去，就是渐渐低矮的杂草，土壤渐肥，绿色渐浓。一圈跑道环绕在杂草中，边缘是密密斜插的红砖，一溜排过去，像是木器加工店里环转着的带锯的锯齿。

跑道中间铺设着煤渣。食堂烧剩的煤渣，稍加碎化，均匀铺撒，脚踩上去，“咯吱咯吱”，跑步的时候就多了一层生机，获得一份愉悦。孩子们为了获得更多感触，会故意尥蹶子，用前脚掌把煤渣往后刨，蹦溅的煤渣袭击了后面同学的脚背，少量钻入鞋里硌脚，而被受害者笑骂。受害者要么如法炮制往后刨，要么伸手推捏前者的腰，对方被挠得痒痒了，一边扭着腰躲闪，一边龇着牙奔跑，把个本来整齐的队形拉伸鼓凸。体育老师往往站在中场，作小跑状，眼睛大致望着队列，嘴里兀自吹着哨子，“一二一，一二一”。跑道中间使用频率高，路面被踩踏得光滑，杂草甚少。顺着路边锯齿状的红砖，各色嫩草从齿缝中探出来，招摇着，也招来昆虫爬挠啃啮。拽起这些杂草来，草根会带翻出一些泥土，偶或翻出几根肥胖、粗壮、黑亮的蚯蚓，它们受了惊扰，赶紧往虚土里拱缝藏匿，还有一种红色的细蚯蚓能跳起来抗议，把自己舞成一个圆，这种蚯蚓，是穿钩钓鱼的上好饵料。操场不大，杂草很多，最难搞的就是郁郁葱葱的茅草！总务主任往往大手一挥，大致把操场切分为各个班级的领地。谁的领地谁负责，我的地盘我做主。我们这些年轻班主任领受的任务往往比较多。报到时间一般是两天，布置学生带来镰刀、锄头、铁锹，那劳动场面像是垦荒。初中学生，活泼开朗，集体劳动，欢声笑语，背上是汗，脸上是灰，鞋上是土，指甲缝里是草汁和着土末而嵌进去的泥，袜底是钻进去的一小坨泥土，沾湿脚汗后踩扁的泥饼，还烙上袜子的经纬痕迹。但他们嘴角是笑，心底是乐。

不知道什么时候开始，很多学校的杂草没了，煤渣没了，裸露的泥土地越来越少，生硬单调的水泥地越来越多，树木都被圈围起来，只留根部的一圈土供它喘息。板结的土壤中，蚯蚓几近绝迹，蜜蜂、蝴蝶也成了学校生物实验室的标本，甚至还固定着翩然的姿态，孩子们的笑声留在了上个世纪。塑胶跑道色彩艳丽得张狂，塑料草坪比青草还要青，一年四季，永不褪色。保洁阿姨的刮子熟练地擦着玻璃，花木公司定期来更新盆栽的花草，标准化开本的塑料书套代替了花花绿绿的包书纸。孩子背着书包，很多事再不用他们亲手去做，一报到，就读书，然后背无聊的英语单词，做无尽的数学难题。

有些事情，只能怀念，无法回头。在缅怀过去中，一声叹息。美丽而悠闲的倩影，已经赶不上匆匆的脚步。

真心怀念那时的开学季。

2016 年 9 月 6 日

又见当年烫脚泥

下乡转转，偶然钻入一片树林，发现一条机耕路，此路是泥土路，路上清晰的轮印，开启了我记忆的阀门。

昔日的乡下全是这种泥土路。农民根据土质的不同，将它们分为两种，一叫黄土子，一叫白土子。黄土子，赭黄色，一下雨就烂乎乎的，泥巴从每个脚趾缝里往上挤出来，探头张望，有时它们能一口气爬上脚背，排列整齐，造型别致，像是军训学生的阵型，边上那个大坨就是排头兵。天一晴，晒干硬化，铁块般坚硬，光脚走上去，硌脚，限于条件，那时的人们都是“赤脚大仙”，很少穿鞋。这种土质的优点是能锁住养分，比较肥沃，有利于庄稼生长。白土子呢，色灰白，雨水一过，土不酥软，迅速就干了，留下一层白色的细腻的土，赤脚走着舒服。缺点是养分容易被雨水带走，每逢雨后，需要补充施肥。

官路上，有的是黄土，有的是白土。人踩、牛踏、车碾，能把那层细腻的白土踩成尘灰。赤脚走过，灰尘就会溅起来，直扑脚背脚踝，把个脚敷成白色，明显区别于小腿的古铜色。很多上了年纪的人都记得夏天走白土路的感觉。天热，出汗，脚背上是湿的，更容易粘上白色土灰。骄阳似火，炙烤大地，土灰吸热，温度很高。人走在路上，那高温的白土灰热情地包裹着双脚，让人不由得大步流星，因为路面太烫了，只有快速移动，才能感觉好一点。现在，经济发达了，“赤脚大仙”绝迹，路面也已硬化，或铺柏油或铺水泥，鞋子踩上去，平整宽阔，哪里还有烫脚的灰土？

我那时最喜欢放牛，因为放牛就可以骑上牛背，自然不用担心烫脚，随着老牛的步伐，有规律地颠簸着身子，享受着那个节奏，手里牵着牛绳，嘴里哼哼唧唧，最喜欢唱那句“牧童的短笛在吹响”，没有短笛，更不会吹，便拿起赶牛的竹竿横到嘴边，摆个造型，秀出一个得意的姿态。

回忆那些走在土路上的情形，也就才过去三四十年的光景。今天看来，恍如隔世矣。我们国家最近三四十年，发展得真快。现在，跟同龄人一说泥土烫脚的事，就会勾起他们美好的回忆。然而，现在已很少能看到这种土路了。这次下乡，偶见土路，内心激动，拍照几张，以示怀念，又发到朋友圈与好友们分享。

虽然烫脚，却很亲切。

2016 年 8 月 23 日

赛场女排看精神

今晚，有场精彩的女排世界杯比赛！

记忆中看女排比赛，还是小时候。改革开放之初，国门外的繁华世界让很多人自卑，崇洋媚外的思想汹涌而来。只要是外国的，一律是好的，商品只要挂着美国、日本牌子，就是高大上。

我读初三的时候，有个同学，就是现在的句容文化名人唐金成，经常拎着“三洋”音响，日本货，装上几节一号干电池，放进磁带，主动轮拉拽，从动轮跟着输送的黑色透亮的条带，以每秒4．76厘米的速度运行，划过磁头，放出声音。磁带放完，可以倒带重放，或者翻转到另一面放不同的歌曲，每面十首左右。他常常敞着外套，拎着音响，漫步而行，勾引我们的艳羡目光，拉长我们的细瘦脖子。有时候，我们仗着是同班同学关系，跟在他后面狐假虎威，一边让龙飞飞、凤飘飘等港台歌星的柔美声音在空中飞扬飘荡，一边睥睨两旁，分享那些直勾勾的羡慕眼光。

民族的繁荣复兴，需要自我自主精神的觉醒！时代把这一荣誉和重任交给了中国女排。女排不负众望，以郎平为代表的女排姑娘所向披靡，屡有斩获，实现“五连冠”，大大振奋了国民精神，增强了民族士气。

歌曲《风雨彩虹，铿锵玫瑰》是对女足的歌颂，也很适合女排，节奏铿锵，旋律激越，擂响绝杀的战鼓，荡气回肠！

之后，女排虽然经历过低潮，优秀队员一时不济，但其奋斗的精神已经上升到民族高度，融进血脉，且代代传承、绵延不衰。

我记得观看2004年雅典奥运会女排决赛，中国女排前两局惜败，第三局大比分落后，很喜欢看排球比赛的妻子无心观战，叹口气，洗洗睡了。我暂时还无睡意，一边摇头叹息，一边想看看最后到底输得有多惨。然而，第三局居然慢慢被扳平，又反超而领先，最后居然赢了！我彻底没有了睡意，心想，至少可以再多看一局比赛呀！第四局，竟然又赢了！我兴奋起来，赶紧去撒泡尿，找个舒适的姿势躺着，静看最后一局。女排姑娘，真是好样，不负众望，拼搏顽强，最后让五星红旗高高飘扬！

女排，这就是女排！

新的世纪，尤其近几年来，国家经济增量巨大，民族自信随之增强，回忆曾经的“外国月亮都比中国圆”，不由哑然失笑。这个时代，女排已经卸下政治层面的历史使命，更多地回归体育本身。更快、更高、更强的奥运理念，则是永远的体育精神。

今天，中国女排对阵荷兰，打得艰难，打得顽强，双方实力相当，争抢激烈，很是胶着，每一局都是最小的比分差！这才是精彩的赛事，时时让人揪着小心脏。

女排精神很伟大，但这份精神不能仅仅停留在女排队伍中，我们要去欣赏，更要去继承，去发扬，因为我们不是赛场外的看客，我们都是实现中华民族伟大复兴的使者！

后天，将是决赛，无论场上输赢，我们都会为这份矢志不渝、顽强拼搏的女排精神喝彩！

让我们胜利的微笑绽放，让我们激动的泪水飞扬！

2016年8月19日

露珠悬垂
悬出五彩的世界
在梢的心尖
凝结

朵儿依偎
依定虬枝的躯干
梳洗春风
呢喃

花瓣簇拥
簇围柱柱芯蕊
托起蜂鸣
蓓蕾

拈几串落英
斑斓缤纷了山泉
掬一朵祥云
纤柔绕梁了心弦

桃之夭夭
灼灼其华
所谓伊人
温润如她

2016 年 12 月 20 日

"上课!""起立!"

"来，神勇!""神勇神勇，尽显威风，青春驿动，笑傲苍穹!"

……

每次上语文课都特别精神，因此我最盼望语文课在下午第一节。

祥哥左手托着书，右手掂着教棍，长长的、扁扁的，因长期磨蚀而泛白，他上下摆动着教棍，大步跨进教室，看见同学们刚睡醒还懒散、柔软地趴在桌子上，便会抽出教棍，一下、两下、三下……快速敲打在铁制的讲台上，发出清脆有力的声音，快如鼓点、节奏铿锵。这时，同学们个个都惊愕地跳出座位犹如欢蹦的小羊，瞳孔扩大、表情狰狞好似刚刚经历过地震。在同学们还"意犹未尽"的时候，祥哥微微仰头，气沉丹田，双手背后，脖子上青筋凸起，脸憋得通红，放出雄浑洪亮的嘶吼"上课!"这时还想小憩一会儿的同学再也不敢"两眼皮打架了"——彻底被"吓"醒了。他还不忘让我们喊出班级口号（祥哥御赐），我们带着"神勇班"的自豪高喊，喊毕，四周寂静，精气神已满血复活。

这就是我的语文老师，史祥，据说学生曾称他为山人、道长、死相……我私下里却一直叫他祥哥，QQ 备注也是祥哥，大概是因为我跟他一个星座，性格比较合得来，让我觉得亲切罢。祥哥还喜欢和我们开玩笑，因为我性格开朗、上课活跃，他曾戏谑我的名字"伟康"谐音为"喂糠"，全班哈哈大笑。

祥哥还是个很体贴善良的老男人啊！有次早读课下课，我正嚼着一片刚从同桌手里夺过来的薯片，咯咔咯咔，右手捏着一块从前桌那儿骗过来的面包，这时祥哥已无声地踱进班级，双手背在后面，左手心托着右手背，双眼尖锐地盯着我，忽然加快了步伐走过来。我赶紧挺直身体，右手迅速伸进桌框，再腾出左手遮住嘴巴，最后“扑哧”一笑。他踱至我的声旁，身体微俯，脑袋倾斜，脸上挂着那慈祥而又“狡猾”的笑。“又7（吃）糠了是吧？”祥哥从他的那侉侉的、深深的口袋里掏出一个鸡蛋给我，“来，给你个鸡蛋‘77’，补补，老吃糠没营养。”

我受宠若惊、满脸憨笑地看着他，一股暖流注入我的身体，善良的老师教育出善良的学生，祥哥用自己的行动教育我们——真善美。

祥哥对待生活和教育的态度，乐观开朗、幽默风趣、令人羡慕，我希望多年以后自己也能成为一个像他一样热爱生活、追求理想的人。

《归去来兮》是祥哥2015年出的一本回忆性散文集，他说过，人活着就要活出自己的价值，让别人记住你，让世人知道你来过。不过他出书的主要目的，还是教书育人，他希望学生们通过阅读他的文章来提高自己的写作水平，事实上，这的确很有效果。

“掌声总是为第一响起，鲜花永远为冠军盛开。”祥哥对“第一”的追求十分强烈，无奈不争气的我们总考第二。每当我们考了第二的时候，内心都会想着“我们欠祥哥一个第一”。

与祥哥接触的这几个月里，我的感悟颇多，收获也很多。祥哥教书教的不仅是书本上的知识，还有做人的道理，“我们要多记别人益我之处，多忘我益别人之处”。祥哥的品德虽谈不及“圣”，但也称得上“贤”。祥哥孤傲的性格超然脱俗，“我就是我，白里透红，与众不同”，告诉我们为人要真诚，虽然有时会遭人冷眼。这年头，敢说实话的人不多了，我尤其敬佩这种人，这种人性的光芒与人格的崇高，能焕发出更多的正能量。

这就是我那精神、体贴、傲气、爱生活的祥哥，既教授我们语文，又启迪我们生活，让我在这几个月中受益良多、获益匪浅。

（张伟康　句容市第三中学2017级高一9班学生）

2017年12月

后记

清风徐来，水波不兴。江南春光，明媚温暖。草长莺飞中，我的新书出版了。

2015 年第一次出书《归去来兮》，给我的生活带来了很多改变，由此，我结识了很多新朋友，加入了句容市无党派人士联谊会，眼界更为开阔。在学校，我有两位同事（也是高中同学），包圣福和夏志红，前者和我还是大学同学。去年冬天，包同学力劝我再次出书。万事怕人劝，所以我就动了心。夏同学热心策划，建议用“清风徐来”作为书名，我采纳了。谢谢两位同学。

这本书中所选的文章，都是近几年写成的。2011 年秋，我骨折在家，百无聊赖，情绪低落。学生刘雪燕当年刚考上大学，她在 QQ 中安慰我，说很喜欢读我的文章，这给了我很大慰藉，也促使我多写文章，在此表示对她的感谢。需要感谢的人，还有很多，有些同学、朋友、师生到签售会上捧场买书，热心朋友帮我向单位图书室推销，这大大减轻了我的精神负担和经济压力。你们给我很多温暖，我都记在心里，写进日记。

这次出书，我熟门熟路，再次选择了江苏大学出版社，一则母校情结，二则我和欧阳国庆社长、顾正彤编辑结下了友谊，他们的热情、高效、才能，给我印象深刻。本次出书，更有多人帮助。中国书法家协会会员张宁老师泼墨挥毫题写书名，中国书法家协会会员马荣老师精心设计篆刻压底，句容市政协副主席、无党派人士联谊会会长倪定胜先生审阅书稿，从他的文史专业角度给我作序，以示肯定。我大学时代的尹美英老师对我多有溢美之辞，热情鼓励。本书勒口照片，系数年前何宪政所摄，他是我的高中老师，在此，我深表感谢。

生活，是创作的源泉。这在本书的新疆游记中有着特别的体现，感谢旅友们的好评，在他们的期待中，我才一篇一篇地完成了写作，也再次感受祖国山河的美好，民族和融的亲切。上一本书，很多读者给予好评，上海马宇芳女士向自己的好友们做了推荐，我的书也借此寄往好些省份，扩大了阅读范围。茅山道院的赵华主任，说我的文章不事奢华的辞藻，更多生活的质感，很接地气，唤起了同龄人的深切记忆。感谢这些人，给我正能量，让我感动满怀、感恩生活，沐浴着温暖去写作，怀揣着充实去教学。

在审校过程中，出版社鉴于多种考虑，对我的部分文章、段落进行了大力删减。我虽然比较心疼，但表示了尊重和接受。我信任他们求稳、求精、求美的职业操守。

现在，正值十九大之后新时代的开始，此书的出版，也将是我的一个新起点。

谢谢大家。

史祥

2018 年 4 月 20 日